藩消滅！

明治維新が見捨てた藩四千人の彷徨

髙橋銀次郎

目次

第三部

装画／上杉秀明

プロローグ　夕日が丸

その小山の名を「夕日が丸」と言った。

いつからか、だれが名付けたのか、分からない。

わずか二十数メートルの高さだが、頂きに登ると眼下の浜田港の向こうに広がる日本海に沈む夕日が眺められる。

浜田の町の中でも最も美しい夕日が見られる場所と言われていた。

山頂は百坪ほどの平地になっていて、かつてはそこに茶屋が設けられていたという。

当時は夏になるとこの茶屋に夕涼みを兼ねて多くの人が集まる。

まだ陽が西に傾いた頃から酒を酌み交わし、夕日が海に沈むまでゆっくり時間を過ごすのが地元の人の数少ない贅沢の一つになっていた。

しかし、あるきっかけで茶屋はなくなり、この小山に登る人もいつの間にかほとんどいなくなっていた。

頂の平地も雑草の生えるにまかせたままだから、細い登り道もあるにはあるが、今はなかなか見わけが付かない。

その小山を雑草を踏みわけ登っていく一人の男がいた。

大柄な体にややくたびれた背広をまとい、髪は残バラ、顔は色黒で角ばった鼻筋と太い眉、黒い瞳、それに分厚い唇が精悍な面構えを見せている。

二十歳過ぎと思われる男は、頂きの台地に立つと息を整えるように大きく息を吐いた。

暫く海を眺めていた。

波の音が聞こえて来る。

かすかに潮の香りがする。

空が黄金色に染まる黄昏どき。

夕日が真っ赤な姿を海の向こうに消すまでにはまだ半時ほどある。

男は暮れなずむ海を暫く見つめていたが、やがて「夕日が丸」のとなり、海に突き出た岬、「亀山」に目を向けた。

そこには三十年ほど前までは浜田藩主の居城、亀山城がそびえていた。こちらもすでに城郭はなく、わずかに残る石垣がこの夕日が丸からも眺めることが出来た。

「父上！」

男は小さく叫んだ。

遠い昔に思いをはせているのだろう。城跡をじっと見つめていた顔には万感胸に迫ったのか、うっすらと涙さえ浮かべていた。

（父上、私は日本を離れます。もう二度と日本には戻らぬつもりです）

亀山を見つめながら意を決したように呟くと、無念そうに唇をかんだ。


男の名は大朏慎吾（おおつきしんご）といった。

半月ほど前、大朏慎吾はある決意を固めると、東京・根津の河鰭（かわばた）監物の屋敷を訪ねた。河鰭は彼が農商務省に入省する際に世話になった人である。

河鰭はすでに七十歳をゆうに超えていた。かつては明治政府の顧問を務めていたが、十数年前に退き、今はこの根津の小さな庵で一人悠々自適に過ごしていた。

歳のわりには身体はかくしゃくとしていて、武道で鍛えた強靭な肉体をいまなお保っている。短く刈った白髪頭、やや面長で鼻筋の通った顔は意思の強さを伺わせるが、彫りの深いやさしい眼が人格の柔和さを物語っている。

「きょうは何やら大切なお話ですかな？」

思いつめた顔の大朏を見て、どこまでも優しいまなざしで心配そうに尋ねた。

「この度、一身上の都合で農商務省を辞めることになりました。ついては入省の際に大変お世話になりました河鰭様にまずご挨拶をと思いまして…」

そう言うと大朏は畳に付きそうになるほど深く頭を下げた。

河鰭は別に驚いた風もなく、にこやかな笑みを浮かべて言った。

「それはわざわざご丁寧に。しかし、もったいないですな。あなたのような優秀な方が、その若さで辞められるとは。知り合いの役所の人間からはあなたのご活躍を聞いていました。農商務省にとっても痛手でしょうに」

「さて、それはどうでしょうか。私が辞めてすっきりする人も多いのではないですか」

何やら奥歯に物が挟まったような言い口に、河鰭の目が強張った。

「やはり、薩長の人間たちの嫌がらせですか。私の時はまだ薩長と我ら幕臣との間にわだかまりがありましたが、明治になってもう二十年以上経っても変わらないのですね」

大胡は黙っていた。だが彼の顔を見ていれば分かる。

「役所の主要な地位はいずれも薩長の人間が独占している。元幕府の人間はどんなに頑張っても主査どまり。出世は望むべきもない」

河鰭がひとり言のように呟いた。

「いえ、私は出世など望んでいません。私はただ、世の中の役に立つ事をしたかったのです」

「それは役所では出来ませんでしたか？」

「わずか数年で言うのも憚りますが、私はどうも役人には向いていないのではないか、と思うようになりました」

「どういうことですかな」

河鰭の言いようは、孫に話しかけているような優しさを感じる。

「私は、まだ誰もやっていないこと、世の中にないものを作ってみたいのです。その新しいもので多くの人が喜ぶような、そんな仕事がしたい」

「常に過去の前例をもとに積み上げていく役所の仕事とは確かに合いませんね。何か新しいことをやろうとすると周りが寄ってたかってつぶそうとする。役人根性ですかね」

河鰭はかつて自分が役所で何度も味わった苦い経験を思い出した。

「それで、これからどうなさる？」

大胐がようやく河鰭の顔を正面から見詰めた。

「日本を離れて、亜米利加に行こうと思います」

きっぱりと言った。

「亜米利加？　なぜ？」

「理由はありません。ただ、この日本を離れてみようと思ったのです。自分の全く知らない処で、一から始めようと決めたのです。どんなに苦労しても自分の好きな新しい仕事を築いていこうと」

大胐の目が見る見るうちに輝いてきた。

その顔を見ているうちに河鰭はあることに気が付いた。

「分かりました。あなたが日本を離れるのは私にとって寂しいことですが、心から祝福しましょう」

そう言うと席を立ち、暫くして手に包みと封筒を持って戻ってきた。封筒を大胐に差し出した。

「これはささやかながら新しい旅立ちへのお祝いです。受け取ってください」

「とんでもない。河鰭様にはこれまで何度もお世話になり、その上ご迷惑をかけっぱなし。このようなものを頂くわけにはまいりません」

後退りするようにしてかしこまる大船に河鯖が言った。

「旅立ちの前に私からお願いがあります。聞いていただけますかな」

「なんなりと」

河鰭は少し考え込んだが、意を決したように口を開いた。

「日本を離れる前に、あなたの故郷、石見の浜田に行ってほしいのです」

「石見の浜田に？」

「そうです。あなたはあまり記憶がないでしょうが、浜田はあなたのご両親が暮らしていたところです」

「私はもう二十年近くも浜田には帰っていませんが、その浜田に何かあるのですか？」

「いいえ、今は何もありません。でもあなたのお父上が家族を守るために命を懸けて戦ったところです。あなたには亜米利加に行く前に是非一度浜田の地を訪ねてほしい。これからのあなたの人生にきっと役に立つでしょう」

「両親の思い出はほとんどありませんが……」

幼くして両親を失い、ひとり浜田を出た慎吾は、両親が浜田でどのような生活をしていたのかほとんど知らない。

「本来なら私が行くべきなのです。浜田に行って、お父様の墓に伺ってお詫びをしなければならぬのです。これまでに何度も浜田に行こうと思ったのですが、そのたびに用事が入り行けませんでした。今やこの歳では長旅は無理です」

「河鰭様が父に侘びを？　どういうことでしょうか？」

大朏は河鰭が言った言葉の意味が分からなかった。

河鰭氏については かつて父親から『わが大朏家が大変お世話になった人』と教えられてきた。

それなのに河鰭氏は父に『詫びたい』と言う。何があったのだろう。

「浜田の話、詳しくお話しして頂けませんか」

身を乗り出して、河鰭の顔を見詰めた。


陽はすでに海に沈みかけていた。

空は黄金色から茜色に染め変わり、海の上には夕日から伸びた朱色の帯が波間に揺れている。

東の空はすでに群青色を増し、月が次第に光を増していた。

風が出てきた。

四月とはいえ、日本海を渡ってくる風はまだ冷たい。

慎吾は暗くなる前に坂道を降りようと夕日が丸を後にした。

第一部

一章　密貿易

「越前守様、朗報にございます！」

寺社奉行脇坂安董が飛び込むように部屋に入ってきたのは、水野忠邦がようやく午前の執務を終え、部屋に戻って遅い昼食に箸をつけようとしたときだった。

「これは御無礼を」

控えの茶坊主も通さずにいきなり部屋に入った脇坂は食事中の水野の姿に一瞬たじろいたが、すぐに気を取り直し部屋の端にひれ伏した。

(これから話す内容を聞けば、越前守様はきっとわしの非礼などお許しになるだろう)

「浜田藩の密貿易でござる」

部屋の隅に控え、息を整えて、さも重大なことを語るように小声で言った。それはまるで告げ口するような悪意を含んだ言いようだった。

「仔細を申せ」

忠邦は全く表情を変えず、目の前の膳を見ながら箸を動かしている。昼の膳は小ぶりの煮魚に香の物、それにわかめの入った汁物、といつも決まっている。

喜怒哀楽の感情をめったに表に見せない日頃の忠邦の性格を熟知している脇坂は構わず続けた。

「大坂西町奉行矢部定謙からの報告によれば、隠密・間宮林蔵より浜田藩が李氏朝鮮と鬱領島を通して数年来密貿易を続けているとのこと。外国との接触はもちろんのこと、交易は国禁でござる」

痩せた体、やや面長の青白い顔に細長いまゆげに合わせるような横一文字の細い目。高くはないが鋭角的にそびえた鼻、薄い唇。いかにも神経質そうな顔立ちの水野忠邦だが、どんなときにもほとんど表情を顔に表さない言動は怜悧というより偏屈に近い。

ここで脇坂はにやりと笑うと付け加えた。

「浜田藩の藩主は周防守様。これで周防守様も終わりでござる」

伝えたかったのはこの一言である。これで老中首座の松平周防守康任(やすとう)の失脚は確実だ。忠邦にとってこの情報は「待ちに待った朗報」のはずだ。

だが、忠邦は青白い顔の眉一つ動かさない。静かに箸を置くと、初めて脇坂の方を見て落ち着き払って言った。

「その話、知っているのは誰誰か」

意外な反応に脇坂は戸惑った。

「もちろん、当の間宮林蔵、矢部定謙、それに報告を受けた私だけですが……」

「そちはすぐ大坂に参れ、そして、間宮を呼び寄せ直接仔細を聞き出すのじゃ。確実な証拠をつかめ。よいな。急げ。今月中に報告せよ」

(今月中!?　あと二十日もないではないか)

水野様がこんな早い対応をなされるのは、自分に有利な情報をつかんだときだ。表情には出さぬが、必ずやわしに感謝しているに違いない。これで周防守様が失脚すれば水野様の次の老中首座は間違いない。となれば、わしの老中も近いわけだ)

はやくも〝捕らぬ夕ヌキ〟をもくろむ脇坂は

「畏まりました。すぐに出立いたします。必ずや証拠をつかんでまいりますれば」

と言うや、勇んで部屋を出ていった。

部屋は元の静けさを取り戻した。

ようやく庭の白梅がつぼみを膨らませている。鶯だろう。二羽の鳥が互いの声を競うように鳴いている。

「これでようやくわしの改革が出来る」

これまで何度〝彼〟に幕政改革を具申しただろう。そのたびに「お上に申し上げておきます」と受け流され、その後「お上のお考えはいかに」と問えば「上様は御用煩多にて、そのうちに」とやんわりはぐらかす。要するに握りつぶされたのである。

確かに、自分は老中になってまだ一年余り、老中の四人の中では末席であるが、幕政の改革の必要性は誰よりも重く受け止めている。しかし、他の老中は自分の意見など見向きもしない。「越前殿はまだお若い。もう少し幕政を学ばれたがよろしかろう」とあしらわれるばかりだ。彼らもまた彼の一派なのだ。自分は老中の中でも孤立するばかりだ。

「こんなことでひるんでなるものか。なんのためにわしは老中になったのだ。幕府の改革をこの手でやり遂げるためだろう」

　水野忠邦はまだ肥前唐津藩主だった頃から中央政治で活躍することを強く望んでいた。そのためには何でもした。藩の財政を無視してまで幕府の要人に多額のわいろを送り続けた。その甲斐あって二十三歳という若さで将軍のおそばに仕える奏者番の地位を得る。

　これに満足する忠邦ではなかった。唐津藩は長崎警護の任務を負っているため、これ以上の昇進は出来ないと知るや、家臣の猛反対も無視し、実封二十五万三千石の唐津藩をいとも簡単に捨て、実封十五万三千石の浜松藩への転封を願い出て実現してしまう。

「わしは、九州の片田舎で人生を終わるような男ではない。中央の幕閣にあってこの国を動かす。わしにはその力がある」

　外見からは決して伺えない、相当の自信家である。自己顕示欲が強い。傲慢と言ってもいい。身体は痩身で小柄、姿かたちからは何やら神経質で病的な感じさえするが、心の中は真逆だ。わずかに角ばった顎が、意思の強さを物語っている。

「目的のためには手段は選ばない」

　唐津藩から浜松藩への国替えのために、自らの領土の一部を幕府に献上までしたこの男にとっては、賄賂は決して「卑劣な手段」ではない。むしろ中央に名乗り出るための最善の方法だったのだ。

　当時の老中首座の水野忠成がカネに目のないことを知り、多額の賄賂を贈り続け、お蔭で奏者番から寺社奉行となり、さらに大坂城代、京都所司代となって侍従越前守にまで出世。ついには将軍世子の徳川家慶の補佐役になり、水野忠成の死後、老中に抜擢された。

ついに永年夢にまで見た幕閣の一員なったのだ。水野忠邦その時四十一歳の若さだった。

だが、老中にまで登りつめた彼の目の前に大きな壁が立ちはだかった。水野忠成の後を引き継いだ松平康任である。

彼は水野忠邦とは血筋も育った環境も体格も性格も全てが異なっていた。松井松平家の八代当主と家柄もよく、寺社奉行に登用されたのが三十九歳と比較的遅いが、当時の老中首座の水野忠成に気に入られ、その後は大坂城代、京都所司代、老中へと水野忠成に追随するかのごとく、トントン拍子で駆け上がる。

水野忠成の死後、その老中首座に就いた。体格は大ぶりで肉付きもよく、性格は温厚で何事にも鷹揚。能力は凡庸で、「とても幕閣の中枢を担ってこの国を動かせる人物ではない」と忠邦は蔑視していた。とは言え、なにせ老中首座であり、将軍家斉はこの水野忠成の後継者である松平康任に全幅の信頼を寄せている。幕政はこの松平康任を中心に回っているのも事実なのだ。

「何とか、彼を失脚させる手はないものか」

最近の水野忠邦の頭の中はそればかりであった。このままでは自分が老中首座になって幕府の実権を握るまでにはどれだけの時間がかかるだろうか。彼が退任するまで待ってはいられない。幕政の改革は待ったなしなのだ
「改革をすぐにでも実現するには、康任をどんな手を使ってでも排除するしか方法はない。

幕政の実権を握るためにあらゆる手段を使ってまでここまで来たのだ。このままでは終われない」

もはやそれは執念を越えて信念にまでなっていた。

そんな忠邦に思わぬところ、はるか西方から「朗報」が舞い込んだ。

但馬の国出石藩のお家騒動だ。

出石藩は永年仙石家が藩主を務めてきた五万石の大名で、六代藩主仙石正美の代になるとご多分にもれず財政がひっ迫し藩政改革に迫られた。当時、仙石氏一門で行政の最高責任者の筆頭家老仙石左京と、同じく一門の財政の最高責任者である勝手方頭取家老の仙石造酒との間で改革案を巡って激しく対立、藩士のみならず、御用商人ら多くの関係者を巻き込んでの大騒動になった。

幕府が絶対的な権力を握っていた江戸初期ならすぐに「改易」など厳しい処分が科せられたろうし、藩も幕府を恐れて内々に処分したろう。だが、幕府にもはやその力はなく、お家騒動は果てることなく広がっていった。

藩主仙石政美が急死したことで、財政改革論争が世継ぎを巡る派閥争いに発展、一時は実権を握った造酒派だったが、死傷者を出す内輪もめをきっかけに左京が藩政を掌握する。しかし、左京らの藩政改革も思うような効果が上がらず、造酒がこれに乗じて反撃に出るなど、まさに泥沼の抗争が続いていた。

そんな折、寺社奉行脇坂安董が耳寄りな話を持ってきた。仙石左京が六千両もの賄賂を松平康任に贈り、不正な行為をもみ消してもらったというのだ。さらに、左京の息子に康任の姪を嫁がせた事実も分かった。

金を貰ったというだけでは、当時の風習から特に罪にはならない。しかし、水野忠邦は「康任が仙石家と姻戚関係を結んだこと」に目をつけ、「松平康任が仙石家の乗っ取りを策謀している」と将軍家斉に訴えた。家斉は仙石家の親戚である姫路藩主に嫁いだ娘から仙石騒動を聞いていただけに、忠邦の訴えを無視出来ず評定を開くことを決めた。

水野忠邦の策謀で評定の責任者には腹心の町奉行脇坂安董をつけることに奏功、仙石左京に獄門など厳しい裁定を下すと同時に、松平康任は老中首座を解任された。水野忠邦の思惑はやっと実現したのだ。

しかし、執念深い忠邦は、決してこれで手を緩めなかった。

「康任は老中首座を解任されただけ。将軍家斉様との関係からいって、いつ康任が復活するやしれぬ。他の老中も含め閣内から康任派を一掃するような決定的な打撃が必要だ」

康任を完全に失脚させる出来事はないか。忠邦は老中の仕事などそっちのけでひたすら康任の身辺調査に明け暮れた。

彼は後年、念願の老中首座に昇り詰め、家斉らの放漫奢侈な政治から倹約・緊縮財政政策へ転換するなどいわゆる〝天保の改革〟を実施する。しかし、あまりに急な厳しい統制策に世間の反感を買い、わずか二年余りで失脚する。これも彼の「思い込んだら他人の意見など一切聞かず突き進む」偏狭ともいえるその性格に起因していると言えよう。

とにかく、このときの忠邦の「康任失脚」の一念は通じた。再び、脇坂安董が松平康任が藩主を務める石見浜田藩の密貿易の話を持ちこんできたのだ。

「今度こそ」と忠邦は勇んだ。

それから十五日ほど経ったその月末、大坂から脇坂安董が戻ってきた。

「しっかりと証拠を掴んでまいりましたぞ」

脇坂は水野忠邦の顔を見るとうれしそうに事件のあらましを語り始めた。

「間宮林蔵は変装し身分を偽って浜田の荷役人に成りすまし、半年にわたって密貿易の実態を探り事実を突きとめたそうでございます」

間宮林蔵は幕府の隠密として全国の諸藩を渡り歩きながら各地で大名に不穏な動きがないか、幕府に内緒ごとがないかなどを探索して歩いていた。山陰地方を歩いているうち「浜田藩密貿易」の噂を聞きつけ、浜田の荷役人に紛れこんで密貿易の実態をつかみ、大坂奉行所に報告したのだという。

それによると、浜田の廻船問屋で藩の御用商人である会津屋八右衛門は、借金に苦しむ藩財政を立て直すために密貿易を画策。石見沖の鬱領島に渡り、李氏朝鮮と同島の木材並びに周辺海域の海産物を密貿易し、それを浜田藩に持ち込んだ。会津屋八右衛門はさらに遠くスマトラ、ジャワまで足を伸ばし密貿易していたことも認めたという。

「八右衛門がご禁制の外国との交易をした以上、死罪は免れぬが、その密貿易、藩が関わっていた証拠はあるのか」

ここが肝心なところだ。

「最初の内は会津屋は自分の独断でやったこと、藩の皆さまは関わりはありませんと言い張っていましたが、間宮殿が八右衛門と藩の重臣との度重なる会合の事実を示すや、彼も渋々認めました」

それまで身を乗り出して聞いていた忠邦はここでふっと息を吐いて腰を落とした。どうやら自分が描いていた筋書き通りに話が進む確信を得たのだ。

「そこで我らはその藩の重臣の名前が橋本三兵衛という藩士であることを聞き出し、彼を問い詰めましたところ……」

脇坂はここで、もったいぶったように一度息を付いて
「浜田藩の国家老岡田頼母、同じく年寄の松井図書も密貿易を知っておりました。いえ、両名とも財政立て直しのため積極的に進めていたようです」

「と言うことは、藩ぐるみでご禁制の密貿易をおこなっていたということだな」

忠邦は念を押すように言った。

「御意」

と言った後、脇坂はこれまで伏し目がちに話していた顔をすっと上げると、忠邦の顔を毅然として見上げた
「それだけではありません」

何か重大なことを報告する前のある種勝ち誇った顔で言い放った。

「周防様もこれを許したとのことです」

「なに、誠か!?」

にわかには信じられない。いや、忠邦は周防守本人が関与していたことまでは、正直期待していなかった。

「はい、両重役が周防様にお伺いをたてたところ「仕方がない。だが（密貿易の）商品は関東に持ち

込むな。関西で処理せよ」とまで言ったそうです。これは藩がやましいことをしていることを藩主自ら認めたも同然でござる」

なんと言うことだ。幕府の行政最高責任者である老中首座が自らご禁制の密貿易を許していたとは。驚きと同時にあきれ果てた。浜田藩の重臣たちの態度である。この時代、江戸幕府の威光は揺らぎ、諸大名への統制も緩んでいた。ご禁制である密貿易も決して表には出さないが、陰でひそかにしている商人や藩はあった。特に薩摩藩、毛利（長州）藩、肥前藩など西国の外様大名からはその噂が絶えなかった。ただ、今回のように隠密の調査によって明るみに出れば、当然改易など厳しい処分が下される。

藩が関わったことが明るみになった場合、多くは担当役人か、最後は家老が責任をとって切腹し、藩主に罪が及ばないようにするのが家臣の務めであった。

しかるに浜田藩では家老が自ら藩主の関与を打ち明けたのだ。

「そちたちの追求の手が厳しかったのであろう。よくぞ聞き出した」

忠邦は脇坂らの尋問の様子を聞いた。

「いえ、彼らは意外とすらすら白状しました」

脇坂の口から意外な答えが返ってきた。

「どういうことか？」

「思いますに、彼らは藩主が老中首座という幕閣の中枢に居るという安心感があったのでは。それに密貿易は老中首座が存じていること、罪にはならぬと思いあがっていたようでありました」

「馬鹿な！　ご禁制は誰が破ってもご禁制だ」

忠邦は怒りが込み上げてきた。

藩主が藩主なら家臣も家臣だ。やはり松平康任に幕政を任せてはおけない。だらしなく太った大柄な康任の姿が彼の脳裏に浮かんだ。

(万事に鷹揚とは聞こえがいいが、要するに脇が甘すぎる)

忠邦にとって分厚い壁のように立ち塞がっていた康任が、もろい薄紙だったことに拍子抜けして、これまでの康任に対する憎しみも消えてしまいそうだった。

それも一瞬だった。長年の夢を成し遂げる最後の障害を取り除く時が来た。最後の詰めを打った。

「分かった。直ちに大坂奉行所より、浜田藩密貿易の詳細な事実を老中に訴状提出するように」

「はっ　畏まりました」

脇坂は満足げな笑みを浮かべて部屋を退いた。


数日のうちに大坂奉行所より浜田藩密貿易の訴状が老中に届いた。現在は席を外れたとはいえ元幕閣の一人が絡んだ事件だけに、老中だけでは処理できず将軍家斉も加わっての評定となった。

家斉は松平康任との日頃の関係もあって彼を庇おうとしたが、国禁の「密貿易」であり、それも藩主康任自ら認めたとあっては、水野忠邦らの「厳しい処分を」の意見を認めざるを得なかった。評定は短時間で終わった。

下された裁定は「廻船問屋会津屋八右衛門と橋本三兵衛は斬首、国家老岡田頼母、年寄り松井図書はともに切腹、また藩主松平康任は永年蟄居」であった。

康任について水野忠邦らは先の「仙石事件」の容疑も加えて、「死罪」を主張したが、将軍家斉は「これまでの幕政への貢献もあり、永年蟄居が適当であろう」と庇い、水野も不本意ながらこれに従わざるを得なかった。

それでも、水野は追及の手を緩めなかった。康任の永年蟄居に伴い浜田藩を継いだ息子の松平康爵に対し陸奥棚倉藩への懲罰的な転封を命じたのだ。実質的な改易である。

松平康任の完全な追放が終わった。

「これで邪魔者はいなくなった」

ようやくこれで自分が長年考えていた改革が実現できる。勝ち誇ったように水野忠邦は満足げに顔を歪ませた。

部屋を出て、中庭の廊下に出た。

庭の白梅は青々とした若葉が芽吹いていた。

「松平康爵のあとの浜田藩主を誰にするかだが、はて……」

ふと浜田藩の後始末に考えが及んだが、それもつかの間、思いは早くも幕政改革に移っていた。

二章　三方領地替え

上州・館林藩松平家の江戸上屋敷は本所竪川にある。

館林から江戸までは約十五里余り、参勤交代の旅も平地続きで三日あれば十分で、西国の大名ほど大掛かりな人数も費用もかからない。上屋敷を始め中、下屋敷ともいずれもこじんまりとした家屋を構えていた。

とは言え、藩主松平斉厚（なりあつ）は始祖が六代将軍の弟松平清武に始まる徳川家に繋がる家柄で、家紋には徳川一門を示す『三つ葉葵』を許されている。石高六万一千石と決して大大名ではないが、江戸上屋敷もそれなりの門構えを整えている。

その屋敷の一間で先程から江戸家老の那波乗功が、国家老の尾関隼人の帰りをしびれを切らして待っていた。

江戸城の十一代将軍徳川家斉から江戸詰めの藩主松平斉厚に呼び出しがあったのが三日前。

藩主松平斉厚は、現在の将軍家斉から「斉」の偏諱を受けるなど家斉との結びつきが深く、さらに家斉の二十子の斉良を養嫡子に迎えるなど将軍家との関係は良好以上の親密さを誇っていた。

これまでも将軍家の催しにはたびたびお声がかかっているが、今回は老中から「国家老とともに参るように」と言うお達しが添えられていたのが気になる。

(将軍様と殿の個人的な話ではあるまい。我が藩そのものにかかわる話しに違いない。藩にとって厄介なことでないといいが……)

もともと心配症の那波である。江戸屋敷内では「小心者」と陰口をたたく者がいることも知っている。だが彼は自分の性格を「思慮深い」と思っているし、「常に最悪のことを想定しておけば、どんなことにも冷静に対処できる。お家を守る家老としての当然の心得だ」と気にも留めない。

(それにしても遅い)

館林からとるものもとりあえず早駕籠で江戸にやってきた国家老の尾関隼人が、主君とともに上屋敷を出て早二時、陽はすでに中天にあった。

待っている間、那波は一人考えていた。

(どうも最近の世の中、不吉なことが続くことよ。一番は天変地異だ。天保の時代に入って七年目になるが、まともな天候だったのは元年だけ。後は毎年「寒い夏」が続く。冷夏で米の不作は著しく、二年前には、みちのくの上杉藩では十五万石に対しわずか六万石しか収穫できなかったそうな。昨年には江戸が大暴風雨に見舞われた。みちのくの冷害は不作を超えて凶作続きで久保田藩では二十万石の内収穫できたのは四万石にも満たなかったという。久保田藩は備蓄米を放出したが、餓死者が続出、まさに飢饉であろう。

我が藩も苦しさは同じだ。数年ごとにやってくる利根川の氾濫による水害、加えて天明の浅間山大噴火による大飢饉。不作続きで年貢収入は減るばかり、藩の備蓄米の放出で民が飢えるのは何とかし

のいでいるものの、その分藩財政はひっ迫している。この上、お上からなんぞ普請役でも課せられたら藩の財政は破綻してしまう)

そう思うと止まらない。那波の頭には次々と心配事がわいてきた。

(借金するにしてももう借りられるところはないのだ)

彼は手に持った扇子で膝を叩きながら忙しそうに部屋の中を歩き回り始めた。

「殿のお戻りです！」

小姓の声に我に戻った那波は慌てて衣を正すと尾関を待った。

部屋に入ってきた尾関は心ここにあらずの体であった。

細身で小柄な那波に比べて、尾関は身の丈六尺にも届こうかという長身で太めの身体で恰幅がいい。年はまだ三十三歳と那波に比べ二十歳以上も若い。

「公儀のお話、いかがでござった？」

不安そうな問いかけに尾関は憮然と答えた。

「所替えです」

「所替え？　我が藩がでござるか？　どこへ？」

「石見の浜田だそうです」

「なんと！」

那波は口を開けたまま、暫く口もきけない様子だった。「浜田」の名前を聞いた時、そこがどこにあるのか最初はわからなかった。さもあろう。石見の浜田とは、大坂の遥か西方、館林からは二百五十里余り、本州の西の果てだ。

いくら心配症の那波もまさか「所替え」までは思いもよらなかった。

とても冷静ではいられない。

「どういうことでござろう。何か我が藩に落ち度でも」

話す声が上ずっている。

「公方様より殿に御沙汰がありました。しかし、実際は、老中の越前守様のお考えでありましょう」

尾関は苦々しく吐き捨てた。

越前守とは最近幕閣の中でも急速に頭角を現してきた老中・水野忠邦のことである。

一年前に老中に就任した若手だが、早くも幕政の実権を握りつつある。

「しかし、我が藩は越前様のお恨みやお怒りをかうようなことはしていないはずだが」

「いえ、この度の所替えは我が藩の落ち度によるものではありません。浜田藩です」

自藩の失態ではないと聞いてまずはほっとしたが、浜田藩は何をしたのか。

「どのような落ち度でござるか」

「詳しいことは知りませぬ。何やら密貿易、それに国禁の海外渡航の罪とか」

「それで何故我が藩が浜田に？」

納得のいかぬ顔である。

「越前様の話によると、浜田藩の藩主松平康任様はこの罪で永年蟄居、嫡子の康爵殿はみちのくの棚倉藩に改易。その棚倉藩が館林へ、館林の我が藩が石見の浜田藩へ転封と言うことです」

何ともややこしい。

要するに三方領地替えである。

「三方領地替え」とは、その名の通り、三藩が〝玉突き〟のように領地を交換することである。江戸時代初期には大名の所替えは外様大名を中心に改易政策によるものが多かったが、政権が安定した中期以降は、親藩、譜代による政策上の配置換えの意味が強かった。慶安二年（一六四九）以降、これまでに八件行われている。幕府からみれば決して珍しいことではないが、館林藩松平家にとっては初めてのことになる。

「話しを聞いていると、浜田藩の落ち度を我が藩がしりぬぐいをするように聞こえるが……」

納得いかぬと言わんばかりに顔を赤く染めた。

「そのようなことはありません。いや、確かにそのようにも受け取れましょう。私とても納得のいかぬ話ですが、お上の沙汰はお上の沙汰です」

尾関もやるかたない表情である。

「殿はどう仰せで」

ここはどうしても聞いておきたいところだ。

「私は越前守様から言い渡されたので、殿と公方様がどのような話をなされたのか知りませぬ。城内の廊下で殿はわしと顔を合わせると一言『所替えじゃ。石見の浜田じゃ』と言ったきり城を出るまでお供のわしには一言も話されなかった。やはり、沈痛な思いであったのでしょう」

主君の気持ちを推し量り二人は黙ってしまった。

「はたして、これで収まろうや」

那波が急に頭を上げて言った。

「どういうことです？　騒動が起こると言われるのか？」

「われら武士たちは公儀の命令に従わざるをえぬが、我が藩の家臣は江戸屋敷はもちろん国表を含めて千人余り。一族郎党を含めますれば四千人にも達しよう。この人数で石見の浜田まで移るとなると混乱は必至」

「我が藩もかつては転封を経験済みです」

「それはもう九十年も前のことじゃ。しかもその時は近隣の棚倉藩からの転封。この度の石見の浜田とは規模が違いすぎる」

「分かっております。しかし、転封は公儀のお達しです。親藩である我が藩が逆らうわけにはまいりません。」

尾関は語気を強めた。那波の言い分は尤もである。天保の飢饉が相次いで起こり、百姓一揆が全国各地で頻発しているこの時期に、何の咎もないのに転封とは納得がいかぬ。自分だってそう思う。本当は那波と一緒になって叫びたい気持ちだ。

だが、殿の心を思うと、ここは我慢するしかない。殿にしても決して素直に納得はしていないに違いない。しかし、もしここで身内である親藩の大名が異議を唱えることになれば、たださえ権勢が揺らいでいる徳川幕府に追い討ちをかけることになる。将軍家斉公の立場を考えお受けしたに違いない。であれば、我らも受け入れざるを得ない。それが家老たる者の務めである。

いつまで那波の愚痴を聞いていてもはじまらぬ。事は急を要するのだ。

「とにかく、早く国元に伝えなくてはなりません。私はすぐ館林に戻ります」

席を立とうとする尾関に那波が声をかけた。

「して、転封の期限は？」

「越前様は浜田藩をすぐにでも棚倉に移封させるとおっしゃっておられましたから、我が藩もそれに合わせてということになりましょう。ただ、転封は公儀の定めにより「近国は三カ月、遠国は四カ月」となっております る」

「と言うことは、七月末までにということになる。それは無理というもの」

那波は指を折って数えると即座に言った。

「なぜです」

「私どもにとって転封は初めてでござる。三代武元様以来館林に住んで九十年、だれもがこの土地に慣れ親しんでおります。百姓、町人など領民とも友好関係を築いております。いきなり彼らと別れると言っても……。それにこの館林を棚倉藩に引き渡す準備もあり、せめて半年のご猶予を」

「越前守様にお願いだてしてみましょう。たぶん、お許しには成らないでしょうが……」

と言うと、足早に部屋を出ていった。

残った那波は暫く動けなかった。頭が混乱して何も考えられなかったのだ。つねに最悪のことを考えて行動することを自負していた那波も、所替えと言う想定外の事態を目の前にして頭が真っ白になってしまった。

すぐにも江戸屋敷の家臣に「転封」を伝えねばならない。だが、何といって伝えればよいのか。何の咎もないのに転封では家臣も納得しないに違いない。

こんなとき、上の者は理由など説明せずに事実だけを伝えればいい。どんな理由をつけても家臣は転封と言う事実に困惑するだろう。ならば早く伝えた方がいい。しかし、何事も自分が納得する理屈が見つからないと動けない那波は、混乱した頭を抱えたまま部屋にいた。

「ご家老！　所替えは事実でござるか！」

半時以上過ぎていた。廊下を走るけたたましい足音が響き、部屋の障子が勢いよく開くと、十人余りの江戸詰めの家臣たちが部屋になだれ込んできた。彼らは那波を取り囲むように座ると一様に身を乗り出した。

その中では比較的年配の緒方一正が詰め寄った。

「さきほどお城から戻った内田幸助が城中で小耳にはさんだ話では、我が藩は石見の浜田に転封されることが決まったとのこと。上様から殿にその話があり、殿は移封をお受けになったと。これは事実でござるか！」

家老を問い詰めているような、殺気さえ感じられる声である。

「わしもそのように聞いている」

周りを取り囲まれて今にもとりつかんばかりの彼らの勢いに押されて、家老という立場を忘れて他人事のように力なく応えた。

「何ゆえでござりますか」

「わしもようはわからん。先程尾関殿から聞いたばかりじゃ」

「仲間の者たちによれば浜田藩は国禁を犯して海外渡航を行い、密貿易を犯した罪で改易されたとのこと」

「大罪を犯した浜田藩が改易になるのは尤もなれど、そのために我が藩が転封とは理不尽でござる」

「浜田藩は同じ松平でも徳川家臣の松井氏が始祖でござる。石高も同じ六万一千石とは言え、我らは将軍様の血をひく越智松平、家格が違いまする。何ゆえ、浜田藩のしりぬぐいを我が藩がしなければなりませぬ」

家臣たちは口々に不満をぶちまけた。

彼らにとって石見の浜田はいかにも遠い。

「聞くところによりますと、浜田領は山地が多く、六万石と言っても米は石高ほど取れないそうな。林業や和紙の専売でやりくりしておるそうですが、それでも藩の財政は火の車とか」

「ほう、もうそこまで調べたのか」

那波は家臣の情報集めの速さに驚いた。さすが江戸詰めの家臣は情報の速さ、豊富さに長けている。

「海に囲まれた浜田藩では漁業や廻船交易が盛んと聞いておりますが、我が藩には海などなく、どちらも全く経験がございません。果たして我らに務まりしょうや」

早くも藩の経営の事まで心配している。確かに、関東平野の中央にあって広大な平地を有し、比較的温暖な気候の下で米作に頼っていた我が藩とは自然環境は正反対だ。聞いていた那波も次第に不安になってきた。

「この話、断るわけにはまいりませぬか？」

那波の気持ちを見透かしたように緒方が囁いた。

「なにをバカな！」

言下に否定したが、那波もできれば取りやめに出来ないものかと内心思った。

「先に庄内藩の例があるではありませんか」

日頃から江戸城内で各大名の動静を探る役目を務める原田伊織が追い討ちをかけた。

つい半年前だ。幕府は庄内藩酒井氏を越後長岡に、越後長岡の牧野氏を武州川越に、川越藩松平氏を庄内にそれぞれ転封する「三方領地替え」を命じた。これに対して藩から領地替えの費用の負担を強いられた庄内藩の農民が一揆を起こした。

一揆の鎮圧に手を焼いた庄内藩は、公儀に対し「領地替え」の撤回を訴えた。思わぬ藩の動きに幕府はただ混乱し、今もって「領地替え」は行われていない。

「時代も変わったものだ」

と那波は嘆いた。

公儀の命は大名にとって絶対だったはずだ。どんな理不尽な命でも、黙って従うしかない。従わなければ藩は断絶である。それが長年幕府を支えてきた基本的な統治政策であったはずだ。

かつて公儀の大名取り潰し策は苛烈を極め、江戸時代前期の一六〇〇年代には全国で百五十件の改易が行われた。しかし、中期には「末期養子の禁」が解かれるなど、泰平の時代を迎えて大名との融和策が取られるなどして、中期一七〇〇年代は十八件に激減した。後期になるとさらに減少し、一八〇〇年代に入ってこれまでにわずか一件しかない。

（幕府に諸大名を抑え込む力はもはやない）

那波は時代の変化を感じざるを得なかった。公儀の命令に異議を唱える大名が出てくる時代になったのだ。

「それなら我が藩も」と言いたい家臣の気持ちもわかるが、我が藩は徳川家につながる親藩である。いわば身内から政に異議を唱えることは出来ない。

「殿も承知した転封である。今は速やかに準備に入られよ」

そう言うのが那波は精いっぱいだった。

「殿が承諾」という言葉にこれ以上の話は無理と判断したのか、緒方を先頭に彼らはすごすごと部屋を出ていった。

那波もいつまでも困惑してはいられない。早く国元へ「所替え」を知らせねばならない。尾関の部屋を訪ね、相談して「所替え」の書状を書いた。書状には所替えの知らせに加えて「とにかく穏便に進めるように。（騒動が起こらぬように）火の元など気をつけるように。この知らせは速やかに領内隅々まで伝えること」と付け加えることも忘れなかった。

「国元では突然の所替えに領民の中には動揺する者は多かろう。騒ぎだす者もあらわれよう。しかし、我が徳川親藩の松平家が公儀に抗う様なことはあってはならぬ」という尾関の配慮である。彼の頭の中には、先の「庄内藩のような百姓一揆」のことがあった。

書状を国元へ送った那波は、急ぎ主だった家臣を部屋に集めた。さっそく所替えの準備にかからねばならない。まず、公儀からの「所替え」に関する情報を集めるための担当者を江戸留守居役の吉田柿右衛門に命じた。また、今回の三方領地替えの他の当事者である浜田藩と棚倉藩の各江戸屋敷との相談、さらに過去に同じような三方領地替えになった藩からの情報収集など、矢継ぎ早に担当者を決めると直ちに行動に移すよう命じた。

「小心者」「優柔不断」と陰で噂されるほどの慎重な那波だったが、一度決まればさすがに江戸家老を永年務めるだけの事はある、優れた実務能力を持つ「能吏」と言える。

「それにしても、全く経験のないことだけにこれから何が起こるやら、全く予断を許さない」と気を引き締めた。

翌日、幕府の呼び出しに応じて留守居役の吉田柿右衛門が勘定所に出向くと、御殿詰組頭の近藤佐平次より館林領内の「郷村高帳」を早急に提出するよう命じられた。「郷村高帳」とは領内の郷、村ごとの米の収穫高を記録したもので、藩の財政状況を詳細に顕したもの。

さらに引っ越しの期限である「城受け渡し」の日にちを三藩で急ぎ決めるよう指示された。また、石見への移動に関して、女たちの証文と家中女惣人高帳の提出を求められた。

屋敷に戻った吉田の報告を聞いた那波は意外に少ない公儀の指示に、

「それだけか?」

と当惑した。

これだけでは転封に必要な作業を進められない。もっと多くの詳細な指示を期待した那波だったが「あとは自分で考えろ、ということか」と愚痴った。

それに、もしやと思い吉田にそっと尋ねた。

「所替えの費用の話は出なかったか。公儀からの資金のことだが……」

吉田は小首をかしげながら応えた。

「はて、今日のところは何も申されませんでしたが……所替えには公儀からは何も資金補助はないと聞いておりました故、当方からは聞いておりませぬ。明日にでもこちらから出向いてお伺いを立てて参りましょうか」

「いやそれには及ばぬ。このところの飢饉でどの藩も財政が苦しい折、もしかしたら公儀から援助が出るのではと思うたまでのこと」

那波は自分が淡い期待を持ったことを後悔した。

「となると、転封による移動の資金はすべて自藩で負担しなければなるまい。移動先は館林から二百五十里以上離れた石見浜田だ。どれだけ費用がかかるものやら、見当もつかぬ」

ただささえ多額の借金を抱える藩財政にさらに重たい負担がのしかかることに那波は茫然となった。

館林に「所替え」の通知が届いたのは翌三月二十二日の事。当然領内は騒然となった。

江戸と違って館林では世情に疎いものが多い。全国の情報も余り入ってこない閉ざされた地域である。情報が少ない分だけ逆にあらぬ噂が駆け巡る。

「藩にはわれわれの知らぬ隠された落ち度があるのではないか」

とか

「藩主様はかつては公儀の寺社奉行。最近老中となった水野様と何か争いごとがあり、水野様のお怒りを買ったそうな」

さらには移封先の浜田藩についても
「米はほとんどとれぬ山間地。とても我ら百姓の住めるところではない」

「石見は山陰地方。雪も多く、冬の寒さは耐えられない」

いずれも真実とはかけ離れた話だ。要は松平家に石見に移ってほしくないという領民の裏返しの感情と言っていい。

それは館林藩の領民と領主の親密な関係にある。米以外に実入りの多くない藩だったが、主従一致して善政を行い、領民のために藩は備蓄倉を持っていた。藩主斉厚が自ら提案して設けた貯蓄蔵である「永康蔵」を藩内各地に設け、凶作、水害などの被害にあった際はこの蔵から領民に米を放出した。百姓を始め領民はこんな藩主に好意を持ち、越智松平家の代々の称号「右近将監」からとった「将監さま」と親しく呼んでいた。

天保に入って全国的に飢饉が相次ぎ、米不足から各地で百姓一揆や打ちこわしが頻発するなかで、館林藩は騒動も起こらずにいたのもこうした背景があったからと言えよう。

それだけに突然の転封に領民の失望は大きかった。

「公儀に移封を御取りやめ頂こう」

一部の村からはそんな声も上がった。もちろん藩が押しとどめた。徳川幕府の親藩が公儀の命に反対することは出来ない。

藩に好意的なものだけではない。藩にお金を貸し付けていた商人たちは、移封で貸金が「取りっぱぐれ」になるのではと藩の勘定方に押しかけた。通常は藩は時間をかけてでも返済してから移るのが「慣例」となっているが、最近はそのまま「踏み倒し」て去っていく大名が多かったのだ。

館林藩は他の藩に比べて比較的借金は少なかったが、それでも備蓄米のための米の買い付け代金や将軍家斉の子供を婿養子に迎える際の献上金などの出費がかさみ、借金は五万両を超えていた。これらの一部は地元の商人などからの借り入れである。

館林藩は引っ越し作業に入る前に、まずこの借金をどう処理するかという最大の壁に突き当たった。

三章　郷士

その日、郷士の大脇豊太（おおつきとよた）は藩の領地替えの話を藩校道学館の教室で他の生徒とともに聞いた。館長の「松平家は石見の浜田に移ることになった」の説明に生徒たちは一斉に驚きの声をあげ、暫くの間教室は騒然となった。

その中で豊太だけは何故か落ち着いていた。

「将監様が転封の後、この道学館はどうなるのだろう」

彼がまず考えたことである。

「今度来られる新しい藩主様はこの藩校を続けて下さるだろうか」

自分はこの春で道学館を卒業するが、後に残る生徒のことを思うと心配だ。

若くして藩主になった松平（将監）斉厚（なりあつ）は教育熱心で三十年前の二十四歳の時に自ら藩校として道学館を設立し、幅広く領民の間から生徒を集めていた。武士の子弟だけではない。百姓のせがれや、商人の子供、それに女子まで百人ほどが学んでいた。

その中で豊太は講義のある日は一日も休まず、家のある高根村から一時間ほどかけて通っていた。

講義は四書五経、和・漢の史学、詩歌などの文学だが、百姓、商人たちには『百姓往来』『商人往来』

など身分に合わせた教育も行われていた。豊太はそのうち五経、漢書の講義がとりわけ好きだった。

道学館では三カ月に一度は生徒の成績を表彰する制度があり、年に一度は藩主将監様が道学館を訪れ自ら表彰を行った。表彰は学業の成績だけでなく、百姓なら畑仕事の手伝い、女の子なら家事手伝いや子守りといった、親に対する忠孝ぶりも表彰の対象になった。豊太もこれまで数回田畑仕事の手伝いで表彰されている。

日頃は地元の高根村の百姓で米作りに精を出し田植え時の重労働を思うとつらいこともあったが、勉学に留まらない表彰に日ごろの生活を忘れて喜んだ。自分だけではない。この道学館に通う多くの生徒にとって、表彰制度がどれだけ生きる励みになっているか知れない。

領民たちの希望の館だった道学館が転封で消えてしまうかもしれない。そう思うと悲しい気持ちでいっぱいとなった。

授業が終わると、再び教室はざわめき始めた。その中を河鰭（かわばた）監物が源太に近づいてきた。彼もまた今年卒業することになっている。

河鰭は十九歳にしてすでに三十石の知行地を持つ藩士、一方の自分は百姓の郷士では身分が余りに違うが、河鰭は同じ十九歳同士という若者が持つ身分のこだわりのなさ、気さくさから同僚のように付き合わせてもらっていた。

「わしと少しだけ付き合ってくれぬか」

いつもの気さくな笑顔はなく、何か思いつめた言い方に豊太は少し当惑したが、後に続いて教室を出た。

道学館は館林城内の三の丸のはずれにある。石垣に囲まれた緩やかな坂を下りて左手に折れ、暫く行くと尾曳稲荷神社に出た。さらに神社を左手に見て進むとすぐに「城沼」の畔に出る。城沼は周囲二キロほどの沼で、周りは桜並木が続いている。

湖面を見詰めながら河鰭が尋ねた。

「豊太、そなたは浜田へ行かぬか?」

河鰭のあまりに唐突な問いかけに一瞬戸惑ったが、すぐにきっぱりと答えた。

「私はこの館林に残ります」

自分は河鰭様のように藩士ではなく郷士のせがれだ。永年館林領内で庄屋を務め、新田開発や年貢の収集などで藩に協力してきた功績が認められ、祖父の代から名字帯刀を許された大胐家だが、藩士ではない。

藩主斉厚様のご厚意でこの藩校に通わせてもらっている恩は感謝しているが、藩に仕える藩士と違って郷士は地元が生活のすべてなのだ。

「河鰭様は浜田に行かれるのですね。さびしくなります」

身分が違う自分に河鰭様はまるで兄弟のように親しく付き合ってくれた。

河鰭は土手の草むらに豊太を誘うように腰を下ろした。

もう一月もすればこの土手は満開の桜並木に変わる。いまは蕾だけだが、湖面を渡ってくる爽風は春の到来が近いことを感じさせる。

「館林の花見も今年で見納めか」

思わず天を仰いで、河鰭が深い溜め息を吐いた。

その顔を隣に座る豊太に向けるともう一度言った。

「そなた、わしと一緒に浜田に行ってはくれぬか」

河鰭は続けた。

「そなたとはこの五年間ともに道学館で学んだ、いわば同志だ。そなたは百姓のせがれながら、学問を学ぶその真摯な姿勢、昼夜を問わぬ勉学努力、学問のみならず諸事一般への知識欲、豊太が学級の中で常に上位の成績を残していることにわしは尊敬の念を持っていたのだ」

豊太は、下を向いたまま黙って聞いていた。

どこかで鳥の啼く声がした。

「この度所替えとなった石見浜田藩は海と山に囲まれた漁業と林業の国と聞く。米と畑作だけのこの館林とは全く異なった国だ。国の経営にわれらの経験や知識は何の役にも立つまい。見知らの土地に我ら武士だけが行っても何のお役立ちもできまい。それを思うと心配でならぬ。ついては、百姓でもあり学識の豊富なそちの力がどうしても必要なのだ。頼む」

確かに、広大な関東平野の真ん中にある館林と山また山に囲まれ海に面した石見浜田とでは取り巻く自然環境は違いすぎる。領国経営もまた同様、館林藩にとって浜田では厳しい領国経営に迫られよう。

だが、地元に残る豊太にすれば、将監様転封後の館林の方が心配である。

真剣なまなざしで熱っぽく話す河鰭をなだめるように静かに応えた。

「河鰭様がそのように私を評価して下されているとは知りませんでしたし、誠に身に余る光栄です。

ただ、私は河鰭様が思っていらっしゃるほどの人間ではありません。郷士と言っても実はただの百姓、この館林の土地に一生しがみついて生きていくしか能がない男なのです」

謙遜ではなく本心から正直にこたえた。

だが、河鰭はその百姓という言葉にこだわった。

「その百姓の経験が必要なのだ。我ら武士たちは頭で分かっていても、領民の本当の心までは理解できない。ましてや、我らは石見の浜田の領民の事は全く知らないのだ。新しい領地では領民といかに融和できるか、それが領国経営の要となる。

そなたは郷士として百姓の心も武士の気持ちも分かっている。それは道学館での日頃のそなたの言動で分かる」

河鰭はすでに見抜いていた。新しい土地での領国経営の難しさを。ここ十年の幕府による領地替えは数件起きている。しかしいずれの藩も新領地での経営に苦慮している。

新領地の領民は新しい藩主に対して年貢の徴収などでまず不安を持つ。一方新藩主は百姓一揆などの抵抗を恐れ、多くの藩は領民に対して最初は強硬策を取る。特に天保に入って天災による不作続きで領民の心は荒んでいる。藩も領民もどちらにも「疑心暗鬼」が生まれ易く、それが領国経営を難しくしている。

もちろん、豊太も噂ではそうした例は知っているが、この館林藩の藩主将監様は領民への思いやりが深い方だと日ごろから思っている。

「将監様には出来ましょう。将監様のこれまでの我ら領民への善政は計りしれませぬ。石見の浜田に行ってもきっと領民から信頼される政をなされるでしょう」

もともと館林藩は余り実入りの多い土地ではなかったが、主従協力して倹約に努めた結果、藩蔵の備蓄は豊富であった。天明六年（一七八六）、文政六年（一八二三）には近くを流れる利根川の氾濫により領内は大水害に見舞われた。さらに翌年には城下が大火にあい街は焦土と化した。こうした大きな災害に対し、将監様は備蓄米を放出したり、領民に金銭を配布し、民を救ったのである。

天明、天保年間、全国的な飢饉が続き、飢えによる百姓一揆が各地で頻発していたが、ここ館林藩では全くその気配すらないのは、藩主将監様をはじめ館林藩の方々の善政のお陰、と豊太は感謝している。

「それもそなた達の協力があったからこそだ。しかし、これからの石見浜田藩がそうとは限らぬ。彼等の理解を得るためにも、藩士と領民の間に立って取りまとめていく人材が必要なのだ。それはそなたしかいない」

河鰭はあきらめない。

それほど河鰭は浜田での領国経営に懸念を抱いていた。

河鰭が浜田への所替えの報せを聞いたのは昨日のこと。国家老尾関より家臣全員に急な登城を命じられ、そこで所替えの命を聞いた。すぐに家臣の間で浜田の情報集めが始まった。

彼らが集めた浜田の情報は厳しいものばかりだった。石高は館林藩と同じ六万一千石だが、広大な平野を有する館林藩は領民の努力でなんとか実質六万石以上の石高を守っている。一方、山々と海に囲まれた浜田藩は、山間部の田畑が多く、厳しい自然環境と相まって実入りは遥かに六万石を下回っている。

米作以外で林業のほか特産の和紙や瓦を専売にして藩の収入源にしているが、それも生産量に浮き沈みがあり藩財政を不安定にしている。館林藩にとって不利な三方領地替えである。その上、浜田ではここ数年は相次ぐ天候不順による凶作続きで、百姓の間で不穏な動きが起きているという。

「所替えの時期が余りに悪すぎるのだ」

河鰭は苦り切った表情で吐き捨てた。

「わしはあきらめないぞ。絶対に。これからも何度でもそなたに頼む」

執拗なまでの誘いは、同時に浜田での領国経営に対する河鰭の危機感の裏返しでもあった。

河鰭の熱意に豊太の心も動いた。郷士の自分を同じ藩士のように扱ってくれた河鰭への恩義もある。しかし、自分は一人身とは言え父、母や兄弟もいる。自分一人では決められない。

「分かりました。河鰭様のお気持ちはありがたく思います。ただ、私にも家族がございます。父母の考えも聞いてみなければなりません。一度話してみます。御返事はその後ということでよろしいでしょうか」

豊太は父母が絶対に許してはくれないと分かっていた。郷士とはいえ百姓が地元を離れることなど父母にとっては『死ぬ』ことと同じ意味なのだから。

「もちろんだ。お主が浜田に行くには御両親の了解が必要であろう」

少しだけ、河鰭の表情が緩んだ。

城沼の周りには午後になって春のような陽気に誘われて人通りが増えてきた。誰も春が待ち遠しいのだろう。湖面には若い人たちをのせた小舟が浮かんでいる。

「この館林は素晴らしいところですね。あの人たちが楽しそうに話している姿を見ると、こちらまで心が晴れ晴れしてきます」

小舟の方を見ながら豊太がほほ笑んだ。

つられたように笑顔を浮かべていた河鰭の顔が引き締まった。

「豊太、今度の所替え、どう思う」

「どう、とは？」

「なぜ、我らが石見へ行かねばならぬ？」

「そのようなこと、百姓の私には解りませぬ」

「藩の者たちによれば、浜田藩に密貿易の事実があり、その始末で浜田藩が棚倉藩へ改易された。そこまでは分かる。しかしそれでなぜ我が藩が石見浜田へ行かねばならぬのか。

わしは公儀に隠された意図があるのではと思うのだが……」

「隠された意図とは」

豊太は小首をかしげて河鰭の顔を見た。

「今は分からぬ。だが、そうでなければ我が藩が所替えになる理由がない。それとも……無いとすれば、ただの公儀の単なる思いつきということか」

「思いつき？」

「そうだ。公儀の狙いは浜田藩の棚倉への移封にあったはずだ。我らはその道具に使われただけかもしれない」

「そのようなことがありましょうや」

それには答えず河鰭は再び腕を組むと何かを考えるように押し黙った。

少し風が出てきた。湖面に小波が広がってきた。

暫くして河鰭は何か思い当たることがあったのか、顔をしかめてつぶやいた。

「公儀は何とも理不尽なことをするものよ。紙切れ一つで、藩の運命が大きく変わってしまうのだ。所替えとなれば、家族そろって見も知らぬ遠い石見の国まで行かねばならぬ。我が藩は一族郎党も含めれば四千人にも達しよう。中には年寄りもいる。病に伏せているものもいる。幼い乳飲み子を抱えての長旅に果たして皆が無事にたどり着けるだろうか。例え何とか移ったとしても今度は厳しい自然環境に耐えられるだろうか。そのことを思うと何ともやり切れぬのだ」

河鰭は傍らの小石を握ると立ち上がり、湖面に向けて遠く小石を投げた。小石は七間ほど飛んで、小さな音を立てて沈んでいった。後の湖面には波紋が静かに広がった。

「投げた石は小さくとも波紋は大きくなる」

河鰭が低くつぶやいた。

豊太は今の館林藩を物語るようだと思いながら、黙って湖面を見詰めていた。

城沼で河鰭と別れた豊太は高根村にある実家に戻った。いつもより帰りが遅いことに心配した母が寄ってきて尋ねた。

「館林藩は所替えだそうです。場所は石見の浜田だそうです。石見の浜田とは、本州の西の果ての」と言いかけて止めた。

生れたときからこの村以外のところに行ったことのない母は西国と聞いても隣り村以上に遠いところは実感がわかない。ただはるかに遠いところらしいことだけは分かったのだろうが、

「それは大変なことになりました。私たちの暮らしはどうなるのかえ？」

やはり自分の暮らしだけに関心があるようだ。

夜になって帰宅した父はさすがに違った。村の役場で庄屋連中が集まり、佐伯郡奉行から「所替え」の知らせを受けていた。

「藩にお貸しした米代金はどうなるのでしょう。払って頂けるのでしょうか？」

母がすぐに尋ねた。

館林藩では豊作のとき年貢以外の米を百姓から貯蔵米として買い上げていた。不作や飢饉の際にこの備蓄米を放出するためだ。藩財政に余裕のあるときは藩が実際に金を支払っていたが、天保年間に入って藩財政は困窮し、貯蔵米の資金は百姓から借り入れていた。その金額は石高にして三百石、金額にして全体で三百両ほどになっている。

豊太の母が心配しているのはその貸金のことである。

「いや、あの米代金はお貸ししたのではない。藩に差し上げたのよ。今日の藩のご説明の後、庄屋連中で会合を開いて、この高根村では藩にお貸しした米代金は一切お返し頂かないことで衆議一決した。帰りが遅くなったのは、そのためよ」

「まあなんと気前のいいこと！」

唖然とする母に、父は諭すように語りかけた。

「これまで藩主将監様にわしら百姓はどれだけ施しを受けてきたか。お金だけではないぞ。藩校の道学館に我ら百姓の子供まで受け入れて下さった。このように領民のことを考えて下さる藩主様は聞いたことがない。米代金はそのお礼、わずかながらも所替えの餞別の一部に差し上げる、というのが皆の意見じゃった」

父のすっきりした表情に母はそれきり黙ってしまった。

確かに、藩主将監様の領民に対する日頃の思いやりを思うと、豊太は有難いことだと感謝していた。ただ、父がポツリと漏らした言葉が気になった。

「我ら百姓はそれで済むだろうが、商人たちは果たして収まろうや。なにせ藩への貸金は半端でないからな」

豊太もまた気になった。そのおかげで河鰭から誘われた「浜田行き」の話を父母にするのをすっかり忘れてしまっていた。

寝床に入って気が付いたが、「どうせ反対されるのだから、話さなくても同じ」と納得した。今度河鰭様にあったら「親に反対された」と断るつもりだ。それ以上のことを考える前に睡魔が襲ってきた。

一方、屋敷に帰った河鰭に意外な知らせが待っていた。家老尾関より「江戸表にすぐ上り、殿様の御側に仕えるように」と指示があったという。

河鰭家は代々越智松平家に仕える重臣の一人で、曾祖父も、祖父も父もお使い番を務める名門であった。監物が七歳の時父景行が死んだ後、母の手一つで育てられたが、血筋に加えてその才能を買われ十八歳にして知行地三十石を与えられ御給人に登用された。前年には、二十歳前で藩主斉厚に近侍する御側勤となるなど、出世コースを順調に歩んでいる。やがては藩政を担う地位にあがることは約束されていたと言っていい。

「浜田でなくて良かった。この歳では江戸まで参るのがやっとです」

母はそう言ってほっとすると同時に江戸詰めを喜んだ。

河鰭にすればなにやら拍子抜けのする話だ。もともと御側勤めの身だから殿の傍に仕えるのは当然で、斉厚様が参勤交代で江戸に居る今は国元に残ったが、やがては殿の御側に仕えることになる。そして、殿が赴任する浜田への先行部隊の一人として先乗りするものと思っていた。それが江戸詰めとは、どういうことか。

河鰭は、早くもうれしそうに江戸行きの支度を始める母の傍で、ふと頭によぎったことがある。

「殿は浜田に行かれないのではないか」という危惧である。新領地へ藩主が赴任しないとなると領民はどう思うか。なんといっても領民にとって藩主の存在は大きい。「新しい藩主様はどのような方か。我ら領民をどう思っておられるのか」。領民はかたずをのんで新藩主を見守っているのである。

それが、新藩主が赴任しないとなれば、ただでさえ領主が代わって不安になっている領民が、不信感までいかなくとも疑心が生まれる可能性はある。それは、これからの領国経営に大きな支障をきたすことになる。

自分の江戸詰めの報せから藩主が江戸に留まることを読みとった彼は、

「まずいことにならねばよいが」

と、早くも新領地浜田での領国経営に一層不安を抱いた。

その夜、河鰭は床に入ってからもなかなか寝付けなかった。

四章　藩主と藩士

公儀から館林藩松平家に石見浜田への転封の命が下されてから一カ月が慌ただしく過ぎた。

公儀の指示は城明け渡し引き取り日を決めること、領地の郷村高帳を提出すること、新所領の決定、領地返還（上知）の手続きといった、公儀に対するおおまかな決まりごとだけだったから、ほとんどの作業は藩自身で決めて行わなければならなかった。

過去の記録があればよかったが、館林藩の前回の転封は九十年以上前でわずかな抄録のみで参考にはならない。松平氏の前館林藩主太田氏に問い合わせたが、太田氏の記録も役に立たなかった。仕方なく、江戸藩邸の藩士が最近転封を経験した他藩に尋ねたが、記録はあるものの断片的であったり、状況が違いすぎてほとんど参考にならなかった。

国元では記録もなく情報も少ないため、引っ越し作業は混迷を極めた。例えば最大の作業である武具の移送。まず武具の範囲。槍や刀は当然だが、甲冑部類は何処までかとか、さらに公儀の武具改めに備え、武具をどのように分類して梱包するのかになると藩では判断できない。

武具だけにとどまらない。移送手段や経路などそのたびに江戸屋敷に問い合わせ、江戸屋敷では公儀にお伺いを立て、その答えを国元に知らせるという手順を踏むので、手間がかかり準備は遅々として進まなかった。

それでも、分からないことは一つひとつ公儀にお伺いを立てて解決することに慣れてきた二カ月目に入ってからは、ようやく移送準備作業が動き出した。

江戸詰となった河鰭監物は近習の一人として、転封の責任者である江戸留守居役の吉田柿右衛門のもとで働いていた。河鰭の仕事は転封作業全般の進行状況を常に把握し、予定通り期限までに移送を終えることにあった。いわば、移封責任者のNO．2である。弱冠二十歳の若さでの大抜擢であるが、彼はその責任に十二分に応えた。

国家老尾関隼人が江戸の藩主松平斉厚（なりあつ）に館林の報告にやってきたのは四月の末、江戸屋敷の庭の牡丹が蕾を膨らませ始めた穏やかな昼下がりであった。

尾関は江戸家老那波乗功、江戸お留守居役吉田柿右衛門、それに河鰭景岡を従えて藩主松平斉厚の前に平伏した。

「いかがじゃ、所替えの準備は滞りないか」

藩主松平斉厚はこのとき五十三歳。数年前に幕府の寺社奉行を辞した後、今は侍従として将軍の身の回りの世話役を務めている。と言っても、彼の場合は将軍の話し相手に過ぎず、最近は将軍から呼ばれることもあまりなく暇を囲っていた。

わずか二歳で家督を継ぎ、若いころは朱子学の山崎闇斎の弟子である稲葉黙斎に学び、藩校『道学館』を立てるなど教育熱心で、飢饉や水害に備えて米の備蓄蔵をつくるなどの善政で名君と呼ばれた。

だが、四十代で寺社奉行を務めた頃から藩政はそっちのけで、家格を上げるために将軍家にすり寄る生活で、もはや名君と言われた面影はない。多くの皺が刻まれた顔は年齢以上に老けて見え、もともと小柄で細身だった身体から出る声も弱弱しい。

「なにせ公儀からの指示が少なく、何をどうしてよいか、何から何までいちいちお上にお伺いを立ててから作業に入る有様で、なかなか進みませぬ」

吉田柿右衛門が最初に愚痴を言った。

斉厚はその言葉を無視するように尾関に向かって尋ねた。

「領民は落ち着いたか。最初は動揺が大きかったと聞くが……」

「確かに当初は事情がよくわからず、あらぬ噂も立ち、領民の中には動揺し騒動も起きかねない事態になりましたが、殿の一日も早く領内隅々まで此度の経緯を説明するようにと言うお達しのお陰で、比較的速やかに収まりましてございます」

尾関の説明を聞いていた斉厚は満足そうに大きくうなずいた。

「なによりじゃ。他藩では所替えに反対して百姓一揆が起こるなど物騒な事件も起きているそうな。徳川親藩の我が越智松平家でそのようなことが起これば、幕府に申し訳が立たぬというもの」

彼にとっては幕府、とりわけ将軍家斉の機嫌を損なうのが一番怖いのだ。

彼は今から十四年前に、将軍家斉の二十番目の子、斉良を養子に迎えている。これも家斉に取り入るための手段の一つで、その際に貰い受け料として家斉に数千両の大金を送っている。おかげで、六万石の大名ながら、江戸城での詰め所が十万石以上の大大名が詰める格式のある「大広間」の列となり、大廊下の下の部屋に休憩所を設けることを許されていた。

今まで顔を上げて話していた尾関が急に下を向いてくぐもった声で呟いた。

「領民の多くは時間がたつごとに納得しているようですが、家臣の間で困ったことがおきましてございます」

「困ったこと？」

今まで笑みさえ浮かべていた斉厚の顔が急に強張った。眉間にしわが寄ると一層老けた顔になる。

「はい、藩士の中には石見浜田に移るのを辞退する者が出てきております。年老いた者、病に臥せった者、怪我をしている者は致し方ないとは思いますが、ただ単に、遠い石見浜田まで行くのは嫌だという理由でお暇を申し出る情けない者がおります」

「そのような不埒な者も家臣の中にはいよう」

斉厚は余り気にしていないようだ。

「いえ、その数は決して少なくはないので困っております」

尾関の言葉に江戸家老那波が声を荒げた。

「なんという情けなさ。武士にとって所替えは単に移動することではない。新天地に乗り込む、いわば戦場に赴くのと同じこと。武士が戦場に行くのを拒むとは武士の風上にも置けぬ輩じゃ」

日頃は慎重居士で物静かと言うより控え目な那波にしては珍しい激昂ぶりである。

柿右衛門はまるで自分が怒られているように身を縮めた。

斉厚は困ったような、しかし仕方がないような顔をして、暫くは腕を組んで何か考えている風だったが

「のう、尾関、ものは考えようじゃ。此度所替えとなる石見浜田藩は石高ほど実入りが少ないと聞く。それに我が藩には馴染みがない林業、漁業が中心で他に和紙、瓦、鉱山などの特産物があるだけで財政は我が藩より苦しいと聞く。我が藩もこれから所替えの多額の費用を賄わねばならぬ。だから、今までの家臣の数でやっていけるか難しい」

そこで区切って、四人の顔を見回してからさりげなく続けた

「身分の軽く、藩にとってあまり役に立たぬ者で、お暇を申し出た者がいたら、不憫ではあるが少しずつ人数を減らして浜田へ移るがよいと思う」

斉厚の言葉に四人は一様に驚いた。と言うより不安になった。

要するにこの際「不要な藩士は捨て置き、身軽になって浜田へ移れ」と藩主が言ったのだ。

江戸時代に入って藩主と藩士の関係は「藩士は藩主に絶対忠節を誓い、藩主は藩士に身分の安堵を保証する」ことにあった。それが藩財政が苦しいからと言って簡単に藩主の一言で藩士は身分を失ってしまうとは。尾関は斉厚の言葉に末恐ろしくなった。

だが、藩主だけを責められない。浜田への移動を拒否することは戦場に赴くことを拒否することと同様なら、藩士が藩主の命に従わないのは忠節を放棄したことと同じだ。

よく考えればどっちもどっちと言うことか。江戸幕府を支えてきた、いや武家社会を支えてきた土台そのものが崩れてしまったということなのかもしれない。尾関はそこまで考えて茫然となった。

那波はそれでも納得出来ない。

「しかし、藩士のわがままを許しては、藩政にかかわりますぞ。皆が勝手にふるまっては藩の政は成

り立ちませぬ」

「仕方がないではないか。浜田へ行くのが嫌だというのでは。それでも無理やり連れて行けば、かえって足手まといとなろう」

斉厚は弱弱しく力なく応えた。

このとき一番後ろに控えていた河鰭監物は別のことを考えていた。江戸に来てからずっと、いや館林で転封の命を聞いた時から彼の頭にくすぶっていた疑問だ。この際藩主にはっきりした答えが聞きたかった。

「恐れながらお伺いいたします。藩士の移動は何とか期日までに済みましょう。殿はいつ浜田へ向かわれましょうや」

斉厚は意外なことを聞かれたように河鰭の顔を不思議そうに見た。

「わしか？　わしは浜田には行かぬ。いや行けぬ」

まるで人ごとのような言い方に四人はあっけにとられた。

「わしはまだ江戸城にあって、公方様を支えていかねばならぬ。日本中が相次ぐ飢饉に見舞われ、世情が不安に包まれているなか、公方様の傍を離れるわけにはいかぬでな」

斉厚は自分が将軍にとって頼りになる相談相手だと自負しているようだ。

「お言葉ではございますが……」

河鰭は引き下がらない。

「恐れながら申し上げます。新領地浜田の民は新しい領主がどのような治世を行うか不安を抱いてみておりましょう。そこに殿が姿を見せないとなると領民の不安が広がる恐れが出てまいりましょう」

「わしが行かなければ、藩政が滞ると申すか」

斉厚が少し声を荒げた。

「滅相もございませぬ。ただ、新領地での藩政は最初が大事でござる。藩士にしても見知らぬ土地で館林とは全く違う環境の中で、殿がおわせばどれだけ心強いか」

どうしても殿に浜田へ行ってほしかった。

「わしが行かぬとも、家老の尾関や、那波がおるではないか。藩士皆が両家老と協力して浜田の藩政に勤めてほしい」

と厳しく言った後、自分の身を嘆いて見せた。

「それにこの歳だ。浜田に行ったらいつ江戸に戻れるか分からぬ。わしはまだ公方様に仕えねばならぬ。これも越智松平家のためなのだ」

そこまで言われては尾関を始め四人はこれ以上殿に頼めなかった。

その場に気まずい雰囲気が漂った。

尾関はそれでも他にどうしても斉厚に聞いておいてほしいことがあった。藩財政のことである。

館林藩は特殊な領地を抱えていた。館林藩は多くの飛び地で成り立っていた。一口に六万一千石と言っても、城がある館林地区はわずか二万四千石しかなく、そのほかに、武蔵野国埼玉郡、播磨国（一万石）、越後岩船・蒲郡郡（二万石）、伊豆国（七千石）の「飛び地」を抱え、寄せ集めての六万一千石であった。

このため、館林藩の財政は始めから決して豊かではなかった。家老を始め家臣の間には倹約、質素、貯蓄の習慣が身についていた。

それでも天明の大飢饉以降、財政は一段と悪化し、五万両を超える借金を抱えていた。実入り三万六千石で、五万両を超える借金はいかにも重い。

その上此度の移封費用だ。

「転封費用のことでございますが……」

尾関は恐る恐る顔を上げながら言った。

「武具や家具類、書類など藩の荷物だけで膨大な量になります。もちろんこの際不必要なものは処分して参りますが、それでも馬車、荷車四百台分にはなろうかと。さらに、家臣の移動ですが、家族まで含めますと我が藩は四千人にも達しましょう。これら人や荷物が遠い石見浜田まで移動するとなると……」

「だから、どれほどなのか」

斉厚の声がいら立っている。彼は藩財政の話になると何時も途端にいやな顔をする。

「二万両ほど」

「なに、そんなにか」

さすがに二万両と聞いて斉厚も驚いた。

「なにせ、浜田は遠すぎます。移動には一月はかかるかと。その間の宿賃はもとより、運送の荷車代、人足の手間賃、大坂から石見までの船賃、藩士たちへの引っ越し費用に、旅の路銀、藩士四千人となるとその費用は半端な金額ではありません」

「だから、藩士の数については先ほども申したように出来るだけ少人数にせよ。藩の荷物も出来るだけ処分し身軽にせよ」

「承知しております。それでも藩にそのような大金がないのは殿も御存じ。御用商人を通じて、江戸や大坂の蔵元に借入の話はしておりますが、未だ良い返事はもらえませぬ」

江戸、大坂の蔵元からはすでに四万両近い借金があった。今回の移封費用は返せるあてがない借り入れだけに、蔵元も貸し出しには二の足を踏む。

「そこで失礼ながら、殿に幕府に借財を頼んではいただけないかと……」

「このわしが？　公方様に頼めと？」

斉厚はすぐに不快な顔になった。

「願わくば」

那波他二人ともひれ伏した。

「いくらわしと公方様の仲でも、これ以上幕府から金は借りられぬ。無理じゃ」

実にあっさりとした答えである。

館林藩はすでに幕府から一万両近い借財があった。天明以降の飢饉による領民救済資金のためだったが、実際は、斉厚の「江戸城工作資金」捻出のためだったと言っていい。

斉厚は数年前に将軍家斉に頼んで、家斉の二十番目の子、斉良を養子に貰い受けているがこのときの家斉へのお礼として五千両を送っている。その資金はそのまま幕府から借りた。まだある。家斉から斉の字を貰い受けたときもお礼として三千両献上している。そのほか斉厚の江戸城での〝交際費〟も少なくない。藩に財政的な余裕がないため、いずれも公儀から借金していたのである。

那波や江戸屋敷の者たちは、斉厚の〝散財ぶり〟を知っている。表だって不満を唱える者はいないが、財政窮乏の中、快く思っていない者たちは多い。将軍との仲が親しいのなら斉厚に借財を頼んでほしい、と願うのも当然の思いなのだ。

だが、斉厚に彼らの気持ちなど全く通じない。

「だいいち、転封費用を幕府から借り入れるなどと言う幕府に無礼な話は聞いたことがないぞ」

居並ぶ四人に向けて詰(なじ)った。自分が藩の財政を無視してまで家格を上げるために将軍家斉に貢いでいることなど、斉厚は全く気にしていないのだ。

「無礼なことを申し上げました。平にご容赦を。ただ、いずれにしましても、我が藩は合わせて七万両の借財を抱えて浜田に転封することになります。そのことだけはお忘れになりませぬように」

尾関は精いっぱいの苦言を呈した。

「分かっておる。皆もこれまで以上の倹約にはげめ」

何処までも他人事なのだ。

再び、その場に気まずい空気が漂った。

尾関はこれ以上殿と話していても埒は空かぬと平伏の挨拶をして部屋を辞そうとした。

すると、斉厚が投げやりな表情で嘆いた。

「大体、そもそもわしはこの浜田への転封は反対だったのだ。公方様にも最初はお断り申し上げた。

浜田は我が館林と同じ六万石余りだが、実際の実入りは少ない。その上、海と山に囲まれ冬には雪が身の丈以上に積もる。余りにも館林と自然環境が違いすぎる。

しかし、公方様から言われた言葉で、引き受けることにしたのよ」

席を立とうとした尾関がその声に再び腰を落とした。

「公方様からは何と？」

四人は座り直すと身を乗り出した。

「西国は江戸開府以来外様大名がひしめきあっている。その中で唯一浜田藩を代々親藩が治めていたのは外様大名を監視するためである。特に、最近は隣国の毛利藩の動きが不穏である。是非、幕府に忠誠心の強いそちに毛利藩の監視役を引き受けてもらいたい、とな。そこまで公方様に頼まれたら断る訳にもいくまい」

斉厚は将軍との親密ぶりを誇る様に胸を張った。

(そうか、そういうことだったのか。我が藩が石見浜田に行く本当の理由は)

河鰭はようやく飲み込めた。ただ、まだ疑問は残る。

「それにしても領地交換でなく、三方領地替えになったのはなぜでございましょう」

河鰭の声に、斉厚は何か秘密を明かすようにそっと身を乗り出した。

「そのことよ。わしも最初は不思議に思ったが、後ですぐ読めた」

「と言いますと？」

「越前よ。水野殿は政敵老中首座の松平康任様を密貿易事件で幕閣から追放するだけでは収まらず、息子の康爵殿が治める浜田藩を改易させたかった。そこで棚倉藩への転封を策した。なぜ、棚倉藩だったか。そちたちは覚えておろう。二十年前の三方領地替えのことを」

そう言うと斉厚は三人の顔をゆっくりと撫でまわすように見回した。斉厚は話を楽しんでいるようだった。

「覚えております」

那波が暫くたって思い出したようにつぶやいた。

「文化十四年の唐津、浜松、棚倉藩による三方領地替えの件でござるな。当時唐津藩主の水野様が浜松藩へ転封、浜松藩の井上氏は棚倉藩へ、棚倉藩の小笠原氏が唐津藩へ転封しました。当時は唐津藩主の水野様が中央へ出るために浜松藩の井上氏の追い出しを策した三方領地替えだったという噂が立ったと記憶しております」

「噂ではない。その通りじゃ」

斉厚は冷たく言い放った。

「この度、松平康爵殿を棚倉藩に移すにあたって、自分が追いだした井上氏を遠い浜田に転封するのは気が引けたのであろう。井上氏を比較的近い館林に移封する代わりに、我が藩が石見浜田に行くことになったのよ」

相変わらず他人事のような口ぶりだ。斉厚にとって自藩のことより江戸城内の出来ごとの方に関心があるのだろう。

しかし、聞いている河鰭にとっては納得のいく話ではない。

（要するに水野様の政略に館林藩は使われただけなのだ。いや、先ほどの公方様の言葉と合わせると、これは公方様と水野様の合作だったのかもしれない）

殿が浜田へは行かないこと、藩にさらに借金がかさむこと、水野氏の野望に我が藩が使われたこと、どれ一つとっても、転封を前に暗澹たる思いに沈むことばかり。

河鰭は何ともやるせない気持ちで三人とともに部屋を辞した。

五章　利を持って諭す

五月に入ると幕府よりそれぞれの領地引き渡し受け取りの日時の沙汰があった。浜田では天保七年（一八三六）七月十二日、館林では七月十五日とそれぞれ決まった。

地元館林では領民との話し合いが続いていた。領内の正確な米の収穫量を把握するための「郷村高帳」は百姓から比較的敏速に正確に提出された。これまでの藩と百姓の関係が良好だったことによる。しかも、藩は実質庄屋連中から全体で三百両近くもの借金があったが、これも庄屋連中から移封餞別として棒引きとなった。

飢饉の多発や藩の重圧から百姓一揆が頻発していた江戸末期、これは極めて異例であった。国家老尾関らが次に館林にやってくる棚倉藩と話し合い、「しばらくは年貢を上げない」との約束を取り付けたことも大きかった。

だが、問題は、領内の商人たちから借り受けていた総額一万両もの借金だった。領地を離れる以上、地元の借金は返済して移らねばならない。通常、江戸、大坂の商人や蔵元から借りて地元商人に返済する形が行われるのだが、館林藩の場合、既に江戸、大坂の蔵元から四万両近い借金があった。地元商人との借り換え分に加え、転封費用の二万両も合わせて三万両を新たに調達しなければならず、既存の蔵元はどこも難色を示した。

江戸屋敷では伝手を頼りに新たに多くの蔵元を回ったが、いずれも色よい返事はもらえなかった。馴染みがない相手に返済の充てが立たない転封費用を用立てる商人がいるはずはなかった。困り果てた江戸留守居役の吉田柿右衛門は調達の役目を河鰭監物に命じた。

彼の日頃の誠実な態度に賭けたのである。これまで金にかかわる役目には全く関わりがなかったが柿右衛門の命とあれば仕方がない。本来ならば大名が蔵元など商人から借財をする場合、出入りの商人を通じて交渉するのが常である。しかし、河鰭は自ら単身で連日江戸中の蔵元をかけずり回っただけでなく、大坂まで出向いて借財に奔走した。

借金に奔走して一ヵ月ほど経った六月始め、ようやく河鰭の話にのってくれそうな商人が現れた。大坂の大手小間物問屋鴻池屋の倉橋清右衛門である。

河鰭はこれまで二回ほど清右衛門に借財を申し込んでいたが、清右衛門はいずれも河鰭の話を黙って聞いていた後「申し訳ありません。当方にはそのような大金の余裕がなく、此度はご要望にはお応えできかねます」

と丁寧ながら断られてきた。

その鴻池屋の倉橋清右衛門から「お会いしたい」との伝えに、借財のめどが付かず途方に暮れていた河鰭はいちもなく飛びついた。

その日のうちに河鰭は御堂筋に店を構える鴻池屋に清右衛門を訪ねた。

大通りに面して間口が六間はあろうかという大店の入り口を入ると、前回同様、番頭らしき中年の男の案内でいくつもの部屋を通り過ぎ、中庭に面した南向きの部屋に通された。これまでの二回の部屋とは違う。河鰭は期待と不安が胸を交差しながら清右衛門を待った。

女中がお茶を出してほどなく、

「お待たせしました」

と部屋の外で穏やかな声がすると同時に、笑みを浮かべながら腰を折る様にして初老の男が部屋に入ってきた。

火鉢を脇にして座った。中肉中背だが引き締まった体で、細長い目はあくまで柔和だ。もう会うのは三回目だからこの男がこの大店の主人、倉橋清右衛門ということはすぐ分かった。

「お言づけをいただき、取るものもとりあえずまかり越しました。借財の件、お聞き入れくださるのでござるか」

挨拶もそこそこに河鰭は腰を上げて、清右衛門に向かって身を乗り出した。

「まあまあ、そんなに話を急ぎませぬように。まずは私の話をお聞きください」

意気込む河鰭をなだめるようににこやかな笑顔で両手を前に河鰭を押しとどめた。

勢いを止められた河鰭は、腰を落とした。

「もちろん、私がお呼び立てした話は河鰭様から申し入れのあった三万両の借入申し入れのことにございます」

そこで清右衛門は懐からキセルを出すと、間を入れるようにゆっくりたばこ盆から煙草を取り出した。

「普通お武家様からの借り入れ申し込みは、お武家様出入りの商人が代わって申し入れるのが習わし。ところが、河鰭様自ら尋ねてこられるとは、私は驚いてしまったのでございます。普通はお武家さまと直接話をするのはお断りするのですが、ただよくよく考えてみますと、人に頼むのに本人が来るというのはわれわれの間では当然な話。まずはお会いしてお話だけでもお聞きしようと……」

清右衛門は、そこでいったん話を切った。口調はどこまでも大坂商人特有のやわらかく穏やかだ。

(この男何が言いたいのか。持って回った言い方でよくわからぬ。これが商人の言い方なのか)

河鰭は少しだけいらついた。

「河鰭様。武士であられる貴方様には失礼とは存じますが、これは商売の話でございますから申し上げるのですが……」

と言うと、手にしたキセルを火鉢の炭に向けて火を付けた。口に運んで大きく吸った後、煙をゆっくり吐き出した。

「私ども商人が一番大事にしていることは信用でございます。これは商売の基本でございます。信用のおけない人とは決して商売は致しません。だまされて損失を被るからです。その損失は誰も補ってくれません」

(金を貸してくれるのかやはり断るのか、どっちなのだ)

しかし、ここは黙ってもう少しだけ清右衛門の話を聞こうと腹を据えた。

清右衛門はキセルを火鉢の端に打ち付けてから言った。

「これまで河鰭様のお話しを聞いていて、この清右衛門、感服いたしてございます。お武家様が自らおいでになり、御藩の苦しい財政事情を語る見栄も偽りもない真摯なお言葉。私もお武家様を存じ上げておりますが、多くの方々は私ども商人を見下し、蔑んでおられます。しかし、あなた様は違う。私ども商人に頭を下げるお武家様に会ったのは初めてでございます。河鰭様の誠実なお人柄に私はこの方は信用できる方だと確信いたしてございます」

「では、お貸しいただけるのか！」

思わず大きな声を上げた。

「有難い。この御恩は生涯忘れませぬ」

畳に額が付かんばかりに頭を下げた。

このひと月余り、どれだけの商人を訪ねたか分からない。しかし、どの商人も「居留守」を使われたり、たまに会うことが出来ても慇懃に断られてきた。見知らぬ土地で見知らぬ人たちに苦手なカネの話を頼む毎日に河鰭は身も心もボロボロになっていた。そこに清右衛門の話、「地獄で仏」とはこの事を言うのだと喜んだ。

「お手を御揚げください。私はまだお貸しするとは申しておりません」

「!?」

清右衛門は再びキセルにたばこ盆から煙草を詰め、背をかがめて火鉢の中の炭で火を付けると、おもむろに姿勢を戻した。

「信用だけでは商人は商売は致しません」

怪訝な顔をする河鰭に向かって清右衛門が続けた。

「その商売が儲かるかどうか、これが肝心でございます。いくら信用出来る相手でも、儲からなくては商売は致しません。『利』がなくては商売になりません」

河鰭を突き放すように言い放った。

「我々商人の間では『人を説得するには「利」を持って諭せ』という言葉がございます。あなたさまはカネを借りるためにどんな「利」を私どもにお与えくださいますか？」

「それは……」

清右衛門の突然の問いかけに河鰭は言葉に詰まった。

「借りた金は必ずお返し申す。お約束致す。私どもにいえることはこれだけでござる」

「それは信用の話です。私が申し上げているのは、利の話です。お分かりいただけないのであれば私から申し上げましょう。お貸しするには条件がございます」

「条件というのは、利子のことか」

河鰭は条件については覚悟していた。金を借りる以上それなりの金利を支払うことぐらいは知っている。

「利子は頂きません。ただし、三万両と言えば大金でございます。それだけの金を長くほっておくわけには参りません。十年間にお返し願いたい」

(十年？　と言うことは毎年三千両ずつとなる。六万石の小藩ではとても無理な金額だ)

河鰭は素直にそう言うと清右衛門はにやりと笑った。

「石見には石州和紙がございます。他のどこにもない柔らかく強い和紙でございます。浜田藩はこれまでこの石州和紙の専売権を持っておられます。河鰭様が浜田に行かれたら、この和紙の独占販売権をこの鴻池屋にお任せ下さいませんか。私は、この和紙を全国で売りまくり儲けましょう。これが私どもの『利』でございます。いかがでしょうか」

石見の石州和紙はそんなに貴重なものなのか、浜田の土地をまだ知らぬ河鰭にはすぐに判断できなかった。だが、当時石州和紙と言えば、その紙質の柔らかい割に強くやぶれ難い特質から障子紙や壁紙に使われる貴重な和紙として全国に知られ、高い値段で取引されていた。その販売権を一手に引き受けられれば鴻池屋にとって三万両の融資は決して損ではない。これが清右衛門の言う「利」と言うものなのか。

河鰭は清右衛門の出した条件を受け入れるべきかしばし悩んだ。正直言って彼は商売のことは分からない。松平家にとって「三万両借り入れる代わりに石州和紙の独占販売権を渡す」ことは、先行き藩財政の首根っこを鴻池屋に握られることになりやしないかと言う不安、懸念が湧いた。しかし、三万両を無利子で借りられる魅力は捨てがたい。もし、ここで断ったら他に当ては全くないのだ。借入できなければ、浜田への転封は出来ない。越智松平家は大失態を演ずることになる。

「この話お受けして頂けるなら三万両はすぐにでもお貸しいたしましょう。いかがでしょうかな」

河鰭は思案の末、結局はこの条件をのんだ。先のことは分からない。今は三万両の資金をどうしても調達しなければ、我が藩は浜田に行くことも叶わなくなる。まずは目の前の難題を解決することだ。先の事は先になって考えればいい。何事も筋道立てて先のことまで考えて判断する河鰭だが、今回の三万両調達という難題にほとほと疲れ切っていた。

鴻池屋を辞して、御堂筋通りを北へ急いだ。早く江戸屋敷のお留守居役吉田柿衛門様に報告しなければならない。道すがら、河鰭の頭を離れない言葉があった。

「利を持って人を諭す」—清右衛門が商売の要として言った言葉だ。

なるほど、商人には商人の道理というものがあるのかもしれない。武士に武士道なるものがあるように商人にも「商人道」と言うものがあるのだろう。

武士である河鰭にとって大切なものは「義」であり「忠」であり「理」であると信じていた。彼は他の武士たちのように商人を軽蔑はしていないが、武士とは全く異質な人々と考えている。「金勘定」「金もうけ」などに武士が関わるものではないと思っている。

今回借財のお役目を江戸留守居役から命じられた時、正直言って断りたかった。自分の任ではない。だが、藩命とあれば致し方がない。自分に出来ることは誠実に頼むことだけだった。それでも駄目なら腹を切るしかないと覚悟していた。

商人とはとても河鰭には理解できない世界である。ただ、「利を持って人を諭す」という言葉にある種新鮮な響きを感じたのは事実である。商人だけに通じる言葉ではないのかもしれない。何か人に物を頼む時、「相手が喜ぶ、得をする」ことを与えなければ、人は動かないということだろう。自分の都合だけでは、人は動かない。

これからは武士だけで、武士の都合だけでは世の中は動かなくなるだろう。今回の資金調達の奔走を通じて河鰭が痛感したことである。

これからは武家社会の人間とだけ付き合っていればそれで済む時代ではなくなったようだ。商人だけではない、百姓にしろ、町人たちとも深く付き合っていかねば藩政も立ちいかなくなる時代だ。その時「利を持って人を諭す」と言う言葉は役に立つのではないか。

館林藩の大坂屋敷のある本町通りが見えてきた。河鰭の足が一段と早くなった。

六章　中山道

資金の問題もめどがつき領民との話し合いも進んだことで、いよいよ浜田への引っ越し作業に入った。

転封の場合、領地は旧領主から新領主へ直接引き継がれるわけではない。大名の領地はあくまで徳川将軍から与えられたもの。いったん幕府が上地（召し上げ）し、幕府立会いの下改めて新領主に与えるという形をとる。

幕府は館林城、浜田亀山城の引き渡し立会い上司を指名、館林城には公儀お使番の片桐幸助が、亀山城には小姓組の志方平蔵が就任した、亀山城引き受けには館林藩家老尾関隼人が、館林城引き受けには棚倉藩家老・林兵部が命じられた。

幕府の引き渡し上司より呼ばれた両藩の江戸留守居役は、江戸城で次の命を申し渡された。

まず受け渡しについて

①　城の配置図、絵図、武具一覧の書類を用意すること

②　城下人別帳など微に入り細を穿つ報告書を提出すること

次いで引き取りに際して、

①　事前に受け取り側の人数と名前、役職、さらに明け渡しの際の武具まで明記し、幕府に届け出ること

館林藩では上司から指示された書類の作成の取りまとめは江戸屋敷が行い、六月中ごろにはほとんどの書類提出が終わった。

受け取り方、引き渡し方のそれぞれ二十名ほどの実務担当者が決められた。特に受け取り方は浜田藩の実情を理解しておかなければならず、早めに対処しなければならなかった。彼らは虎の門にある浜田藩江戸上屋敷に頻繁に通い聞き取りを行い、亀山城受け取り日の三日前には現地に到着するよう、早めに出発準備を整えた。

もう浜田藩引き受け、館林藩受け渡しまでひと月あまりしかない。すぐに家臣たちの移動の道順を決めなければならない。各関所に事前に通過許可を取らなければならないからだ。

石見浜田への移動経路は当初江戸までは水戸街道を、江戸からは中山道を通って大坂へ、そこから家臣、荷物とも船で瀬戸内海を渡り、門司海峡を回って石見浜田まで行く計画だった。江戸から大坂まで東海道のほうが中山道を通るより京都までの距離は短いのだが、藩には中山道を選ばざるを得ない〝事情〟があった。

東海道は西国の大大名が参勤交代に使ういわば江戸と大坂を結ぶ「表道」であり、小藩の所替えでは使いにくい。藩としても東海道を通るにはそれなりの装備も必要で、宿代、人足代など全てにおいて費用がかかる。さらに、箱根の峠という難所や、大井川、木曽川などの大河が数多く、この時期河川の氾濫によって川止めで移動日数が予定以上にかかり、これもまた費用の増加につながる。

ただ、家臣連中はまだしも、四百台にも及ぶ荷台を延々と陸路で大坂まで移動するのは費用が膨大になる。そこで、荷物だけは江戸から石見浜田まで船で送ることになった。江戸に送る荷物の内、武具は浦賀番所まで運び武具改めが行われる。浦賀番所に通船鉄砲武具具数証文を提出、廻船請負人が決められた。その際、具足は荷改めで済んだが、武具は実際に荷をほどき確認作業をするために小分けにして運んだ。

浜田への行程が藩士に示され、城受け渡しまでひと月余りとなり、いよいよ藩士、家族の移動が始まった。

浜田への移動を拒否した者、本人や家族の中に重病を患っている者など、本人の意思または藩の命により暇を取らせたものは藩士だけで結局百人を上回った。それでも家中の人間たちの移動は家臣だけで九百人余り、家族まで含めると四千人近くなった。

幕府の道中奉行に届け出て了承を得るが、一度に大量の人数が通ると関所や駅舎などの通過が難渋する。それにそもそも大勢で移動することを幕府は治安上禁止している。藩士は家族ごとに数家族が一緒になって、三十人から五十人の範囲で移動することになった。

引っ越しには家臣の中に千人以上の女が含まれていたため、関所通行には手続きが必要。江戸時代、人の移動は制限されていたが、とくに女性の場合「入鉄砲に出女」と言われるように武器と同様に厳しく規制されていた。家中の各家から浜田に移る女の数、髪形などの特徴をまとめて幕府に千五十六人の女手形を申請した。

いよいよ浜田への移動が始まった。館林から石見の浜田まで約二百五十里、女子供を連れての道中は約一カ月かかる。このため、六月の中旬から三十人から五十人の単位で順次出発していった。

館林藩小普請組の佐野蔵人は領地替えが決まってから一カ月以上も悩んでいた。家族を連れて遠い西国の浜田まで移動するか、それとも高齢の母を抱えての見知らぬ土地への移動を断わり、永年住み慣れた館林の地に残るか。

移動を拒否すれば藩に暇を取り浪人の身となる。果して、今度館林領に移封する井上家が自分を藩に取り立ててくれるか分からない。どの藩でも財政が苦しくとても人を雇う余裕はないだろう。そうなれば母と妻子を抱えてながら浪人の身を続けていかなければならず、生活の不安が募る。

出処を決めかねているのは自分だけではない。彼が務める小普請組に属する十五人のうち、すぐに浜田への移動を決めたのは半分の七人に過ぎなかった。佐野蔵人のように今でも去就を決めかねている者は五人いた。いや四人だ。昨夜、同僚の山崎作乃進がやってきて、浜田行きを断念すると言ってきた。理由は借金である。

藩は移動に際して、これまでの借金を全て返済するよう御触れを出している。地元に借金が残った者は藩に暇を願い立てなくてはならない。山崎は家を売ったカネで出入りの商人からの借金を返す予定だったが、家は売却のめどが付かず、借金を返すめども立たぬために「仕方なく、藩を辞することになった」と目を潤ませながら、佐野に告げた。

佐野は家を買い取るという人がいて、出入りの商人への借金返済のあてもあるが、とにかく高齢の母、身体の弱い妻千草、それの五歳の娘と三歳の幼い息子を連れての長旅は厳しい。

浜田に着いたとしてもこの館林とはあまりに気候が違いすぎて、家族の生活にも不安が募る。浜田ではなく江戸詰めを考えてもみた。館林から江戸までは三日余りだ。江戸は諸物価が高く暮らしにくいと同僚の声もあったが、家族移動の負担は浜田よりはるかに軽い。だが、上司に江戸屋敷詰めの伺いをあっけなく却下された。希望者が多過ぎた。ではせめて大坂屋敷と願い出たが、これも同様の理由で却下された。

途方に暮れていた佐野が浜田行きを決断したのは母鈴と妻千草の言葉だった。

「所替えは公儀のお沙汰。藩主が転封となれば、藩士は何があってもそれについて行くのが武士の務め。いわば、戦場に赴くのと同様でありましょう。戦場に赴くのに私たち女子の事に気をかける場合ではありませぬ。直ちに移動の手続きをなされませ」

この言葉に心の迷いが吹っ切れた佐野は、翌日、小普請頭の結城将左衛門に移動願を出した。

佐野一家が館林の家を出たのは雲が低く垂れこめた蒸し暑い六月十二日のことだった。藩の指示通り、同じ小普請組の同僚二家族と近所の三家族合わせて総勢三十二名の集団となって出発した。館林から間道を通って武州・熊谷に出て、そこから中山道に入りその日は深谷宿で一泊となった。

石見浜田まで海路を含めて二百五十里の長旅が、彼ら家臣にとってどれだけ心身ともに過酷なものだったか、佐野蔵人が記した道中日記から知ることができる。

以下は、熊谷から大坂までの二十八日間に及ぶ佐野一家の道中記（抜粋）である。

六月十三日（二日目）　曇り

深谷宿を朝六時に全員で出発。この夜の宿は七里半先の高崎宿と決めている。
道は平たんで歩きやすいが、結構な距離なので早足で歩く。田園風景の中を一同北へ進む。伸びた稲穂が、遠くの山々から吹き下ろす初夏の風に揺れている。母や妻の足取りも軽く、安心した。このまま大坂まで行けたら、と淡い期待を抱いてしまう。

十四日（三日目）曇り
六時出発。暫くは田圃の中を歩いたが、昼過ぎから山間に入る。道も狭くなってきた。前方には頂を雲に隠した山々が私たちの行く手をさえぎるように連なっていた。「あの山並みを超えるのですか」。妻が心細そうに言った。松井田宿を過ぎて暫くのところで碓井関所が待ち受けていた。事前に藩から通行願いが届いており、手形もあるのでお咎めもなく通れたが、母、妻、それに娘の女たちは役人に念入りに調べられた。やはり「出女」には厳しいようだ。
この日は約七里歩いて、坂本宿に一同宿を取った。食事の時に、同僚の伊藤一馬が「あすは中山道最初の難所、碓氷峠越えでござる。みなさま、今夜は早くお休みになり、疲れを残しませぬように」と励ました。

十五日（四日目）曇り
いよいよ碓井峠越え。坂本宿を出て一時ほど行くと、横川を過ぎたあたりで、道は一気に急こう配の上り坂となり、九十九折りの道が続く。子供たちははしゃぎながらどんどん登って行ったが、私は母や妻の足取りが気になった。やはり半時も経たぬうちに母と妻の息が上がり、足並みも乱れた。私は母を背負い、妻に手を貸しつつ、何度も休憩しながらゆっくりと上った。雨であれば石畳が滑って登るのは一層困難だったろう。急こう配の道は心配したほど続かず、一時ほどで終わった。ほっと一息ついたものの、そこからは緩やかな上り坂が延々と続き、休む踊り場もなく、却って息が上がる。案の定一同の中で女たちが遅れ始めた。やっと峠に着いたのは昼を少し過ぎたあたり。遅れていた女性たちを待って昼飯に。午後の下山は上りより楽とはいえ、長い間の下り坂で膝が痛い。母も下り坂の方が辛いようで、何度もよろけて顔をしかめた。

ようやく夕方には軽井沢宿に降りる。さわやかな高原の風が少しは疲れをいやしてくれた。もう少し歩いてこの夜の宿は沓掛宿。夕食はほとんど会話なく、風呂に入ってすぐに就寝。この日の走行距離四里。

十六日（五日目）雨

今朝起きると、母の歩き方がおかしい。「どうしたのか？」と聞くが、母は黙っている。母だけではない。妻も忍び足で歩いている。妻を問い詰めると「足の裏が痛い」という。座らせて足の裏を見る。いくつもの水ぶくれがあった。慣れない旅歩きに加え、昨日の碓氷峠での急勾配の下り坂で、足裏に負担がかかったのだ。母は黙っていたが、妻と同じ痛みに違いない。移動はまだ始まったばかり。ここで休むわけにはいかない。宿屋の仲居が足の裏に薬を塗ってくれ、綿を詰めた切れ端で足を包んでくれた。母や妻のような人は多いのか、仲居の手つきも慣れたものだった。

表に出ると雨になっていた。梅雨入りと人は言う。旅空に雨はつらいが、昨日の碓井峠越えでなかったことに感謝。本来なら涼しい高原の景色を見ながら歩くはずが、雨と霧で見えない。右手には浅間山のふもとだけがおぼろげにその存在を教えてくれる。数年前の浅間山の大噴火で館林もその噴煙でひどい被害に合ったことを思い出した。

追分宿を過ぎたあたりで、中山道は北国道とに分かれる。北国道を行けば直江津へ、そして日本海に出る。浜田も同じ日本海に面している。しかしその浜田は遥か遠い。

この日は母や妻の足を気遣っての道中で、わずか四里しか進めず、岩村田宿で宿泊となった。これ以上同行の皆様にご迷惑をかけるわけにはいかない。最悪の場合、私たちだけで遅れて行くことも考えた。

十七日（六日目）雨

今日も雨。ただ昨日より小ぶりだった。道は少し下り坂になり歩きやすくなった。女たちを一団の前に歩かせ、男たちが後ろからせかせるように歩くので、いくらか早くなった。部下の伊藤が「すでに予定より一日ほど遅れています」と私に囁いた。遅れれば遅れるほど路銀が減っていく。この先、どこかでわれわれ藩士だけでも宿賃を浮かすための野宿も考えなければならないだろう。一同無事に揃って芦田宿に宿泊。やはり四里。

十八日（七日目）曇り

雨は上がったが、今度は霧が出た。雨よりよいが空気が一段と冷える。皆、合羽を着る。雨しのぎと言うより、寒さしのぎである。冷え症の母は山道歩きの疲れもあって腰が痛いと言いだした。背負うとかえって腰に響くと嫌がった。誰かが「腰に暖かいものを巻くとよい」と言って懐炉を貸してくれた。それで楽になったのか、母は歩きだした。一団の中に旅慣れた人がいるのは有難い。途中、笹取峠を越えて少し早目の時間だったが、明日の中山道最大の難所和田峠を控えて和田宿で一泊。母や妻の足裏のマメの具合が気になった。様子を見ると、マメは潰れ皮が固まっていた。薬のお陰もあるが歩き続けることで足裏の皮が強くなったのだろう。安心した。何としても明日の峠は越してもらわなければならない。

十九日（八日目）曇り

朝六時出発。碓氷峠に上った地元の人が「和田峠は碓氷峠を越えるより楽だ」と言った言葉を思い出す。そうであればいい。だが、和田峠は急な登りはないものの、果てしなく登り道が続く。道は石畳が敷かれていたが、かえって歩きにくく、足の裏が痛い。今度は母や妻だけでなく、私も疲れ果てて何度も立ち止まらざるをえなかった。我ら一団で出発したものの、途中から遅れる者が続出し、ばらばらになってしまった。

全員が峠に着いたのは昼過ぎ。ここからは信濃の国。峠の茶屋で家族で食べた「信州そば」の味は格別だった。下りは急な坂道が続く。石畳が滑る。子供たちが何度も転んだ。途中、林の隙間から海が見えた。周りの人に聞くと海ではなく、「諏訪湖」という湖だという。わが故郷にも「城沼」という沼があるが、比べ物にならないほど大きい。

今宵の宿はそのほとりの下諏訪宿。温泉宿と聞いて、皆最後の力を振り絞って日が暮れる前にたどり着いた。まずは温泉に皆で入る。館林を出発して八日。ようやく広い湯船にゆっくりとつかることが出来た。夕餉はこれまでで一番豪華だったが、食事もそこそこに皆床に入りすぐに眠りこんでしまった。

二十日（九日目）　晴れ

朝、母が起きてこない。部屋を訪ねると、「体中が痛い」と嘆く。傍で妻が「今日の道中は無理です」と訴える。仕方がない。路銀の心配はあるが、母を置いていくわけにはいかない。もう一泊することにした。私たち家族だけではなかった。一緒に歩いていた他の家族からも「疲れて歩けない」と言う人が何人かいた。八日間で中山道の難所の二つの峠を越えてきたのだ。屈強な男たちでも疲れが極度に達していた。疲れは人間を弱気にさせる。

中には、館林に戻りたいと言いだす者もいた。下諏訪から甲府まで出て甲州道を行けば江戸まで大きな難所もなく戻れるという。どこから聞きつけてきたのか、すでに先にこの下諏訪にたどり着いた家中のもので、厳しい移動に耐えかねて江戸へ抜け出した者たちもいたという。

道中はまだ大坂までの三分の一も来ていない。母や妻、それに子どもたちのことを考えると、このまま道中を続けることは忍びない気がする。妻に「いったん江戸に出て、しばらく休養してから浜田へ来てはどうか」と尋ねたが、「一緒に参ります」ときっぱり言う。
それまでして行く浜田と言うところはどんな所なのだろう。家族は幸せに暮らせるだろうか。藩の命に従うのが家臣の勤とはいえ、家族を連れてのこの先の道中を思うと、暗澹たる思いになった。

二十一日（十日目）晴れ
家族そろって道中を続けるとなったら長居は出来ない。母は私が背負って歩くことになった。幸い今日の道は諏訪湖の周りに沿って歩く平坦な道なので助かった。最後に塩尻峠を越えて、この日は洗馬宿に泊まる。

二十二日（十一日目）曇り
ここからは木曽路に入る。昼なお暗いうっそうとした山道が続く。子供たちが不安そうに母親にしがみついて歩く。彼らもさすがに疲れている様子。無理もない。十日以上旅をするのは初めての経験なのだから。今日は母が元気そうに一人で歩いてくれた。本当は、母は無理をして歩いてくれているのだ。何があっても家族一緒に行きたいという母の思いが痛いように分かる。本当に申し訳ないと思う。
鳥居峠を越えて奈良井宿に泊る。

二十三日（十二日目）小雨

ただでさえ薄暗い山道が、小雨でますます暗くなる。この木曽路には昼間でも野盗が出没するという。女子供を一団が囲み用心しながら歩く。二十人以上の集団に野盗も怖気づいたか、幸いに襲われなかった。だが、その日の宮の越宿によると、我々より先に歩いていた仲間の一団は襲われたという。山道を歩いているうちにばらばらになり、そこを野盗が女たちを狙って襲ってきたという。幸い命まで取られなかったが、財布はもちろん簪などカネ目のものはすべて略奪されたという。

宿の主人によると、ここ数年、野盗に襲われる人達が急に増えているという。凶作が相次ぎ、田畑を捨てて野盗に身をやつす農民が増えているのだろう。物騒な世の中になってきたものだ。

宮の越宿泊。

二十四日（十三日目）晴れ

山間を流れるこのあたりの木曽川は急流で、大きな岩の間を水しぶきを上げながら流れていく。館林では見られない景観で、暫し旅の疲れがいやされる。空も急に開かれ青空に白い雲が浮かんでいる。道は緩やかな下り坂で歩きやすい。後輩の鈴木左平太が、「すでに予定より三日ほど遅れています。早く参りましょう」とせかす。遅れるのは路銀の心配である。

その日は寝覚の宿に泊まることになったが、女子供だけで我ら男たちは宿のはずれで野宿となった。季節は初夏とはいえ、夜の山中はさすがにこたえる。残り少ない路銀のことを考えると寒さも堪えるしかない。この先でも何回かは野宿を覚悟する。

一行はこの後、野尻宿、妻籠宿、中津川宿と木曽川に沿って木曽路を下るのだが、日記の文章は極端に減っていく。中にはその日の天気と、宿だけを記している日もある。

記すべきものがないのだろうが、人間疲れが極度に達すると、考えることや話すのもおっくうになる。一行が木曽の山中を黙々と歩いて行く姿が目に浮かぶ。

再び、文章が増えてくるのは、旅も二十日過ぎ、岐阜の赤坂宿あたりからである。中山道の旅もようやく三分の二を過ぎ、陸路の旅路も終わりが見えてきたころである。文章にも心の余裕がにじむ。例えば、

七月一日（二十日目）　晴れ

今日は赤坂から関ヶ原へ。今から二百四十年ほど前、徳川の始祖、神君家康公が石田三成率いる西軍を破り天下を取った記念すべき土地である。藩校で関ヶ原の戦の話は何度も聞いていたが、今自分がその地を歩いていると思うと感慨深いものがある。今日我らがあるは家康公のおかげ。家族にその話をする。

関ヶ原の戦場は今は青い稲穂が伸びる田んぼと所々に民家があるだけで、両軍合わせて二十万の大軍が戦い合ったとは想像が出来ない静けさだった。

今宵の宿は関ヶ原の宿に泊まる。京都はもう目前、京都に着いたら家族で一日京都見物をする

つもりだ。そのために野宿して路銀を少しばかりためておいたのだ。

一行はその後、鳥井本宿、武佐宿、草津宿と泊まり歩いて、京都にたどり着いたのは七月五日、館林を出て二十四日目だった。日記は、京都の街の賑わいぶりに驚いた様子が書かれている。生れてから館林しか知らぬ佐野一家にとって夢のような心地だったのだろう。旅の疲れも少しは取れたようだ。ただ、宿代は中山道の宿場よりはるかに高く、一行は一泊だけすると京都見物もそこそこに足早に離れている。

そして、陸路の最終地・大坂に着いた七月九日の日記は感動的でもあった。

七月九日（二十八日目）　晴れ

大坂に午後到着。港では船待ちの先着の同胞たちと出会う。お互いに顔を見合せると、途端、なぜか涙がボロボロ溢れ、周囲の目も気にせず抱き合った。まだ浜田まで海路が残っているのだが、たがいによくこの大坂までたどり着いたものだと思う。数々の峠を越えて長旅を乗り越えてきた者しかわからぬ苦労と喜びを分かち合った。道途中で江戸や館林に戻った家族も数十人に達したと言う。自分も、何度戻ろうと思ったかしれない。それでもここまで来れたのは、妻や母、子供たち家族の助けがあったからだ。

大坂には浜田行きの船を待つ家臣たちが百人を超えていた。誰も服はボロボロで、頬はこけ、目は窪み、顎鬚は伸び放題、月代の面影すら見えぬほど前髪が伸びている者もいた。過酷な道中を物語る。これほど苦労して行かねばならぬ石見浜田とはいかなるところなのか。

佐野蔵人の日記はここ大坂で終わっている。実際はここから浜田まで海路で二日ほど進む。大坂の港に荷物を乗せた船が付く度に、待ち受けていた藩士たち家族は三々五々船に乗り移り、一路石見の浜田を目指して出航していった。

全ての藩士たち家族や家具武具などの荷物が最終的に浜田にたどり着いたのは亀山城引き取りが済んだ転封期限すれすれの七月末であった。

水野忠邦の策謀で館林藩越智松平家が三方領地替えの犠牲となり、四千人近くの人間たちの二百五十里（一〇〇〇キロ）を超える大移動はこれで終わった。

だが、「浜田」は彼らの終焉の地とはならなかった。

（第一部　了）

第二部

一章　再会

　見上げればはるか遠くに頂きをうっすらと白く染めた赤城山がよく晴れた寒空にくっきりと雄姿を見せている。目を落とすと、桜と躑躅に囲まれた城沼が寒々とした湖面を揺らしていた。桜も躑躅も枝にはまだ芽さえ見えない。珍しくこの季節特有のからっ風は吹いてないものの、肌を刺すような空気の冷たさは館林に戻ってきたことを否応なく感じさせる。

　五年ぶりだった。

　河鰭（かわばた）監物はある目的のためにかつての地元、館林に帰ってきた。いや、館林はもう帰るべき土地ではない。今は井上藩が治めている他藩の領地なのだ。だが、昔学んだ「道学館」は少し建物は古びていたが今でも城の三の丸に置かれていた。河鰭は井上藩の許可を得て、その道学館の一室である男を待っていた。半月前、男に出した手紙ではただ「会いたい」と書き送っただけで用件は書かなかった。

　河鰭が据わっているところは教室の窓からの日差しを浴びて陽だまりのように暖かい。このままいると眠くなりそうだ。室内を見回してみる。黒板も机も、きれいに拭き掃除された畳も、壁の習字の張り紙も、何もかも昔のままだ。

「相変わらずきれいにされている」

きっと井上藩の方々もこの道学館を大切にしてくださっているのだろう。有難い。

河鰭はそっと机の上を撫でた。五年前のことがよみがえる。あのまま公儀の三方領地替えがなくそのまま館林で暮らしていたら、自分の人生はどうなったろう。ふと、あらぬ思いに駆られ払うように首を振った。

その時、

「お懐かしゅうございます。遅れまして申し訳ありません」

教室の戸がガラリと開けられて、一人の男が畏まったように教室に入ってきた。

「河鰭様にはお元気そうで祝着にございます」

男の姿を見て、河鰭は一瞬目を疑った。

大柄で引き締まった体は日焼けで浅黒く、研ぎ澄まされた頬に鋭い眼光は一段とたくましさを増していた。五年前にはどこか幼さを残していた青年は、見事な大人となって河鰭の前に現れた。

「大胐殿か？」

思わず目上の人に話すような言葉になってしまった。

「はい」

そう言うと男は懐かしげにほほ笑んだ。

その優しい笑顔は昔のままだ。

無理をしてでもこの館林に大胐豊太(とよた)を訪ねてきてよかったと思った。

もう一度〝あの話〟をしてみよう。

「大胐殿、外に出ましょう。城沼でお話しをしたい」

河鰭は五年前と同じ場所に彼を誘った。

「はい。でも大胐殿と言うのはやめて頂けませんか。昔のように「豊太」とだけ呼んでくだされ」

豊太は河鰭の顔を見ながら微笑んで言った。

「そうか。そなたを見てあまりに立派な姿に変わっていたので、つい言葉もかしこまってしまった」

「いいえ、私は昔とちっとも変っていません。相変わらず高根村で百姓を続けています」

なんの謙遜した風もなく、自分の仕事に誇りを持った言い方が河鰭の胸に快く響いた。

二人は教室を出ると坂を降り神社の横を通って城沼の畔に出た。

道すがら河鰭は尋ねた。

「そなた、もう嫁は貰ったのか?」

これから大事な話を打ち明ける前にさりげなく聞いてみた。その返事は彼にとって重要な意味を持つ。

「まだ一人身です」

「でも、心に誓ったお人はいるのだろう?」

「いいえ、そのような人は居りません」

豊太はうつむいてはっきり言った。

「つまらぬことを聞いた。許せ」

河鰭は言葉とは裏腹に喜んだ。

（よかった！）

心の中で叫んだ
「河鰭様は？」

「三年前に嫁を貰った」

少し照れくさそうに呟いた。

河鰭は今から三年前に、同藩の御用人渡辺卯兵衛の長女婉を娶っている。

「おめでとうございます。お子様は？」

「一人、娘、いま一歳過ぎじゃ」

「それは楽しみでございますね」

自分の話などどうでもよいのだ。豊太が独身と分かったら「あの話」をしなければならぬ。湖面を見詰めていた河鰭はすぐに本題に入った。

「今度、わしは江戸詰から浜田へ行くことにした。ついては是非そなたも一緒に浜田へ行ってほしい」

豊太は唖然として河鰭の顔を見詰めた。

「五年前、この城沼のほとりで私がそなたに頼んだこと、覚えているか」

「はい」

豊太は頼りなくうなずいた。

「私はあの時、浜田へ赴任するつもりだった。だが江戸詰めを言い渡され、これまでお勤めを果たしてきた。しかし、浜田藩の窮状は日増しに増すばかり、江戸にいては思うような策は打てぬ。浜田に行き、そこでじっくり腰を据えて策を講じなければならぬ。ついては昔の約束、覚えておろう。わしと一緒に浜田へ行き、わしを助けてくれぬか」

河鰭は日頃心の中に抱え込んでいた思いを一気に吐き出した。

(相変わらず、藩への思いの強いお方だ)

豊太は思いつめた様に話す河鰭の横顔を見詰めながら、五年前の城沼でのことを思い出していた。

(あのとき、松平家が石見浜田への移封が決まった日、河鰭様は、私に浜田に一緒に行ってほしいと頼まれた。その時は郷士の身分で館林の土地を離れるわけにはいかず断るつもりだった。頼まれたことはあるが、約束した覚えはない。

それに河鰭様が江戸詰になったことでこの話はなかったことになったはず。いまになって頼まれても……)

「そなたの気持ちはわかる。今ごろ何を言うのかと不思議に思うであろう。わしもあの時は自分が江戸詰になったことで、そなたを浜田に誘うのは諦めた。しかし、いまは何としてもそなたにわしと一緒に浜田に行ってほしいのだ」

河鰭の目が訴えるように豊太の顔を見詰めた。

「私のような百姓が浜田に行っても、河鰭様のお役にたてるとは思いません」

その眼をそらすように湖面に目を向けた。

「そのようなことはない。今の浜田藩にとって、お主のような人間こそ必要なのだ」

「どういうことでしょうか?」

「話せば長いことになるが、聞いてくれるか」

「河鰭様さえよろしければ」

河鰭は豊太に向いて座り直した。豊太も合わせるように向かい合った。

城沼のほとりにはこの季節、歩いている人は誰もいない。

よく晴れて陽射しは強いが冷たい風が二人の頬を刺す。

「われら松平家が浜田に移ってもう五年にもなるが、領民との間は浜田に移った時からうまくいっていない。両者の間に不信感がある。例えば年貢の徴収。石高は六万石で、租税率は五割だから三万石の収入があるはずだが、天候不順とはいえ、毎年二万石以下じゃ。これでは藩財政は維持できない。藩は彼らが非協力的と見ている。

一方、領民にすれば、もともと石高以下の収穫しかできない土地柄、その上天候不順でこれが精一杯だという。むしろ、藩の財政が悪化したのは藩士の遊興奢侈な生活ぶりにあると思っている。確かに、かつての倹約ぶりは何処へやら、彼らの遊興ぶりは目に余るものがあるのは事実じゃ」

「松平家が館林におられた頃は質実剛健、倹約質素なお家柄でしたが……」

豊太が不思議そうに呟いた。

「私は江戸にいて確かなことは分からぬが、環境の変化が彼らの生活を乱したのではないかと思う。ただ、一番確かなことは藩主の不在にあるとわしは思うている」

「将監様は江戸におられたままなのですか？」

「斉厚様だけではない。その後も、ずっとだ。藩主が地元にいなければ、家臣も領民も混乱する」

河鰭が苦り切った表情で無念さをこらえるように吐き捨てた。

松平家が五年前浜田に移った当初の藩主松平斉厚は高齢を理由に江戸にとどまり、亡くなるまでの三年間の在任中、浜田にはただの一度も訪れなかった。その次の藩主になるはずだった将軍家斉の二十番目の子、斉良は斉厚存命中に死亡しており、斉厚の死後、藩では高松藩主松平頼恕（よりひろ）の子供を藩主に迎えた。名を松平武揚（たけあき）と改めたが、当時わずか十四歳の幼き藩主であり、病弱であったこともありそのまま江戸に留まっていた。

「浜田の領民はこの五年間一度も藩主の顔を見ていない。ただでさえ、新しい領主への不安があるのに加え、現れぬ藩主に不満を持つ者が増えた。その不満はついに爆発したのだ」

「一揆ですか？」

豊太が恐る恐る尋ねた。

「百姓だけではない。領民の多くが城下の大手門前の大橋口に竹槍蓆旗で押し寄せたのだ。その数百人。口々に藩士の奢侈ぶりを非難したが、本当は藩主不在の藩政に対する不満だと、わしは思っている」

「しかし、失礼ながら、藩主様がいなくても家老様はじめ藩政を司る方々がおられるではありませぬか」

「理屈はその通りじゃ。しかし、人間の心とは理屈通りにいかぬ。藩主がいなければ家臣の心も緩むもの。一家の主が永く不在では家族の生活が乱れるのと同じことよ」

その通りかもしれない。しかし、幼い藩主が江戸にとどまっている以上、今のままで藩政を取り仕切るしかない。

「だから、わしは浜田へ行こうと決めたのだ。わしの様な若輩でどこまで藩政を変えられるか分からぬが、とにかく、領民との間の不信感をまずは取り払わねばならぬ。

それに、藩財政の問題もある。米収入の不足で収入は減る一方、藩士の奢侈な生活で藩の借金は今や十数万両に膨れ上がってしまった。このままでは藩そのものが立ち行かぬ。なんとしても藩の財政を立て直さねばならぬ」

そこで河鰭は一息つくといよいよ本題に入った。

「それには領民の協力が不可欠だ。まず互いの不信感を取り除くことから始めるのだ。豊太、お主が必要なのはそのためだ」

「どういうことでしょう？」

河鰭の話が飲み込めぬ豊太は小首をかしげた。

「われら武士は領民の本当の心が分からぬ。領民もまた新しい藩の政を理解できていないだろう。両者の心をつなぐ人材がどうしても必要なのだ。それがそなたなのだ」

「わたしが？」

「そうじゃ。そなたは郷士として百姓であり侍でもある。両者の本音を知る立場にある」

「私は郷士と言ってもただの百姓に過ぎず、藩士の方々の心は分かりません」

「よい。我ら武士は領民の本当の心を知ることは出来ぬ。これまではそれでも藩政は出来た。しかし、これからの世は広く人の声を聞いて藩政を執り行わなければならぬ。お主には領民の本当の心を我らに伝えてほしい」

「河鰭様は私を買い被り過ぎておられます。わたしは浜田の皆さまの心など分かりません。河鰭様のお役には立てそうもありませぬ」

「いや、私は道学館時代共に学んだときからそなたの人柄を見てきた。そなたは人の話を聞く素直な心を持っておる。それに何事にも謙虚であり誠実である。この資質こそ人から信用、信頼されるのだ。お主にはそれがある」

「それが買い被りだと申し上げているのです。恐れながら、そもそも人の本当の心など他人には分かりません」

「そうかもしれぬ。しかし、そなたには人の心を理解しようとする素直な心根がある。いま浜田に必要なのは、領民の心を理解し彼らとともに藩政を立ち直らせることだ」

そう言った後、河鰭は豊太の前に両手をついて地面に突かんばかりに頭を下げた。

「私一人ではどうしようもない。お願いだ。私を助けてほしい。いや、松平家を救ってほしい」

「お手を御上げください。武士が百姓に頭を下げてはなりません」

それでも、河鰭は頭を上げなかった。

その姿を見詰めていた豊太は、戸惑いながらも胸が熱くなるのを感じた。

（いくら藩のためとは言え、私のような百姓に頭を下げてまで頼もうとする。なんとしても松平家を守りたい忠義の厚い、心の熱い人なのだ。武士の心が荒んでいる今の世の中で、河鰭様のようなお人は珍しい。いや稀有と言ってもいい。

この人なら附いて行っても、安心かもしれない。信じてよいのかもしれない。ただ…）

豊太は河鰭の手を握って言った。

「河鰭様のお気持ちよくわかりましてございます。ただ、この話、私一人の一存では決められません。両親を始め家族とよく話し合ってからお返事を差し上げたいと思います」

その言葉に頭を上げた河鰭はほっとしたように少しだけ顔がほほ笑んだ。

「もちろんだ。館林を離れるとなると御両親のご了解を得なければならぬ。本来ならわしが家まで出向いて御両親に頼むのが筋だが、わしは明日にも江戸に戻り旅支度をせねばならぬ。浜田への出発は四日後の十七日朝。それまでに良き返事を持って、江戸屋敷まで来てほしい」

「もし、十七日朝までに私が江戸に行かなければ、浜田行きのお供はお諦めください」

「分かった。しかし、わしはそなたを信じて待っている」

そう言うと豊太の顔をじっと見つめた。その眼を避けるように豊太は眼をそらした。

その日のうちに館林を発った河鰭は、翌日の夜に江戸に着いた。

浜田藩江戸屋敷では大騒ぎとなっていた。藩主松平武揚が急に病いに倒れたのである。武揚はまだ十五歳。元服を終えたばかりの若さだが、生れたときから心の臓が弱く病弱でこれまでも床に伏す日々が多かったが、今回は意識を失って倒れた。直ちに医者を呼び胸の指圧や投薬によって一命は取り留めた。翌日には意識を取り戻したものの、医者によればいつ再発するか分からず、危険な状態にあると言う。

何はともあれ藩主の病状を国元の浜田に知らせなければならない。早飛脚で第一報を知らせると同時に、ちょうど二日後に浜田へ出発することになっていた河鰭ら四人の武士が急遽出発をその日に繰り上げるよう指示された。

困ったのは河鰭である。豊太との約束の期限は二日後の十七日だ。その前に江戸を発つことは出来ない。しかし、藩主の病状を至急国元に知らせ、対応策を急がねばならぬ。もし藩主にもしものことがあれば、次の藩主を急ぎ決めなければお家は断絶となる。江戸幕府は初期ほど末期養子に厳しくはないが、「藩主不在」が続けば藩は取り潰しとなる。武揚はまだ十五歳で当然のことながら子供はいない。生きているうちに養子をもらうしかない、その対策を急がねばならない。

悩んだ河鰭は結局他の三人の武士に浜田への知らせを託し、自身は一人江戸屋敷で豊太を待つことにした。彼を待つのはあくまで河鰭の個人的なことに過ぎず藩命に背くことになるが、それでも待った。江戸屋敷で周囲の冷たい目に会いながらも待った。

旅支度をしながら心はここにあらずで、玄関に来訪の声がする度に「豊太か!?」と耳をそばだてた。待つ身の辛さから時が過ぎるのが遅く、期限を思うと時が早く過ぎていく。

(豊太は郷士とはいえ、所詮百姓。館林の土地を離れる事は出来ないのだろう)

一人で待っているとどうしても考えが後ろ向きになってしまう。

(いや、彼は違う。私の気持ちを理解しご両親をきっと説得できるに違いない)

遅いようで早い二日が経った。

だが、十七日朝になっても豊太は江戸屋敷に現れなかった。

(やはり御両親が許さなかったのだろう。仕方がない、諦めよう)

なおも未練が残ったが、豊太が来ないと決まった以上、江戸屋敷に長居は無用。早めの朝食を済ませ、身支度を整えると江戸家老の那波乗功に挨拶もそこそこに屋敷を出た。門から通りに出たときだ。門の脇に立つ一人の男の姿が目に入った。

河鰭の顔色が変わった。

「豊太！　来てくれたのか！」

駆け寄り豊太の両肩を揺さぶって喜んだ。

「遅れて申し訳ありません。両親を説得するのに昨日までかかりました。それから走ってまいりましたが、お屋敷の場所が分からず……」

神妙な顔をして項垂れる豊太を河鰭はうれしさと驚きの目で見つめた。

豊太の着物の裾はほこりで汚れ、端正な顔には乱れた髪が汗で絡みついている。

「ひょっとしてそなた、館林からこの江戸まで夜通し走ってまいったのか？」

「はい、お約束ですから。間に合ってよかった」

と言うと急に全身の力が抜けたように道に座り込んだ。

河鰭の胸にこみ上げるものがあった。

「いや、有難い。本当に有難い。ご家族には何とお礼を申し上げてよいやら。何はともあれ屋敷で休め」

「出立の時刻ではありませんか？」

「構わぬ。少々遅れても大事ない」

河鰭は豊太を屋敷に案内すると、部屋に床を敷き無理やり休ませた。最初は断っていたが夜通し走ってきた疲れが出たのだろう、豊太は眠りこけた。河鰭は出発を一日遅らせることにした。昼過ぎになって眠りから覚めた豊太に尋ねた。

「本当によく来てくれた。これで百人力を得たも同然。それにしてもよくご両親がお許しくだされた」

「最初話をしたときはどちらも猛反対でした。百姓が土地を離れるということは死ぬことだと。お前は両親を捨てるのかとも。そのあとは私が何を言っても口をきいてくれませんでした」

「ご両親の言うことはごもっともだと思う。それがどのようにしてご納得いただいたのだ」

「兄が私と一緒に両親を説得してくれたのです」

「そうか、そなたには兄がおったのう。兄上殿はなんと」

「兄は、『弟がいなくなってもこの大胐家は自分が守るから安心してほしい』と、まず言ってくれました。それから、『わが大胐家が郷士を拝命し名字帯刀を許されたのは将監様のお蔭。その将監様が苦しんでいるときにお助けするのは郷士として当然ではありませぬか』と。『いえ、それは誇りでもある』と。そのうえ、『豊太が日ごろから尊敬している藩の重臣・河鰭様がわざわざ江戸から来られて頼まれたのです。あの河鰭様に弟は見込まれたのです。ならば、それに応えることこそ郷士の使命』とまで言ってくれました」

話を聞いている河鰭は胸がいっぱいになった。郷士はもちろん藩士でもここまでの忠誠心を持つものは少ない。

「そこまで言っていただくとはありがたい。それでご両親は?」

「母は最後まで反対でした。しかし、父がようやく納得というか、お許しが出ました。そのうえで、『浜田に行ったら河鰭様の少しでもお役に立つように働け。郷士の名に恥じぬ働きをせよ』ときつく命じられました」

「そうか、ご両親には何とお礼を言っていいかわからぬ」

河鰭は豊太のご両親、兄を思った。まだお会いしたことはないが、豊太が育ったご家族だ、きっと誠実で忠義の厚い方々であろう。頭が自然と下がる。

「反対する母には私から『いつまで浜田に行っているわけではありません。十年、いや五年経ったらこの館林に戻ってきます』と約束し、母に納得してもらいました。よろしいですね」

一瞬河鰭は返答に詰まった。

(領民との関係を修復し、財政再建にめどをつける。とても難題だ。果たして五年で出来ようか)

河鰭は正直、自信がなかった。とはいえ、両親の反対を説得までして浜田行を覚悟した豊太に五年は無理とは言えない。

「わかった。約束しよう。五年以内にそなたを館林に戻す」

翌朝早く二人は朝霧の中、虎の門の浜田藩江戸屋敷を出立し浜田へ向かった。大坂まで東海道を通って陸路で、大坂から船で瀬戸内海を海路で浜田まで、二十日の旅である。「五年の約束」を胸に豊太は河鰭ともに江戸を立った。

二章　浜田城

大坂を出港して三日目の朝、船は石見の浜田港の沖合に泊まった。

「あれが浜田城か」

河鰭が指さす先には、海に突き出た岬の上に白い城郭のような建物が見えた。天守閣が森から突き出ている。

「美しい」

思わずつぶやいた。海も空も鉛色に覆われた世界で、城郭の白さだけが目についた。

だが、小舟に乗り換えて浜田港に着いた河鰭監物と大舳豊太がまず目にしたものは、低く垂れ込めた雲の下に広がる茫漠たる景色だった。

四月と言うのに日本海からの風が真冬のように冷たく肌を刺す。浜田港に降りるや二人は身をすくめた。すぐ目の前に山が連なっている。それほど高くはないが、まるで屏風を立て並べたように彼らに迫ってくる。

「これは厳しいところだ」

河鰭は腹の底から唸るような声を出した。

あたりを見回した。目の前は海、背後には山並みに囲まれて平地はわずかだ。

「領地がすべてこのようなところなら、田畑は少ないだろう」

六万一千石と言いながらそれより実入りが少ない藩と聞いていたが、目の前の景色を見てすぐにそれが実感として分かった。

「隣の大森藩になるともう少し田畑があるのですが……」

港まで迎えに来た藩士が二人の落胆を慰めるように言った。なんの言い訳にもならないのだが、つい口に出てしまったようだ。

「しかし、漁業は盛んですし林業は館林とは比べようもないほど豊かです。それに領内の港では交易もにぎわっております」

河鰭はその声に応えようともせず、

「まずは城に上がり、ご家老様に挨拶をしなければならぬ」

と言うと、そそくさと歩き始めた。慌てて迎えの藩士が走って先案内した。豊太も後に続いた。

浜田港から城下へ入る青口番所を通り、八町と呼ばれる城下町に入った。商店が立ち並ぶ街並みを進み、やがて左手に曲がり浜田川を渡る大橋に出た。

「これを渡ると城内に入ります。河鰭様のお住まいもこの先でござるが、まずは大手門より本丸御殿に向かいます。そこでご家老様がお待ちでございます」

案内の武士が説明しながら橋を渡った。

（ここがあの大橋か）

河鰭は感慨深げにあたりを見回した。つい二年前だ。凶作にもかかわらず年貢の取り立ては厳しく、一方で藩士の奢侈な生活ぶりに不満を抱いた領民の多くが城下の大手門前の大橋口に竹槍蓆旗で押し寄せたのだ。その数百人。

(騒ぎは収まったと聞くが、領民の藩に対する不信感は消えてはいない。それどころかもっと根深いものになっているだろう。不信感を取り除くのは容易でない。

多額の財政赤字を抱えた藩の改革も、まず領民の不信感を取り除くことから始めなければならない。そのために私は浜田に来たのだ)

橋の欄干から川面を見つめながら、河鰭は決意を新たにした。

橋を渡り大手門を入り、案内役の武士に導かれしばらく家臣の屋敷が立ち並ぶ通りを歩くと、河鰭が後ろを振り返って言った。

「豊太、すまぬがおぬし先にわが屋敷へ行ってくれぬか」

郷士とはいえ藩士ではないから城に連れていくわけにはいかない。今回豊太を浜田に連れてくるにあたって河鰭は藩に正式には申し出ていない。あくまで河鰭本人の付け人として浜田に連れてきた。藩に届ければ許されるだろうが、豊太の行動は藩に規制されることになる。豊太には藩の枠を超えて自由に行動してもらいたかった。侍の目ではなく、百姓、商人、職人などの目でこの領内を見てもらいたかった。

そのことはこの浜田に来るまでの道中の間に豊太に話していた。

「浜田に行ってもそなたに藩士としての身分はない。いろいろ不自由なことや辛いことがあろうが、辛抱してくれ。しかし、そなたは私の体の一部である。私の目となり耳となって藩政の改革に力を貸してほしい」

「もったいないお言葉。わたくしは身分などどうでもよいのです。少しでも河鰭様のお役に立てるなら本望です」

豊太は明るい声で答えた。日焼けした精悍なその顔は一点の曇りもない爽やかな笑顔だった。

「頼むぞ」

河鰭は豊太の手をしっかり握って言った。豊太はその時の河鰭の真剣なまなざしを今でも鮮明に覚えている。

案内役に導かれて豊太が武家屋敷の連なる通りに消えるのを見届けてから、河鰭は一人で城の本丸御殿へ向かった。城は亀山という海に突き出た東西に細長い岬の西の突端に天守閣と本丸御殿が築かれており、東の大手門からは三の丸、二の丸と急な坂道を登っていかなければならない。

上り始めてすぐに中の門に出会う。階上に長屋を載せた櫓門であり、門の左右の石垣の上まで長屋が連なる堂々としたもので、河鰭は見回して思わず感嘆の声を発した。

「見事な門構えだ」

かつての館林城は平城、浜田城は山城まではいかぬが小高い山の上に築かれているという違いはあるが、同じ六万石でも館林城とは比べ物にならない堅固な構えで、門構えひとつをとっても一目見ただけでこの城が要害であることがわかる。浜田城は元和五年（一六一九）伊勢国松坂の城主であった古田重治が五万五千石で初代浜田藩主になった時の築城と聞く。

当時、地方ではまだ戦国のなごりが色濃く残っていた時代、隣国には外様大名の毛利藩を控え城作りも防備を第一に考えられていたのだろう。

中の門から三の丸、二の丸へと登って行きながらその思いは一層確かなものになっていった。途中には武器弾薬を保管する焔硝蔵がある。大手門を破られたら、先ほどの『中の門』が次の防衛線になる。それに備えての「焔硝蔵」であろう。

三の丸を過ぎて二の門をくぐると高い石垣で方形に囲まれた空間があり、進路を阻む構造だが、同時に城兵がまとまって待機できるなど攻守に堅固なつくりとなっている。高く積まれた石垣を仰ぎ見るようにして本丸への一の門をくぐった時には河鰭の息は上がっていた。

「これなら敵は容易に攻め切れぬであろう」

懐から手拭いを出すと首筋の汗をぬぐった。江戸幕府は二百年以上も戦はなく泰平の世を謳歌している中で、この城は本来の城の姿をかたくなに守り続けている、そう思うと河鰭はこの浜田城が頼もしく見えてきた。三層の天守閣も唯優雅というだけでなく、毅然とした姿に見えてくる。

だが、と思う。どんな堅牢な城でも敵が攻めてきたとき永遠に守りきることは不可能である。籠城を覚悟するなら援軍が来ることが不可欠である。浜田藩にとって援軍とは同じ親藩である松江藩、それに鳥取藩となるのだろう。果たして両藩はいざというとき頼りになるのだろうか。

もう一つ心配事がある。堅牢な城にも敵が攻め込んできたときに女子供を逃がす〝しのび道〟が設けられている。しかし三方を海、川に囲まれている浜田城は海に逃げるしか道はない。

そこまで思いが至ったが、河鰭は不安を振り払うように首を左右に振った。この泰平の時代に敵が攻めてくることなど考えられない。そもそも敵とはどこなのか。その時河鰭の頭をかすめたのは浜田藩の西となり、長州藩である。

長州藩はいわゆる毛利藩であり、外様大名である。そもそも、前の藩主松平斉厚が将軍家斉様から「外様大名が多い西国の監視役を務めてもらいたい」と頼まれたことが移封のきっかけだったのだ。

実は、この時抱いた河鰭の懸念は二十五年後現実のものとなり、浜田藩の悲劇の始まりとなるのだが、この時はもちろん河鰭は知る由もなかった。

本丸御殿に入り控えの間で待っていると、すぐに尾関隼人がせわしげに部屋に入ってきた。

「よく来た。待っておったぞ」

城代家老の尾関隼人はこの時、三十八歳。河鰭とは一回り歳上だ。代々家老職を務める家系だが、先代の父が早逝し二十五才で家老に就き、それからはや十三年、すっかり家老職が身についている。もともと身の丈六尺にも届こうかという長身で太めの身体で恰幅がよかったが、少し引き締まり、眼光も鋭さを増し精悍な感じがする。

「お約束の日より遅れまして、申し訳ございません」

河鰭は小さく頭を下げた。

「なんの。挨拶は抜きじゃ。それより殿のご様子はどうじゃ。倒れられた後、一応持ち直したところまで聞いているが……」

「はい。わたくしが江戸を出発する前の日は床にあったものの、わずかながらも朝餉を口になされるまで回復し、近習のものとお話をされたとか。ただ医者によれば心の臓の病ゆえいつ再発するか分からず、危険な状態は変わらないそうでございます」

「ふ〜む。まだお若いのにご不憫なことじゃ。しかし、わが浜田藩としては何としてもお元気になってもらわねばならぬ。そして一日も早くこの浜田へお越し願わねば」

腕を組んだまま、尾関は中空を見つめて、祈るように言った。

「そのためにも領民の藩に対する不信感をぬぐい、藩政の安定を図らねばなりません」

「分かっておる」

尾関の顔が一変し、鋭い目で河鰭をにらんだ。浜田に移って五年、いまだ領民とのいさかいが絶えないことに苛立ちを抑えきれない口ぶりだった。

「言葉が過ぎましたら、お許しください。されど、藩政の基本は領民との信頼の上に成り立つと存じます。なぜ領民はわが藩政に非協力的なのでしょうか」

「浜田の領民は我らを嫌っているようだ」

「なぜでございましょう」

「わからぬ。なぜに彼らはこれほど非協力的なのか」

尾関は不機嫌そうに吐き捨てた。

さらに河鰭が話そうとするのを押しとどめるように手を出して言った。

「その話はあとじゃ。それより江戸の情勢はどうじゃ。将軍家斉様が亡くなられ、家慶様が継がれ江戸の雰囲気もだいぶ変わったと聞くが」

これ以上領民のことを聞いても答えは得られないとあきらめた河鰭は気を取り直してしぶしぶ言った。

「はい。実際の政は老中筆頭の越前様が取り仕切っているようです。家斉様ご存命の時とは一変、何事も質素、質素にと厳しい命令が出ているのはご存じのはず。我ら江戸屋敷にも諸事贅沢を禁じる厳しいお達しが何度も来ております。質素倹約はこのご時世仕方無きこととは存じますが、江戸市内もこれまでの贅沢三昧の生活から一転しての締め付けに戸惑いを隠せないでおります」

「あの越前様が……」

尾関には越前に忘れられない思いがある。五年前、館林にいた尾関は突然老中に呼び出され、浜田への転封を言い渡されたのである。あれが藩の混迷の始まりだった。転封を言い渡されたときの、水野様の暗い、冷たい目を思い出すと今でもぞっとする。その越前様が今や幕府の政を牛耳っている。

江戸幕府は家斉が将軍を退いた後も大御所として隠然たる力を誇っていたが、実際の政を仕切る老中は水野忠邦が老中首座に座り、幕閣内の〝家斉派〟を一掃、実権を握っていた。

水野は、老中首座に座るや、まず役人同士の酒宴接待を禁じた。これは役所内で古参者が新参者に役所の業務を教えず、これに困った新参者が酒宴接待して教えを乞うという風習が横行していたためである。このため業務が著しく停滞するという弊害を生んでいた。

忠邦は以前から寛政時代に老中松平定信が実施した質素倹約の改革を手本にしており、これをきっかけに役人のみならず大名はもとより町人百姓に至るまで倹約令を出し、衣服、飲食、嫁娶、そのほか居住、日常の道具、供回りまで華美に走ることを禁じた。忠邦の思いは将軍家斉の狂瀾の文化文政時代を断ち切り、質実剛健の世の中を作りたかったのだろう。だが、あまりに急ぎ過ぎた。

二人の話は続く。

「江戸の人々はどう受け止めているのか？」

「町民からは、役人の酒宴接待禁止は拍手喝采なのですが……」

「どうした？」

「江戸の料理屋にすればそれで賑わっていたわけですから、途端に暇になってしまい、中には店じまいする処も出てくる始末」

「もともと料理屋が儲けすぎたのよ」

「料理屋だけではありません。倹約令で呉服屋、酒屋から大工、鍛冶屋、道具屋、果ては冠婚葬祭の神社仏閣まであらゆる商売があがったりと、不満を漏らしております。地方が米の不作で生活に困窮している中で、江戸だけは賑わっていたのですが、最近の街は灯が消えたようでございます」

「江戸はそのような寂しい街になってしまったのか」

尾関はもう五年も江戸に行ってない。彼の頭の中にある江戸はかつての館林の街とは比べ物にならない賑やかで活気のある街だった。それが『火の消えたような街』とは、とても想像できなかった。

思わず深いため息をついた。

「浜田の街はいかがでしょう」

河鰭の問いに我に返った尾関が力なく言った。

「同じようなものよ。いやもともと江戸とは比べようもないが。転封した時から藩の財政は苦しかったので、幕府の倹約令とは別に早くからもう何回も倹約令をだしておるのだが、最近はかえって藩士の買い控えが原因で街の商売が冷え込んでしまっておる。領民の不満の原因の一つでもあるのだが」

尾関が愚痴った。

「と言って、財政の改善を図るためには、藩士への倹約令をやめるわけにもいきますまい」

「だから困っておる」

また話が藩と領民のことになってしまい尾関は嫌な顔をした。これ以上今は浜田藩の話はしたくないようだ。

「ところで、最近は何やら日本の外からも物騒な話ばかりが聞こえてくるが」

尾関が話題を変えた。江戸からはるか離れた浜田にいる尾関は世情の情報に飢えている。

「日本近海に現れる外国船のことでしょうか」

河鰭の答えに黙って尾関はうなずいた後、膝を乗り出すと眉をひそめてささやいた。

「いやな話を聞いた。清国がエゲレスとのアヘン戦争に敗れたそうな」

アヘン戦争とは、イギリスと中国（清）の間で戦った戦争で、イギリス側の圧倒的な勝利に終わった。イギリスと中国の貿易はイギリスが中国から大量のお茶を輸入する一方、中国への輸出が少なく多額の貿易赤字を抱えていた。この不均衡を解消しようとイギリスはインドで生産されたアヘン（麻薬）を大量に中国に密輸したのだ。

中国には二百万人を超えるアヘン中毒者があふれ、社会混乱を招くまでになった。そこで中国はこのアヘンの掃討作戦を実施、逆にこれに怒ったイギリスが戦争を仕掛け圧勝した。アジア諸国の植民地化を進めるイギリスが、中国支配を狙ってあらかじめ仕組んだ戦争ともいわれていた。

「第一報は昨年夏に長崎に来航したオランダ船から『清国の船が木の葉のように打ち飛ばされる』様子などが報告されたのです。さらに十二月に入港した中国船から詳しい内容がわかりました。エゲレスの軍艦四十四隻が香港、上海の港を支配したことや中国兵に多数の死傷者が出たことなどが伝えられたのです。何せエゲレスが戦争を仕掛けてわずか七日余りで清国軍を殲滅したのですから」

話す河鰭の顔もこわばっている。

「あの清国がそうもやすやすと敗れるとは信じがたいが」

「公儀もこの話には驚きを超えて恐怖を感じられております」

「そうであろう。清国といえば全てにおいて我が国など足元にも及ばぬ「大国」じゃ。その大国がいとも簡単に破れたことは、外国が攻めてきたら日本などひとたまりもなく征服されてしまうことになる」

「越前様も大いに驚き、『これは他人ごとではない。我が国の戒めとしなければならぬ』とおっしゃったそうです」

「今年になって公儀より海岸線を持つ藩は防備を固めるよう厳しいお達しが来ているのはその表れであろう」

「浜田沖に外国船は？」

「まだ外国船の姿は現れぬが、いつ現れても不思議はない。その時に備えてわが浜田藩も防備を固めなくてはならぬ。とはいえ、財政の苦しいわが小藩にできることと言えば、監視を強化し、兵を鍛えることぐらいしかできぬ」

尾関が自嘲気味につぶやいた。そんなことで清国を破った外国に対抗できるとは毛頭思わなかったが、金のない浜田藩にできることはほかにはないと、尾関も河鰭も諦めていた。

「そこでそなたに頼みがある。御物頭を務め、兵を鍛えてほしいのだ」

「私が？　御物頭に？」

「左様。そなた館林に居るときは尾上道場で指南役を務めるなどの剣術の使い手であったそうな。江戸でもあの千葉道場の門弟であったと聞いておるぞ」

確かに、江戸でも自身を鍛えるために千葉道場に通ってはいたが、それと外国相手の戦争とは違う話だ。

「確かに武術は学んでおりますが、外国相手の防備にはとてもお役には立てませぬ」

「そうかもしれぬ。しかし、わが藩に今できる防備は、兵力を強くすることしかない。それには、そなたのような人材が必要なのだ。このたびそなたを江戸から呼んだのはそのためだ。これは藩主武揚様もご了解の上の藩命と受け止めてもらいたい。石高も五十石に加増される」

どうだ文句はあるまいといったふうに尾関は言い放った。

河鰭にとって加増などどうでもよい話だ。しかし、藩命とあれば従うしかない。自分は藩政の改革に浜田へやってきたのだ。兵力の強化のためではない。それに今諸外国への防備に必要なのは剣術ではなく、砲術などの訓練ではないのか。いくら金がないとはいえお粗末すぎる備えではないか。河鰭は自分自身にやるせなさを覚えると同時に、藩の行く末に不安を抱いた。

三章　水害

河鰭が豊太とともに浜田に来てから五年が過ぎた。この五年は同時に河鰭が豊太に館林に帰すと約束した期限の年でもあった。

だが、その間に藩の状況は内外共に大きく変わった。藩内で言えば第一に二代藩主武揚(たけおき)がわずか十六歳で早世したことだ。もともと心の臓の病を抱え病弱だった武揚は、三年ぐらい前から床に伏す日が続いていたが、天保十三年（一八四二）五月帰らぬ人となった。

浜田藩では美濃高須松平家から、十八歳の三男を養子に迎え三代藩主武成(たけなり)とした。ちなみに六男にはその後最後の会津藩主となる松平容保がいる。この武成も病弱で、婿入りしたものの身は浜田藩江戸屋敷にあって、今だに浜田へは着任していない。浜田は依然藩主不在の時期が続いていた。

藩主不在の中で領民との融和も進まず、藩政は依然として滞り、藩財政を圧迫していた。毎年のように『倹約令』が出されていたが、家臣にとってはもはや「日常事」になり、ほとんど効果はなかった。かえって彼らの買い控えが浜田の街の経済を一層冷やし込んでいた。

加えて、天候不順による米収穫不足が続いた。のちに『天保の大飢饉』と言われる時期は過ぎたが、それでも天候不順は続き特にこの山陰地方では各地で洪水に見舞われていた。

ただでさえ石高不足に悩まされていた浜田藩では、海産物や林業によって得た資金で溜めていた備蓄米もすっかり底をつき、藩財政は極度に悪化していた。

一方、藩を取り巻く情勢もめまぐるしく変わった。徳川幕府はいよいよ混迷の度を深めていた。徳川家斉亡き後、跡を継いだ十二代将軍徳川家慶のもとで老中首座に着いた水野忠邦が財政改革を行ったが、あまりに急な緊縮財政にかえって経済全体が委縮してしまった。

さらに彼に追い討ちをかけたのが「上地令」だ。水野は隣国「清」がイギリスとの「アヘン戦争」で大敗したことに恐怖し、日本が清の二の舞になるとの恐れから江戸周辺の大名の領地を幕府が召し上げるという防衛策を打ち出した。しかし、これは諸大名から猛烈な反発が起き、中でも同じ老中の堀田正睦を中心に幕閣からも非難が相次ぎ、ついに天保十四年（一八四三）水野忠邦は老中を罷免され失脚した。老中首座になってからわずか二年だった。

結局「上地令」は発行される前に廃止されたが、幕府の混迷は一向に解消されることは無かった。幕府の「最高意思決定機関」である老中の決定が諸大名の反発で覆されたことは、幕府の権威の失墜を示していた。

以前にも幕府が決めた「三方領地替え」も当事者である庄内藩の反対で取りやめになっており、幕府はもはや大名に対する統治能力を失ってしまったように見えた。

水野忠邦失脚後は老中堀田正睦が老中首座となり幕政を担ったが、相変わらずの緊縮財政を続け世の中には不景気の嵐が吹き荒れていた。その間にも、日本国沿岸にはロシア、イギリスなど外国船が出没し、庶民の不安を掻き立てていた。国内各地では百姓一揆が頻発し、社会不安はますます膨らんでいったのである。

河鰭自身にも大きな変化があった。それまでの物頭に加え、「社倉庫係」を拝命した。社倉庫係とは領内の年貢である米の収穫、米倉庫の管理など藩の収入の多くを握る、いわば『金庫番』であり藩財政の一翼を担う部署だ。藩の財政再建を目指していた河鰭にとって、ようやく活躍の場を得たことになる。河鰭は二十九歳になっていた。

「豊太、喜んでくれ。念願の部署に就くことが出来た。これからだ。社倉庫係となれば、まず領内のすべての米倉庫を見回ることになる。さすれば領内の事情も肌でつかむことが出来る。領民とじかに話すことが出来る」

河鰭は豊太を自宅に呼ぶと仔細を話した。まるでこれまで心のうちにしまい込んでいたものを一気に吐き出すような喜びようだった。

「そなたとの約束は五年間だったが、わしは何もできなかった。このまま館林には返したくない。ようやく助けてもらう時が来たのだ。頼む。もう少しわしのそばにいて仕事を手伝ってはくれぬか。領内の農家の人たちと心を通じ合うことがまず財政再建の第一歩であり、今こそ百姓でもあるそなたの力が必要なのだ」

河鰭は必死になって頼んだ。松平家が浜田に転封してから十年が過ぎていた。だが、領民と藩との間には依然深い溝があった。藩主が三代代わって誰一人一度も領地に赴任していないことへの領民の不信感、藩は藩で年貢の徴収に非協力的な領民に対するいらだち、相互不信が財政再建を滞らせていると、河鰭は考えている。

豊太はすぐには答えなかった。彼も迷っていた。故郷の両親には五年の期限付きで浜田行きを許してもらった。その五年が経った。両親、とりわけ母は自分の帰りを待っているだろう。実家には兄がいるとはいえ人手は足りないはず。自分も帰るつもりで準備もしていたのだ。

ただ、この五年間、河鰭様のお役に立てた仕事は何もなかった。河鰭様が物頭だったためもあるが、このまま館林に帰るのは気が引けるというか、自分自身、心残りというか、納得のいかない気分ではあった。この五年の間に自分は一人で浜田の街だけではなく、農村地帯を歩き回り農家の実情を見聞きしたりした。この経験をこれから活かしたい気持ちもある。

「私も何のお役にも立てずこのまま館林に帰るのは申し訳ないと思っています。実家に手紙を出して両親にお願いしてみます。御返事は両親からの手紙が来てからにしていただけませんか」

「分かった。ご両親の手紙には、わしからお詫びを伝えてほしい。それから、身勝手なお願いもくれぐれもよろしく伝えてほしい」

河鰭は祈るように言った。

社倉庫係が決まるや、河鰭は領内各地の巡回に出かけた。豊太も従った。両親からの返事が来るまでは役目は果たすつもりでいた。社倉内の米の貯蔵調査が目的だったが、はじめから社倉の中に米があることなど河鰭は全く期待していなかった。飢饉の時の放出米としていた「永康倉」の米さえ底をついていたから、通常の米蔵である「社倉」の中を見るまでもなかった。河鰭はこれを機会に領内の隅々を歩き、地元の人々と話をし領民の本当の心を知りたいと思っていた。

だが、浜田を出て南の三隅村を訪ねた時、河鰭らが最初に目にしたのは水害に苦しむ領民たちの姿だった。

「これは酷い」

河鰭と豊太は川を望む傍の高台に立って茫然と見つめた。このひと月ほど続いた長雨で、街の南方を流れる三隅川が氾濫、川沿いに建てられていた家屋のほとんどが流され影も形もない。激流の凄まじさを物語っている。

もはや川の原形はとどめず、一面海のようで周辺の田畑はあふれた水で覆われ風に波風さえ立っていた。収穫時でのこの水害は米作にとっては致命的である。何より家屋を水で流された家族は食事にも事欠く有様だ。三隅の街にはそうした家をなくした人々が続々と集まっていた。

三隅村だけではなかった。さらに南の益田村でも村の中央を流れる高津川の氾濫で村は壊滅状態だった。高津川は三隅川よりはるかに川幅が大きく、街中を流れている分氾濫による被害は大きかった。流されずに済んだ家屋も半壊状態か、浸水による水浸しにあい住めない状態だった。人々は、河鰭らの姿を見つけると駆け寄ってきた。

「藩のお方とお見受けします。お助けください。この水害で生活はずたずたでございます。せめて、食べるものでもくださらんか」

「住む家は水で流されました。みんなで夜露をしのいでおりますが、子供たちが不憫で」

「冷害に水害、一体いつになったら普通の生活に戻れるのでしょう」

彼らは河鰭らを取り囲んで口々に窮状を訴えた。

「分かった。藩に相談してみる。しばし待て」

河鰆に具体的な救済策があったわけではない。しかし、彼らの窮状を見て、黙ってはいられなかった。傍で聞いていた豊太は同じ百姓として河鰆以上に彼らの苦しみを身をもって感じていた。

豊太は決意する。

「このままでは帰れない。浜田に残って河鰆様と一緒になって人々のお役に立ちたい」

実は数日前、館林の両親から手紙が届いていた。返事は兄が書いたもので、「五年が過ぎ、河鰆様との約束も果たしたのだから、すぐに帰ってきてほしい。母はお前の顔を早く見たいと泣いている」と帰郷を促すものだった。手紙を読んだとき豊太の気持ちも帰郷に傾いていた。

しかし、今、目の前で同じ百姓たちの悲惨な姿を見て、このまま浜田を去ることはできないと思った。館林の実家は自分が帰らなくても兄がいる。実家もなんとかやっていける。河鰆様との約束を果たしてから帰っても遅くないはずだ。そう決意を固めると、豊太の行動は早かった。

浜田の水害は南部だけではなかった。豊太は河鰆と別れると北部の被害状況を調べに回った。浜田領内には浜田以北だけでも、下府川、粂川、波子川、敬川、そして江の川と大小多数の川がある。いずれも海岸近くまで山地が迫っているため、雨が続くと氾濫しやすい地形になっている。水害の状況は北も南も変りなく領内全域にわたっていた。

河鰆は豊太の報告などをもとに、領内の被害をまとめたが、家が流されたり水浸しで住めなくなった難民の数は一万四千人を上回った。さらに収穫前の水害のため、米の被害は一万石を上回った。禄高六万千石の六分の一にも達する大被害である。

「なんという惨状。我々にはまったく知らされていない。なぜだ。これだから藩と領民の間には深い溝があるのだ。領民の協力なくして藩の財政再建などあり得ない」

河鰆はくやしさと情けなさが込み上げてきた。

調査結果をもとに城に戻ると、すぐさま上司に報告し訴えた。

「領民はかつてない苦境にあります。今こそわが藩は領民の信頼を取り戻す絶好の機会です。すぐに彼らに米を支給しましょう」

逸る河鰆に上司の反応は鈍かった。

「わが藩にはもう米がないことは社倉庫係のそなたには十分分かっているはずではないか」

米の不作はもう五年も続いている。凶作に備えていた永代蔵の放出米もとっくに底をついていた。

「では、米を買いましょう」

「その金は？　わが藩にはもう金はない」

上司は少し苛立ってきた。

「借りましょう」

河鰆は粘った。

「どこから？　もう借りられるところからは借りている。浜田はもちろん、京大坂でもな。これ以上金を貸してくれるところはない」

「では、このまま領民の苦境をただ見ていろとおっしゃるか」

「彼らの苦境には同情する。わが藩とて同様なのだ。しかし、ない袖は振れぬということじゃ」

「領民を救えない藩など、藩ではありません」

河鰭の声がつい激しくなった。

「これ、口が過ぎるぞ」

もう一人の上司が諫めた。

「いえ、今まで藩政がうまくいかなかったのは領民の協力が得られなかったからです。彼らは我々を信じていなかったからです。その領民が苦境にあってわが藩に助けを求めているのです。どんなことをしても領民を救わなければなりません。ここで彼らに手を差し伸べれば、今後きっと我々を信用してくれるでしょう」

河鰭は必死に訴えた。藩と領民との絆ができる絶好の機会なのだ。

「しかし、金がない」

上司の答えは同じだった。

河鰭はむなしくなった。そのまま憤然として席を立った。

屋敷に戻った河鰭に豊太が声をかけてきた。

「お顔が優れぬようですが、お城でなんぞありましたか？」

「藩は金がないのだという」

その声で豊太は藩の難民救済が見送られたことを知った。

「それでは難民にお米は支給されないのですね」

豊太の声が弱弱しい。

「いや、何としても米は配る」

河鰭は悲壮な覚悟だった。

「鴻池屋様にすがるしかないのではありませんか」

豊太が思いついたように言った。

「鴻池屋か」

河鰭がつぶやいた。鴻池屋には十年前、館林から浜田に移封された際、移封費用三万両を借りていた。十年の期限が過ぎた今でも返済は全く進んでいない。返済も進んでいないのにさらに借り増しなどとても言えない。と言って、河鰭にはほかに金を貸してくれる当てが思い浮かばなかった。

「領民の惨状を訴えれば、分かってくれるかもしれない」

淡い期待だが、藁をもすがる思いで大坂に向かった。

だが、鴻池屋の返事はそっけなかった。

「今はどこの御藩でも窮状は同じでございます。特に浜田藩だけが苦しいのではありません。まだお貸しした三万両も御返し願っておりません。その上五千両とは。これでは商売にもなりません」

河鰭の前に現れた清右衛門は相変わらず柔和な顔だが、出てくる言葉は厳しかった。

「分かっておる。しかし、わしはそなたに頼む以外にはないのだ」

「ですから、わたくし共は商人でございます。利に合わない商売はできません」

ここで河鰭は大坂に来る途中で考えていた〝提案〟を出した。

「ではどうだ。石州和紙の独占販売権をもう三年間与えよう。十分利に合う話だろう」

鴻池屋から移封費用三万両を借りるとき、返済期間十年の間、鴻池屋に石州和紙の独占販売権を与えていた。しかし、三年間延長は藩から許可を得ていない。河鰭の独断である。清右衛門は黙ってじっと河鰭の顔を見つめていた。

「三万両のお金を返していただくまで販売権は頂くことになっておりますが……」

「だから、その販売権を三年延ばすと約束しようというのだ」

「まだ三万両をお返し願っていないのに、さらに販売権を三年延ばすと言われても当方にとってあまり意味はございません。空手形も同然でございます」

これを聞いた河鰭は急に顔を強張らせると、立ち上がらんばかりに片膝を立て腰の刀に手をかけ叫んだ。

「なに！　武士に向かって嘘つき呼ばわりは無礼千万。許さぬ。いつわしが嘘をついた」

だが、清右衛門は全く動じなかった。

「言葉が過ぎましたらお詫び申し上げます。しかし、商人にとって、お約束が果たされぬ前に次の約束はできません」

きっぱりと言い放った。

「返したいのだ。だが返せないのだ。藩主様は何度も倹約令を出し我等も生活を切りつめておるのだが、米の不作続きで収入減に追いつかない。されど、今回の水害にあった領民を藩として何としても救わねばならぬ。我ら武士を助けてほしいとは言わぬ。我ら武士はどんなに苦しくても我慢する。領民のために米を買う金を貸してほしい」

そう言うと河鰭は畳に頭をつけるほどにひれ伏した。

「武士の言葉に二言はない。返すと言ったらたとえ何年かかっても必ずお返し申す」

伏したまま河鰭は腹の底から振り絞る様な声を吐いた。

清右衛門は黙ってじっと河鰭の頭を見下ろしていた。鴻池屋には浜田藩以外のいくつかの藩にも多額の貸金がある。どこも返してもらえていない。ある西国の雄藩からは途中で借り入れ条件を勝手に変更され、「百五十年据え置きの返済」といった「借金踏み倒し」に近い契約を結ばされたところもある。

それと比べれば河鰭の申し入れ態度には誠実さを感じる。他の藩の申し入れ額と比べれば一ケタ違う少なさだ。他藩の場合、借り入れた資金で武器弾薬を購入しているらしい。浜田藩は水害難民の救済資金の申し入れだ。難民の数からいって五千両では彼らの飢えをしのぐ最低限の糧にしかならないだろう。

「分かりました。一万両お貸ししましょう。ただし、鴻池屋が商売として御貸しするのは五千両。あとの五千両は河鰭様を信用してこの清右衛門がお貸しするのです」

思いもよらぬ清右衛門の答えに河鰭は驚いた。

「ありがたい。借りた金は何年たっても必ず返す。この河鰭の命にかけても御誓い申す」

喜び勇んだ河鰭は懐から紙と筆を出すと、一万両の借用書を書き判を押した。

「河鰭様、金額が間違っております」

「？」

河鰭は一瞬金額を書き違えたのかと思い、借用書の数字を見た。

「鴻池屋が貸すのは五千両でございます」

「今そなたは一万両貸すと申したではないか」

河鰭は清右衛門の言葉に戸惑った。

「あくまで鴻池屋が貸すのは五千両。あとの五千両は私がお貸しします。ですから鴻池屋の借用書は五千両とお書きください」

そういうことか。

「では二枚書こう」

「いえ鴻池屋の分だけで結構です」

河鰭は清右衛門の顔をいぶかしげに見つめた。

清右衛門は笑みを浮かべていた。その眼は河鰭をやさしく包んでいた。

「ありがとうござる。御恩は一生忘れません。必ず一万両はお返しもうす」

再び畳にこすりつけるほど頭を下げた。

清右衛門は手代を呼ぶとすぐさま一万両の手形を書いて河鰭に渡した。

「これを持って早く蔵元に行きなさいませ。一刻も早く領民の皆様にお米を届けなさいませ」

「すまん。そうさせてもらう」

河鰭は急ぎ鴻池屋を出ると堂島の浜田藩用達の蔵元に飛び込んだ。

一万両で手に入れた米は二万五千万俵に達した。難民一万四千人の米なら三か月分にもなるが、米を求めているのは難民だけではない。領民の多くが明日の米にも苦労している。それでもとにかく当座のひもじさからは逃れることが出来る。

米運搬船とともに浜田へ帰った河鰭はすぐに難民への米配給の手続きに入った。そこで豊太が思わぬことを口にした。

「河鰭様、米を手に入れたは喜ばしいことですが、米の配分には十分気を付けなければなりません。せっかく領民の心を掴む絶好の機会ですが、配分の仕方によってはかえって領民の不満、反発を招きましょう」

豊太は従来の配給方法では領民の反発を招く懸念があると言った。

「ではどうすれば」

「一番大事なのはまず被害の大小や地域の差なく公平にすることです。被害の大小はあっても、飢えていることは誰も一緒です。食うのに困っているのに地域の差もありません」

公平こそ最も大事な配分だと言う。

「最初に一人当たり一月分の食料を人数分配ること。貧富の差に関係なく、人間が食べる米の量は子供でもだれでも一緒です。あくまで一人当たり平等に配給すべきです。それによって人々は当座の米が確保されたことで安心します。

そのうえで被害の正確な状況を調べ、状況に応じて配給する。配給に当たっては藩士立会いの下に、庄屋を通じて行うのがよいでしょう。藩が配給に立ち会うのは途中で米が横流しされないためです。地域によって配給時期に差があってはなりません。同時に行うべきです。何事も公平に」

河鰭は豊太の助言をもとに直ちに難民への配給を実施した。

藩の社倉庫係だけでなく各地域の役人が総出で配給に当たった。山間部などに多少の配給遅れは生じたがほぼ同時に難民に配られた。その後に領民にも食糧不足の程度に応じて、お米が配給された。そして最後に残った分が藩士に配られた。

このやり方に領民は喜んだ。何より公平であったこと。難民を最優先し、次いで被害を受けた領民に配給し、藩士は最後だったこと。松平家が移封してきて以来十年で初めて藩が領民を大切にしていることを彼らは身をもって知ったのだった。「領民の心がわかる藩主様」と受け止められた。水害という災いを藩の信頼回復という福に変えたのである。

それもこれも豊太のおかげだと河鰭は思った。

豊太には領民の心がわかっていたのだろう。藩と領民、それは支配する者と支配される者でもある。強者と弱者と言ってもいい。弱者の本当の心を分かってこそ、強者たる資格があるのだと河鰭は思った。河鰭は豊太を連れてきた甲斐がようやくあったと思った。

河鰭の難民を救った行為は、浜田藩内はもちろん江戸にいる藩主松平武成の耳にも入った。病床にあった武成は大いに喜ぶと同時に、河鰭を銀礼所頭取にするよう命じた。銀礼所とは藩の一切の金を預かる部署、いわば浜田藩の日本銀行と財務省を兼ねた部署になる。当時の風習では武士が財務にかかわることはいやしいこととされていたが、藩の財政改革ひいては藩政改革を使命と感じていた河鰭は喜んで拝命する。弘化三年（一八四七）、河鰭三十歳。いよいよ、河鰭は豊太の協力を得て藩の財政改革に乗り出した。

四章　財政改革

銀礼場頭取になって一月後、河鰭は二十人ほどの係の部下全員を広間に集めた。

集まった藩士たちの顔を見て河鰭は愕然とした。長い間の倹約令で衣服が粗末になっているのは仕方がないが、皆表情が暗いのだ。誰ひとり河鰭の顔を見ようともせず、下を向いて黙っている。銀礼場には若い藩士もいるのだが、皆疲れ切った様子で、覇気がない。

このままではいけない。財政改革はまず銀礼場の藩士の心から変えなければと、改めて確信した。

広間の沈んだ空気を払うように河鰭は一気に本題に入った。

「藩の借金は今や二十万両を超えておる。藩禄六万石のわが藩にとってはいかに重荷であるかは諸兄も十分承知していよう。その理由も存じている通りだ」

河鰭はそこで一息入れると彼らを見回してから言った。

「わしはこの借金を二十年で返そうと思う」

河鰭の突然の言葉にその場にいた皆は唖然として一斉に顔を見合わせた。中にはあきれた表情を露骨に示すものもいた。

「二十万両を二十年でというと一年で一万両ということになりますが、今のわが藩の財政状況では全く無理な数字かと……」

部下の中で年長者の加藤重四郎が恐る恐る言うと、広間にいた全員が一様に頷いた。確かに、藩の実収入が三万石を割っている現状では返済金額が大きすぎる。というか、そもそも借金を返す余裕などない。だが、ここで怯んではならぬ。

「金額の多寡を考えるな。まず大事なのは『借金は返す』という覚悟を持つことだ。方策は皆でこれから考えればよい」

河鰭は不安げな藩士の顔を一人ひとり見まわしながら、落ち着き払って言い放った。

「そう言われましても、我々はにわかには信じられません。どうやって毎年一万両もの大金を返済するのでしょうか？」

「これまでも何度も倹約令を出し、削れるところは削りました。これ以上はたいして期待できません」

「米の不作は天変地異によるもので我々にはどうしようもありません」

「和紙やシイタケ栽培、養蚕など産業の振興もやっておりますが、借金を返すほどの収入にはなりません」

広間にいる藩士の口からは次々と〝出来ない〟答えが返ってきた。

「今日からはできない理由は一切口にしてはならぬ。どうしたらできるかだけを考えよ」

河鰭の厳しい言い様に彼らは一様に黙ってしまった。と言って、納得した顔ではなかった。困惑していた。

「それにしても今年から一万両とは……」

若い藩士が消え入りそうな声でつぶやいた。

「諸兄よ、頭を挙げよ。人間、下を向いていては良き考えは浮かばぬ。真っ直ぐ前を見よ。しっかり前を見て、新たな収入策を考えよ」

河鰭は長引く藩の苦難の中で藩士たちの心の疲弊が気になっていた。

「今までも殖産振興はやってまいりました。しかし、領民は動かず思うような成果は上がっておりません」

藩士たちと領民の間には深い溝がある。河鰭が永年危惧してきたことだ。

「まず我らが本気でいることを彼らに分かってもらうことから始めよ。

領民の心は変わった。これまでいくら藩が頼んでも領民は藩を信頼も信用もしていなかった。いくら藩が強く頼んでも信頼のないところに成果はない。しかし、ようやく領民は我等を信頼し始めている」

河鰭は難民への米の配給を通じて藩が領民からの信頼を取り戻しつつあることを実感として感じている。

「河鰭様は我々に何をしろとおっしゃるのでしょう?」

先ほどの加藤が投げやりに問いかけた。

河鰭は彼らの消極的な、他人任せな考え方に苛立ちを覚えた。

「わしの考えを言う前にそなたたちの考えを聞こう。そなたち一人ひとりが本気になって財政を立て直すという覚悟をもってこそ、必ずや財政は再建されよう」

「覚悟はあるのですが……」

まだ弱気になっている。彼らが悪いのではない。藩財政の借金漬けに慣れてしまっているのだ。彼らは物心ついた時から、家庭内でも城内でも、節約、節約で過ごしてきた。浜田に来て十年、浜田藩が厳しい藩財政を続けていたために心が萎えているのだ。

「また始まった。『ですが』は禁句ぞ。『返す』と本気で思うことだ。覚悟を決めよ。よいか。同じことをやるのでも、本気でやるのといやいややるのとでは成果に雲泥の差が出るのじゃ。これまで浜田藩も領民も互いに不信感を持っていた。これでは成果は生まれない。だから、これからはまず我らが本気になることが大切なのだ」

「本気、覚悟と河鰭様はおっしゃいますが、それだけで借金が返せるとは思えません」

先ほどの若い藩士が食い下がった。

「もちろんだ。具体的に方策を講じなければ借金は減らぬ。だが、我々がその気にならなければ、いくら方策を考えてもそれは絵に描いた餅になる。

諸兄に十日間与える。それまでに各自改善案を持ち寄るように。よいな」

そう言うと河鰭は「これにて会議は終わり」とばかりに話を打ち切った。それを受けて藩士たちは席を立ったが、なお戸惑いをぬぐえなかった。

藩士たちが去った後、河鰭は腕を抱えて考え込んでしまった。

人間は誰でも苦境に追い込まれるとなんとかしてそこから脱出しようと必死にもがく。しかし、余り長い間苦境にいると慣れてきて、それが当たり前のことになってくる。そしてささやかなことに喜びを見出して満足し、苦境からの脱出を諦めてしまう。

今の浜田藩士がそうだ。借金になれてしまっている。「貧すれば鈍する」と言うが貧しさが人をここまで弱気にするものか。

しかし、これからは自分で考え、判断し、実行していかなければならない。浜田藩をこの財政危機から救うのは、藩士一人ひとりの行動にゆだねられている。幕府は何も助けてはくれぬ。石高の三倍もの借金を返していくのは容易ではない。あらゆる困難を乗り越えていかねばならない。その時に必要なのは知恵や体力以上に本人の「覚悟」であると河鰭は信じている。

実は河鰭は弟の河鰭省斉を肥後熊本にいた実学派の「横井小楠」に派遣、彼より藩政改革について次の三つの指示を受けていた。

一、銀札（藩札）の硬貨兌換制の確立
二、国内産業の振興—領外より資金の調達
三、急場しのぎのため藩内の産物を抵当に資金を借りる

と書いてあった。

だが、河鰭はこの内容をすぐには藩士に知らせなかった。始めから彼らにこの内容を明かせば彼らは従うであろう。しかし、人は人に言われてやるのと自分で考えてやるのでは同じことでも結果は全く違うものになることを河鰭は知っていた、だから小楠の意見を皆に言わず、河鰭自身の心の中にとどめた。

約束の十日が過ぎた。河鰭は再び銀礼所の藩士を集めて各自の意見を聞いた。まず、年配の加藤重

四郎が答えた。

「財政を立て直すには古来より『入るを量り出ずるを制す』と申します。不作続きで米の収穫が思わしくない中、やはり倹約令を一段と強めるべきかと存じます」

彼は堂々と言い、その場にいる藩士の多くがもっともと言わんばかりにうなずいた。

「分かった。確かに『入るを量り出ずるを制す』は財政立て直しの基本である。それで、そなたは倹約令でどのくらい資金が浮くとお考えか」

「それはまだ試算しておりませんが…」

加藤は戸惑った顔をしている。

「これまでに藩主様の命で十数回の倹約令を出している。もはや、我らの倹約生活も限界に来ている。これ以上倹約令を強めても大した金額は浮いてこないだろう。それに倹約令にはいくつかの問題がある。ひとつは藩内に不公正が広がることだ。誠実で正直なものは藩の命に従って生活を切りつめているが、中には自分の生活は抑えても藩の金を使って遊興にふけるものもいる。それはどちらかと言えば位の高い人物に多い。これは藩内に不信感を広げることになる。いや既になっている」

話を聞いていた藩士たちの目が真剣になってきた。河鰭の話に思うところがあるのだろう。

「それに、度重なる倹約令で藩士の心は疲弊している。中国のことわざに「衣食足りて礼節を知る」とある。倹約令とはいわば精神論である。わが藩の財政ひっ迫はもはや精神論では解決できないところまで来ている。むしろ倹約令は財政改革の妨げになっている」

藩士たちは一様に声を挙げて驚いた。藩主の命に堂々と反対の意見を言ったのは河鰭が初めてである。

「では、河鰭様どのような歳出削減策をお考えでしょうか」

山野辺伊織が意気込むように聞いた。

「まだわしの意見を言うのは早い。皆の意見を聞きたい」

再び、部屋には沈黙が広がった。

「歳出削減は絶対にしなければならない。大事なことは削減策の効果がだれにもはっきりわかること。もう一つは公正であることだ。精神論だけで効果が目に見えなかったり、一部の人に負担が偏りすぎたり、その逆もあってはならぬ」

河鰭は彼らに助言を与えた。

暫く部屋には沈黙が続いたが、山本孫六が意を決したように口を開いた。

「上米制がござる。これならば削減額が明確で、公正感もありましょう。ただ…」

「ただ、なんだ」

「藩のご重臣たちの反対が……」

上米制とは今の会社でいう賃金カットである。位の高い人も低い人も報酬、給与を一律に削減する。削減額が明確であり、たいていの場合、給料報酬の高い人ほど削減率を多くする。上米制も同様で、藩士全員が俸禄の何割かを藩に強制的に上納する制度である。江戸中期以降、財政危機に陥った藩の多くがこの制度を取り入れた。

ただ、実際には導入に当たっては壁があった。政策を決定する家老など重臣たちの反対である。声には出さぬが、自分の俸禄をしかも藩士たちより高い比率で削減するのは面白くない。浜田藩でもこれまでに何回か議論があったがその都度先送りされていた。他藩の場合、藩主が断を下すことが多いが、浜田藩の歴代藩主は病弱で江戸にあり、実際には浜田に藩主はいなかった。

「しかし、もはや猶予はならぬ。上米制を断固として実行する。ただし、期限を限る。私の考えでは「五年」とする。五年経ったら俸禄をもとに戻す。もし、それより以前に財政再建のめどが立てばその時点で上米制を中止しよう」

河鰭は加えて言った。

「同時に倹約令も廃止しよう。もちろん贅沢は許さぬが、藩士一人ひとりの自覚にゆだねよう」

一同の顔から安堵と喜びの表情が浮かんだ。

「歳出削減策について合わせて申し上げます。江戸屋敷の費用は浜田の歳出が減っているにもかかわらず、減るどころか増え続けております。藩主様が江戸に居られその費用かと思われますが、それにしても金額が金額だけに、何とかなりませぬでしょうか」

それまで黙っていた若い杉田格之進が口を開いた。彼は勘定方で日ごろから江戸屋敷の金の使い道の粗さに不満を持っていた。

「確かに。わしも江戸屋敷の費用については以前から気になっている。江戸屋敷だけではない、大坂もそうじゃ。両屋敷ではどうも国元の苦しい事情が理解できていないようだ。近いうちに江戸に行き、藩主様にじかにご相談してこよう」

一同の目が輝きだした。彼らはこれほど明確に具体的に藩財政の再建策を熱く語る上司には会ったことがなかった。「覚悟」とはこういうことなのかと皆思った。

「では、今度は収入を増やす方策を聞こう」

河鰭が皆を見回した。

「入港税を設けたらいかがでしょう。浜田港には多数の船が寄港します。彼らから税を徴収すればかなりの収入になると思いますが」

藩士の溝江忠之が勇んで提案した。

浜田港は風待ち港（退避港）として古くから近隣の漁民から知られていたが、江戸中期からは産業の発達や北回り航路の開発で、山陰・北陸地方と長門・周防を結ぶ北前船の中継港としての地位を占めていた。溝江は北前船や沿岸航路の廻船から入港税をとろうという提案だ。

だが河鰭は言下に否定した。

「ならぬ。税率を上げたり新税を設けるのは、我々為政者にとってはもっとも安易な増収方法である。しかし、税を課された船主はどうするか。税のない他港へ移ってしまうだろう。我々の懐は一時的に膨らんでも長い目で見れば減っていくことになる。為政者たるもの収入を増やすために安易に税に頼ってはならぬ」

河鰭の厳しい叱責に、機先をそがれた溝江をはじめ藩士たち一同はすっかりしょげかえってしまった。

「もう一つ。税は公正で公平でなければならぬ。だが、新しい税金をもうければ必ず税を逃れる悪知恵を働かすものが現れる。誠実に税を払うもの、税を逃れる不届きなもの、領民の間に不公平が生じる。それはやがて領民の税への不満、不信感を募らせることになる」

「税を逃れるものを厳しく取り締まればよいのではありませんか」

溝江がなおも食い下がった。

「確かにその通りじゃ。だがそれには限界がある。新税を設けるには、まず領民の藩への信頼が前提になる。その税が自分たちの生活をよくしてくれるという安心感が無ければ、人は従わない。今の浜田藩は悲しいことだが、領民から信頼されているとは思えん」

藩士たちは皆黙って下を向いてしまった。誰もが河鰭の話に日ごろから身に覚えがあるからだ。部屋には再び重い空気が立ち込めた。

「これは私だけの意見ではなく、皆と相談して決めたことなのですが」

沈黙を破って、加藤重四郎が口を開いた。

「やはり、地元の産業の振興しかありません。水害や冷害の続く米作には増産は期待できません。幸いわが藩には米作以外に他藩にはない特産物がたくさんあります。その産物を藩の専売にして増産を図れば藩の収入も増えましょう」

加藤の言葉に誰もが頷いた。

「新たな土地の開墾という手もありますが、わが領土は平地が少なく新田開発は難しうござる」

小林玄蕃が話を引き継いだ。

「あまり天候に左右されない産物がよろしいかと。わが領内には石州和紙だけでなく、石州瓦、養蚕・製糸、製鉄、シイタケ、林業などたくさんの特産品があります。特に石州和紙は最盛期には藩の収入の三分の一を占めるほどの収入源になっておりました。これら産物の増産を図るのがよろしかろうと存じます」

　誇らしげに語った。

「はて、前回のそちたちの答えでは『これ以上彼らを働かせるのは無理だ』と反対したと覚えておるが……。まして専売となると彼らの反対は強いぞ」

　河鰭はわざとつれない返事をした。

「はい。されど、あの後皆で考えました。本当に無理なのかと。我らは最善を尽くしたのかと。一度断られて、それで済ましていないかと」

「何度でも頼んでみようと思います。わが藩の財政の苦しさを打ち明け、何としても領民の皆様のご協力を戴きたいと伏して頼んでみようと思います」

　藩士たちが皆、身を乗り出した。その顔は真剣そのものだった。

　河鰭は心の中でほくそ笑んだ。ようやく彼らは覚悟を固めたようだ。改革の第一歩が始まったのだ。

「領民の皆さんに頼むとき、何が必要かわかるか」

　河鰭の言葉に藩士は意を得たりとばかりに次々に答えた。

「熱意でござる。一生懸命頼めば、きっと分かっていただけると思います」

「誠意でござる。邪念なく、正直に話すことでござろう」

「理を持って話せば必ずわかってくれましょう」

　口々に叫ぶ藩士の声が大きくなってきた。だが、河鰭は受け止めつつも釘を刺した。

「それもある。ただ、そなた達が答えたのはいずれも武士の世界のことである。百姓や、職人、商人の皆様にはそれだけでは通じぬ」

気勢をそがれて藩士たちは再び押し黙った。

「一番大事なことは信用である」

河鰭は思い出していた。十年前、上州館林から石見浜田への移封が決まった際、移封費用三万両の借り入れを巡って江戸・大坂を東奔西走していた頃だ。大坂の鴻池屋の主人倉橋清右衛門が言った言葉「商売は信用が第一」。その通りだ、人にものを頼むとき、相手はまず依頼人が信用できるかで判断する。

「ではどうしたら信用は得られるか。誓った約束は絶対に守ることだ。どんなことがあっても守ることだ」

だから頼む方にも覚悟がいることを忘れるな。安易な約束や実行できない約束はするな、約束したら必ず守れと言った。

一同の顔が厳しい表情になった。

「それからもう一つ。頼むときは利を持って頼め。殖産振興が単に藩の財政立て直しのためだけでなく領民の皆様も得をすることをよく説明せよ」

一同の中には河鰭の話を紙に筆記している者もいた。

「よいか。領民と話をするときは、自分が武士であることを忘れよ。領民と対等の立場で話すことだ。領民は我々藩の人間を怖がっておる。人は恐れからは本当の心を開いてはくれぬ」

河鰭は豊太に教えられたことがある。社倉庫係となって領内を見回った時のことだ。米の不作続きで年貢が滞っていた農家に河鰭は藩に対する要望を聞いて回った。少しでも彼らの本音を聞きたかったからだ。だが、彼らは河鰭の呼びかけに全くの無言を通した。困り果てた河鰭は、同じ百姓の豊太に尋ねた。

「彼らの心の内を聞きたい。どうすればよいか。我らが話しかけても彼らはただ黙っているだけだ。なぜか」

河鰭の問いに豊太は寂しそうに答えた。

「恐れておるのです。人は恐れからは本当のことは申しません。彼らには藩に対する長年の不信感がります。その不信感を取り除くことから始めるべきです」

松平家と領民の間にある長年の根強い不信感を取り除くのは容易ではない。

「まず、こちらが相手を信用することです。誓った約束は必ず守ることです。上の者が約束を守れば必ず下の者は信用します」

松平家が館林を治めていた当時、不作にもかかわらず百姓一揆などの騒ぎが起こらなかったのは備蓄蔵を設けるなどの救済策もあったが、藩校の道学館に当時では珍しい、百姓、町人、職人の子弟を入塾させるなどの善政によるものだと豊太は今でも確信している。藩主が領民を信じていると分かった時、領民は藩主を信じることが出来る。

だが、不信感が消えたとしても、彼らから本音を聞き出すことは難しい。

「百姓に限りません。人は皆、辛いことや本当のことは話さないものです」

「それではどうすればよい？」

「寄り添うことです。傍らに座って黙って話を聞くことです」

「それでも相手が話さなかったら」

「待つのです。相手が話したくなるまでそっとそばに寄り添って待つのです」

「なにもせずにか？」

「そうです。私たちにできることはそばに寄り添うことだけです。何も話さず、ただじっと、相手が話し出すまで待つのです」

「それだけか？」

「はい、手を握れば相手の肌の温もりは感じます。相手にもこちらの手の温もりが通じましょう。それが心を通じ会うことができる唯一の方法ではないでしょうか」

「黙って寄り添い、相手が話すまでじっと手を握って待つ」

河鰭は確かめるようにゆっくりとつぶやいた。

「これはやり方の話ではありません。心から相手の心の底を知りたい、相手のために何ができるかを真剣に考えたうえでの処し方です。いくら形を整えてもそこに心がなければ相手にはみすかされてしまうでしょう」

河鰭はその時、豊太を館林から連れてきて本当によかったと思った。武士ではわからぬ領民の心。いや人の心だ。人の心がわからずして改革などできない。

河鰭は確信した。藩士が覚悟を決め、領民と一緒になって産業の振興に向かえばきっと成果は上がる。幸い、浜田藩には他藩にはない特産物が多くあった。豊太がこの五年間に領内をくまなく歩き、いくつか特産品を調べ上げていた。

藩にとって最大の特産品は「石州和紙」である。領内南部の三隅地方を中心に製紙場は大小合わせて百軒近くあり、その生産高は最盛期で四～五万丸、販売高で十万両に匹敵する生産高を誇っていた。ただし、天保時代に藩の専売制となってからは藩の規制を嫌がり生産者が減り、今ではその半分にも満たない生産高にまで減ってしまっている。

他には、寒さに強く山陰地方から北陸地方まで広く屋根瓦として支持されている「石州瓦」や、櫨（はぜ）の実をつぶして作る「木蝋」は長持ちする特色を持ち、評判は遠く江戸、大坂にまで広がっていた。量は少ないが「たたら製鉄」も貴重な商品として重宝がられていた。ほかにも養蚕業のほか、山林が多い領地を生かして林業はもちろん、シイタケ栽培なども産業として収穫を挙げていた。豊太は時間をかけてそれぞれの耕作面積や生産量、収穫量、販売高を丹念に調べ上げ河鰭に報告していた。

「これら特産品を本気になって育てれば、不作に悩む米に勝る藩の収入源となりましょう」

豊太の報告書の最後は、こう結ばれていた。

「産業の振興で財政を再建する」

報告を聞いて河鰭は希望の光がかすかに見えてきた。

だが、これから我らが相手にするのは武士ではない。百姓、商人や職人たち、日ごろ我々が付き合いのない人たちだ。持つものも刀などの武器ではない。「和紙」や「瓦」「生糸」「木材」と云った武士の生活に慣れない商品を扱うのだ。どのように彼らと接し交渉すればよいのか。自分たちの思いだけで彼らは納得し、受け入れてくれるだろうか。

大坂の鴻池屋の清右衛門が言った言葉「商売は信用」「利を持って諭す」がいまこそ試されるのだ。自分にできるだろうか。いや、やらねば浜田藩がつぶれる。対等の立場で、相手の気持ちになって考えることだ。

だが、決意を新たにした河鰭の前に思いもよらぬ大きな壁が立ちはだかった。

五章　石州和紙

「確かこの道でよいはずだが……」

朝早く浜田の街を発って山陰道を西に二時ほど歩いて、三隅の街から左に折れて三隅川に沿うように緩やかな山道を登って約一時。地図によればそろそろ望月兵衛門の紙漉き場に辿りつきそうなものだが、まだ兵衛門の仕事場の影すら見えない。

陽はすでに中天に近づいている。日帰りのことを考えると、豊太の顔には多少焦りも見え始めた。

確かに左手の土手の下には川が流れているのが見える。道は間違えていない。

「とにかくこの道を行くしかあるまい。誰か通れば尋ねることも出来るのだが……」

この山の中では民家も見あたらない。

わずかに不安がよぎる。


河鰭監物が豊太に三隅行きを頼んだのは三日前のことだった。

「三隅の和紙生産者に増産を命じたのは半年前。しかし、一向に増産の知らせは来ない。何度催促しても返事はなしのつぶてじゃ。担当の役人に聞いても要領を得ない。

豊太、すまぬが三隅まで行き、直接業者の人間に話を聞いてきてはくれぬか」

河鰭は財政再建策として浜田領内にある特産物の育成増産に着手した。役人を各産地に出向かせ藩の専売制に指定し、同時に増産を依頼した。中でも石州和紙はその生産量といい値段といい財政再建のいわば〝切り札〟商品であり、戦略品でもあった。何としても生産量を増やしてもらわねばならなかった。だが、何故か増産の知らせはいつまでたっても来なかった。不審に思った河鰭は豊太に現地で実情を調べるよう指示した。


豊太が川べりに立ち止っていると、向こうからやってくる一人の女の姿が見えた。

(やっ！　地獄で仏とはこのこと。いや女であれば地獄で女神か)

そんな軽口も出てきそうな救われた思いであった。

近づくと女は紺の生地に黄色の升目模様が入った絣の着物に緑の無地の単衣帯、素足に草履姿で、手には何やら袋を抱えていた。その姿恰好から、どうやら地元の人間であることは間違いなさそうだ。

彼女ならきっと兵衛門宅を知っているに違いない。

「お尋ね申します。こちらは望月兵衛門殿の紙漉き場へ行く道でしょうか？　なにせ私は初めてなもので……」

彼女は男に急に声を掛けられて一瞬驚いた様子だったが、すぐに気を取り直して答えた。

「はい、でもこの先から道が幾つも分かれていて初めての方は分かりにくうございますよ。私が近くまでご案内しましょう」

「何か御用があるのではありませんか」

袋を持っているのは何か用を足しにこの道を降りてきたのだろう。

「いえ、大した用ではございません」

にこやかにほほ笑みながら女は応えた。

さわやかな笑顔が歩き疲れた豊太の心を和ませた。

近づいて傍で見ると女は二十歳そこそこか。

「少しだけ待っていてくださいね。すぐに済ませますから」

女は山道のわきの坂道を慣れた足つきで足早に一間ばかり下の川べりまで降りていくと、手に持った袋からなにやら野菜を取り出して洗いはじめた。そこは少しだけ足場が広くなっていて、ちょうど洗い場になっているようだった。

豊太はその軽やかな動作に見とれていた。

袖をまくった二の腕と、はしょった裾からのぞいた足の白さがまぶしかった。女は手際よく洗い終わると、足早に坂道を上ってきた。

「お待たせしました。参りましょう」

と、再びにこやかにほほ笑んだ。

明るく、澄み切った声だ。

二人は並んで緩やかな道を登って行った。

女から薫る爽やかな青葉のような香りが豊太の鼻をくすぐった。

川のせせらぎの音だけが聞こえてくる。

道は暫く行くと急に細くなり、同時に急な上り坂となった。

「こちらです。石に足を取られぬようお気をつけなさいまし」

前を歩く女が声をかける。

軽やかに坂道を上がる女に比べて、豊太の息がすぐに切れた。

女はなれているのか、まったく息が乱れない。

「一休みしましょうか？」

心配そうに豊太の顔を覗き込んだ。

「なんせ、浜田からここまで一気に歩いてきたものですから」

いいわけがましく言った豊太だったが、正直有難かった。

「まあ、浜田からここまで……」

本当に驚いたように黒目がちの瞳が大きくなった。

その表情も愛らしいと思った。

ちょうど人が数人休める踊り場のような場所で二人は腰を下ろした。

「私、大艸豊太と申します。浜田藩の銀礼所頭取の河鰭監物様の命で、兵衛門殿に会いに参りました」

豊太は懐から出した手拭いで額や首の周りの汗をぬぐいながら来訪の理由を言った。

「それは大事な御用でいらしたのですね。兵衛門先生は昨日までお出かけでしたが、今日は朝からお仕事をしていらっしゃいます」

「あなたは兵衛門殿のお宅の方なのですか？」

女の言い方が兵衛門の身内の者の言いようだったので聞いてみた。家の者なら兵衛門に会う前に彼の人柄など聞いておこうと思った。

「いえ、家の者ではございません。私は二年ほど前から兵衛門先生の紙漉きの奉公に来ているもの。多恵と言います」

そう言うと女は少しだけ頭を下げた。

「紙漉きは男の仕事と聞いていましたが、あなたのような方は他にもおられるのですか？」

「ええ、ほかにも三人。ただ、私は紙漉きの奉公と言っても先生の身の回りのお世話をしているだけで……とても紙漉きのお仕事など」

多恵と言う女は恥ずかしそうに小声で言って身をすくめた。

それっきり、二人は黙ってしまった。

豊太は多恵と言うこの女にこれ以上話しても返って迷惑と気付いて、すっくと立ち上がると
「参りましょう。お蔭で疲れも取れました」

と多恵を促した。

踊り場からなおも坂道が続いたが、今度は思いのほか早く道が開け、兵衛門の住まいが現れた。

「着きました。先生は多分あの右の小屋で、仕事をしていらっしゃいます」

多恵は右手で屋敷の右端にある小屋を指さした。

「では、わたくしはこれで失礼いします」と頭を下げると、小屋とは反対側の屋敷の方に足早に走っ

ていった。

すこしばかりがっかりした豊太だったが、すぐに河鰭監物の顔を思い出すと、小屋へと向かった。

「お頼み申す。兵衛門殿は御在宅でしょうか？」

ガラスの開き戸をあけると、途端に木を蒸した強い香りが鼻を突いた。

和紙は楮、三椏という名の木の皮で漉くと聞いている。その香りなのだろう。

小屋は三十畳ほど。内部には、釜など機材類が整然と配置されていた。部屋の隅で何やら作業をしていた男が豊太の方を振り返った。

「私が兵衛門じゃが、どなたじゃな？」

額が禿げ上がった白髪頭の初老の男は、細い目を瞬かせながら柔和そうに答えた。

「突然お邪魔し申し訳ありません。わたくしは浜田藩銀礼所頭取の河鰭監物様の使いでまいりました豊太と申します」

「銀礼所頭取の河鰭様のお使い？　はて、なんぞ御用でしょうかな？」

兵衛門は「銀礼所頭取」の名前に不安そうな顔で豊太の方に歩み寄ってきた。

「ここではなんです。ひとまず屋敷の方へ」

兵衛門は豊太を隣の屋敷に案内すると、身を改めて豊太の前に伏した。

「頭をお上げください。河鰭様の使いとは言え、私はただの百姓です。河鰭様からのお願いを伝えに参っただけでございます」

頭を挙げた兵衛門はそれでも不安な顔を崩さずにいた。

「ご挨拶は抜きにいたします。この度、和紙の増産をお願いしながらも一向に増産の兆しがないことに河鰭様はご心配なさっています。何か理由でもおありかと、是非お聞かせ願いたいとやってまいりました。浜田藩では全量買い上げると申し上げております。何かご不満でも」

買い上げの条件は悪くないはずだ。藩はこれまでより一割ほど高い金額を提示している。重役からは反対する声もあったが、河鰭様が押し切った。それだけにどうしても引き受けてもらわなければならない。

「それが……」

兵衛門は口ごもった。やはり、と思った。

「買い入れ価格の問題であれば、河鰭様はご相談に乗ると申しております」

「買い入れ価格というよりも…」

歯切れが悪い。

「何でござる。言ってくだされ」

だが、答えず兵衛門は頭を下げたまま押し黙った。

(価格でないとすれば……。藩の「専売」そのものが気に入らないのか)

豊太は目の前の兵衛門をじっと見つめた。兵衛門は何か言いずらそうにしているように見えた。

「私は藩の者ではありません。百姓です」

豊太はそれだけ言うと、後は黙った。兵衛門を穏やかな目で見つめたまま、相手が言い出すのを待った。

時が過ぎた。

部屋の外で烏のけたたましく鳴く声が聞こえた。

激しい羽音とともに烏が飛び去ると、部屋は再び重い沈黙に包まれた。

どのくらい時が過ぎたろう。

下を向いていた兵衛門が静寂に耐え切れないように顔を上げた。

「あなた様は藩の役人ではなく、同じ百姓だから申し上げるのですが……」

「なんなりと」

「我らが作る和紙を藩では全量お買い上げくださる。それは私たち紙漉き業者にとってはとてもありがたいことなのですが……。藩札で支払うと言われましても……」

「？」

「浜田藩の藩札は使えません」

「どういうことでしょうか？」

「今の藩札には裏書がありません。裏書のない藩札を頂いても、我らにとってはただの紙きれ同然」

「紙きれ同然？」

「言葉が過ぎましたらお詫び申し上げます。ただ、裏書のない藩札では和紙の原料を仕入れたり機材を購入しようとしてもだれも売ってくれず、これでは増産しろと言われましても私たちもやっと生活をしているものですから…」

藩札は領内だけに通用する「通貨」だ。確かに紙切れだが、藩の御用商人の裏書、いわば御用商人にこの藩札をもっていけば、いつでも銭と替えることが出来る保証があるから皆安心して藩札を金子と同様にして使う。

しかし、商人の裏書、つまり保証がなければまさに藩札は確かに兵衛門が言う通り「紙きれ同然」だ。浜田藩も藩札を発行した当時は、きっちりと商人の裏書はあった。だから、領内では立派に通用していたのだ。しかし、藩の財政が厳しくなると、商人が裏書を嫌がるようになり、金に困った浜田藩ではここ数年裏書なしの藩札を乱発していた。

「確かに裏書がない藩札では…」

百姓でもある豊太にはその意味が十分分かった。

「でも、それならもっと早くお知らせいただきたかったのですが」

「藩のお役人には『裏書のない藩札では仕事はできません』などとはとても言えません。仕方なくそのままにしていたのでございます。我ら和紙業者の間でも裏書のない藩札では仕事はできない、ということでまとまりまして」

兵衛門は申し訳なさそうに頭を下げた。

「どうぞお許しください」

そうだったのか。やはり藩の役人からでは本当の話は聞こえてこない。河鰭様が不安になって自分を直接三隅に行かせた理由はそこにあるのだろう。自分なら下士とは言え同じ百姓相手に本音が聞けると思ったに違いない。早速帰って河鰭様に報告しなければならない。

ただ、報告はするが、藩札を回収するとしても、〝元手〟が必要になる。今の浜田藩にそんな資金はない。又大坂や、江戸の商人から借りることになるのだろう。そこまで考えて豊太は暗然とした気持ちになった。

「豊太殿は和紙がどのようにしてできるかご存知か？」

悄然としている豊太を見て兵衛門が気を取り直すように声をかけた。

「いえ存じませんが、興味はございます」

「それでは遠路はるばるお越しいただいたのですから、紙漉き場をご案内しましょう」

そう言うと兵衛門は誰かを探し求めるかのように部屋を見回して、

「多恵！　多恵はおらぬか！」

と叫んだ。すると、遠くで
「は〜い」

と明るい声が聞こえて、先ほどの女が部屋の端から姿を現した。

「この方が紙梳きに興味を持たれてな。工程を見たいと仰る。そなた案内してくれぬか？」

傍に寄って来た多恵は少しだけ戸惑った様子で言った。

「はて、わたしのような未熟者にできましょうか」

「構わぬ。わしがご案内すべきだが、この後わしも用事があってな。出掛けなければならぬ。後のことは頼むぞ。大事な客人だ。粗相のない様にな」

そう言うと、後は頼むとばかり兵衛門は身に纏った作業着を脱いでさっさと部屋を出て行ってしまった。

部屋には豊太と多恵だけになった。豊太は女と二人だけになって何となく気まずい思いだったが、気持ちは弾んでいた。先ほど小屋の前で別れてからも、心の底には「もう一度会えるとよいが」という期待がかすかにあったからだ。

豊太はこの時二十九歳になっていた。普通ならとうに嫁をもらって子供もいてもおかしくない年齢だ。だが見知らぬ浜田に来て仕事柄女性と会う機会もなく、そうこうしているうちに五年の歳月が流れていた。

多恵さんも年齢からみればすでに亭主持ちかもしれない。できれば独り身であってほしいが、今日会ったばかりで本人には確かめられない。

豊太の気持ちなど知らぬ多恵は小屋に入るとすぐに説明を始めた。

「これが楮という和紙の原料になる木です」

小屋の片隅には半間ほどに切られた小枝がうずたかく積まれている。

「楮をこの部屋で蒸気で蒸します」

多恵が中央の壁際に置かれた幅三間、高さ二間、奥行き一間半ほどの大きな木箱のような建物を指さした。

ここで蒸された楮を鎚でたたきほぐした後木皮をはぐ。豊太の目の前で、四十過ぎの職人が片方の手で原木を、もう一方で表皮を持ち、足に挟んで先が筒状になるようにはぎとっていく。軽やかな手さばきで見る見るうちに表皮がはがされ白い地肌が現れてくる。

「剥いだ黒皮を束にして自然の風に当てて乾燥させます。十分乾燥したら貯蔵します」

「何日くらい干すのですか？」

「天気の良い日で三日ぐらい」

多恵が少し首をかしげて考える風に言った。そのしぐさを豊太は愛らしいと思った。

乾燥した黒皮を今度は半日ほど水に浸け柔らかくした後、台の上に乗せ包丁で一本一本丁寧に表皮を削る。この時表皮と白皮の間の「あま皮」という部分を遺すという。

「こうすると和紙に破れにくい強さが出るのです」

多恵が誇らしげに胸を張った。

これが石州和紙が「柔らかくて強い」と江戸、大坂をはじめ全国で評判の理由なのだと豊太は感心した。

その後、白皮は薬品の入った煮窯で二回に分けて煮た後、「塵取り」と言って清水の中で薬品を落とすと同時に、一本一本付着している塵を丁寧に取り除いていく。中年の女性が三人、水槽にかけられた柵の上にのって、腰をかがめながら水中に浸した原料を両手でつかみごみを取り除いている。見ていても実に体力と根気がいる作業だということがわかる。

「多恵さんもこの作業をやるのですか」

豊太は多恵さんもこんなつらい仕事をしているのだろうかと思った。

「はい、最近やっと、手伝わせていただけるようになりました」

多恵が嬉しそうにほほ笑んだ。

紙漉き作業の中で、唯一女性が〝参加〟できる仕事で、この後は、棟梁の兵衛門の仕事となる。

「これから先は私はわかりませんので、待っていてくださいね」

多分多恵さんは知っているのだろう。しかし、兵衛門の仕事を自分が説明するのはおこがましいと思ったに違いない。そういう多恵の控え目なところに豊太は感心する。

ここから先の作業は、熟練の職人の説明である。

白皮を固い木版の上に乗せ樫の棒で入念に叩き繊維を砕き紙料を作る。石州では「六通六返し」と言って左右六往復し、さらに上下六回返す。結構力のいる仕事だが、木皮を紙料に変える重要な作業である。砕きが足りないと漉いた時に均一な紙質にならない。ドロドロになった紙料をすき舟と呼ばれる水槽に流し込み、補助剤の『アオイトロイ』を入れて混ぜ棒で均等に分散させる。そこに檜材を使った『漉き桁』に乗せた「漉き簀（き）」を入れ繰り返し漉いていく。

これを「抄造」と言って、紙料をすばやくすくい上げ簀全体に和紙の表面を形付ける「数子」、紙料を比較的深くすくい上げ前後に調子をとりながら繊維を絡み合わせ和紙の層を作る「調子」、目的の厚さになれば簀の上に残った余分な水や紙料を一気にふるい捨てる「捨て水」の三段階で行う。

漉き上げられた簀の子の上の和紙は水を切った後紙床台に移される。

もっとも紙が破けやすい工程で、慎重の上にも慎重にかつ素早く行うことが求められるのだという。この作業を繰り返し、紙床台の上には和紙が一枚一枚重ねられていく。ここまでを一貫して一人の職人の手で行われる。

「一人前になるには最低でも十年はかかります。ここでは兵衛門さま御一人です」

説明してくれた年輩の職人がため息交じりに語った。

紙床台に積まれた和紙は圧縮して水分を押し出した後、女たちの手で一枚ずつはがして干し板に張られ天日で乾燥させれば出来上がりである。

なるほど、これだけの長い厳しい工程を経て「柔らかくて強い」石州和紙が出来上がるのだ。下士とは言え実家が百姓で米作りには詳しい豊太だが、初めて見る職人の世界に新鮮な驚きと興味が湧いてきた。

「ありがとうございました。とても参考になりました。兵衛門殿にはよろしくお伝えください」

男に礼を言った後、兵衛門の屋敷を後にした。帰りには多恵が途中まで見送りに来た。

「いかがでした。わたくしの拙い説明ではご満足頂けなかったのではありませんか？」

多恵が心配そうに豊太の顔を覗き込むように聞いてきた。

「いえ、そのようなことはありません。和紙が出来上がるにはとても多くの人の苦労があることがわかりました。これから和紙を使うときには大事に使います」

本当に心からそう思った。

「うれしい。石州和紙はとても優しくて強いのです」

「それ何度も聞きましたよ。多恵殿は本当に石州和紙が好きなのですね」

豊太がにこやかに言った。

「ええ、とても」

多恵は真剣な顔をした。その表情は豊太には眩しかった。

豊太は我慢できなくなった。〝あの事〟をどうしても確かめたかった。

「多恵殿、お見送りはここまでで結構です。早く戻って旦那様の食事を作って差し上げてください」

思い切って言った。途端に今まで穏やかだった多恵の顔が一変した。

「私、そんな人はいません」

怒ったように小さな口をとがらせて言った。そのあと、少しだけ悲しい表情を見せた。

その顔を見て豊太はすまないことを聞いたと思った。

「これは失礼しました。つまらぬことを申し上げました」

恐縮して言ったが、心の中は喜びにあふれていた。

立ち止まった多恵を背にして豊太は坂道を降りて行った。

(多恵殿は独り身だ。よかった)

歩きながら自然に笑みがこぼれてきた。

豊太は一つの大きな賭けをした。振り返って多恵さんがまだ自分を見送っていたら自分の気持ちを打ち明けよう。もう、いなかったら諦めよう。

しばらく坂道を降りたところで振り返った。

豊太の目に、多恵がじっと自分を見送る姿が映った。

六章　水琴窟

河鰭は豊太から三隅の報告を聞くと、項垂（うなだ）れて考え込んでしまった。

「やはり、そうか」

心配していたことだ。藩札の一部に裏書がないものがあるとは聞いていた。ただ、その量は極めて少ないという報告だった。しかし、三隅地区で出回っているとすれば領内では大変な量になっているに違いない。

いや、量の問題ではない。たとえ少量でも「裏書のない藩札」があれば、あっという間に噂が広がり、藩札の信用は一気に失墜するだろう。そうなれば財政再建どころの話ではなくなる。

これは三隅だけでの話ではあるまい。実は他の産地からも増産要請に対しはかばかしくない返事ばかりなのだ。裏書のない藩札ではだれも動こうとはしないのだろう。もちろん現金で支払えば彼らも増産に応じるに違いない。しかし、藩には今お金がない。

特産物の増産による財政再建策は始めからつまずいてしまう。このままではせっかく盛り上がった部下の士気もしぼんでしまう。最初が肝心だ。何としても業者に増産に応じてもらおう。しかし、元手がない。地元はもちろん江戸、大坂の商人からはこれ以上借金はできない。河鰭は焦った。

「河鰭様、一つご相談したいことがあるのですが」

河鰭の悲痛な顔を見るに見かねて豊太が口を開いた。

「他藩でございますが、となりの大森藩の大地主で藤間(とうま)茂平太という人物がいます。彼が浜田藩にお金を貸してもいいと言っているそうです」

「なに!? どういうことだ」

突然の豊太の言葉に河鰭は戸惑った。

「はい、仲間から聞いた話ですが、大森領の藤間家は大変な大地主で屋敷は代官様より大きくて立派だそうです。その藤間様が浜田藩の窮状を聞いて何とかして差し上げたいとその仲間に話したとか」

「その話、にわかには信じがたいが……」

藁にもすがりたい気持ちだが、河鰭はまだ疑っていた。

「何故だ、なぜ他藩の地主がわが藩に金を貸すというのか？ 何か思惑があるのではないか」

「分かりません。ただ、その仲間の話によれば以前にも大森藩に一万両を貸したことがあるそうです」

「藤間家は商人ではあるまい。大地主とは言え不作続きの百姓にそんな大金があるとは思えぬが」

やはり素直には受け止められない。

「この話どういたしましょう」

河鰭はしばし考え込んでしまった。財政再建が成功するかどうかはこの増産計画の成否にかかっていると言っても過言ではない。商人であれ百姓であれ、今の浜田藩にとってお金を貸してくれるのなら誰からでも借りたい。

だが、藤間家の思惑はなんであろう。ただの親切心とは思えぬ。資金の代わりに法外な要求をしてこないとも限らない。大地主だけにわが藩の領地を要求してくるかも知れぬ。藤間家のいる土地は幕府の天領地である大森代官所管轄だ。大森代官所も絡んだ話なのだろうか。うかつにはこの話のれぬ。

「豊太、探ってみよ。その藤間茂平太とやらは何者なのか。急げ」

豊太は辞すとすぐに仲間とともに大森領に入った。浜田に戻ったのはそれから十日ほどたったころだった。

彼が語ったところによると、藤間氏の先祖は松江で指折りの豪商だった。今から百五十年ほど前に、藤間氏の二人の娘が大森領に移り住んだのがこの地での始まりだ。娘の一人は廻船問屋を興し、もう一人が土地を買って農業を始めた。次第に農地を開墾し、今では二百町歩を超える大地主になった。現在の茂平太氏は六代目になる。

「藤間氏の素性はわかったが、茂平太殿は何故わが藩に金を貸してくれるのか」

河鰭が話の先を急いだ。

「はい、私は茂平太様に会って直接頼んでみました」

藤間茂平太は訪ねてきた豊太が同じ百姓上がりの郷士だと聞いて快く会ってくれた。歳は五十過ぎで背はそれほど高くはないが、恰幅がよく、白髪頭にふくよかな顔と合わせていかにも豪農の主という風情を漂わせていた。

豊太は浜田藩の苦しい財政事情を打ち明けると同時に、藩士の河鰭監物が今必死に再建に乗り出していること、そのためには藩内の産業を振興することが必要だが元手がなく、このままでは改革も水泡に帰してしまうと藩の実情を正直に話した。その上で、産業振興の元手をお貸し願いたいと訴えた。

茂平太はじっと話しを聞いていたが、

「お話しはわかりました。私どもも浜田藩の窮状を見て、同じ親藩の領民としてご同情申し上げてお りました。ご融資したいとは思いますが、このお話、私一人では決められません」

「と、言いますと」

豊太の顔に不安がよぎる。

「お貸しするとしても、私の家だけではとてもお金が足りません。宅間村の庄屋連中の皆に相談して からということになりますが、よろしいか」

豊太は考えた。茂平太氏はいくらぐらい貸してくれるのだろうか。自分からはいくらとは要求でき ない。河鰭さまからは茂平太氏の意思の確認を命じられているだけだ。茂平太氏は「村の者と相談し て」とおっしゃった。ということはそれなりの資金を貸していただけるのかもしれない。いずれにし ても浜田藩にとっては有難い話だ。早く帰って河鰭様に報告しなければならない。

「豊太殿は河鰭様とどういう間柄なのですか」

茂平太がにこやかな顔で突然聞いてきた。どうこたえていいのか戸惑っていると
「失礼ながら郷士のあなたと藩の銀礼所頭取の河鰭さまとが私にはどうも結びつかないのでございま すよ」

と頭に手をやりながら不思議そうに尋ねた。

そうか、茂平太氏は自分が河鰭氏の使いできたことを不審に思っているのかもしれない。確かに郷

士と藩の頭取とでは身分がかけ離れすぎている。ここで茂平太氏に疑問を持たれてはせっかくの融資話が立ち消えになってしまう。豊太は少し長くなるが、上州館林での河鰭との出会いから浜田への移住、さらに財政改革への手伝いの経緯などを簡潔に説明した。

茂平太氏は、途中なん度も頷きながらもじっと話を聞いていたが、聞き終わるとつぶやいた。

「豊太殿が心酔する河鰭様という方に一度お会いしたいものですな」

「私も是非一度茂平太様に河鰭様と会っていただきたい」

二人はそれからしばらく農業の話をした後、豊太は屋敷を辞して浜田に帰った。

「よし、わしが行こう。藤間茂平太殿にはわしから頼んでみよう」

豊太から茂平太の話を聞いた河鰭はすぐに意を決した。

しかし、河鰭の藤間家行きに部下は一斉に反対した。

「藩が領外の人間にお金を借りに行く場合、領内の御用商人を通して交渉するのが通例になっております。武士が直接交渉することはありません」

というのが言い分だった。

「なにを言う。人に頼みに行くのに他人に頼むことがあるか。本人が行ってこそ相手に真意が通じるのだ」

「しかし、それでは武士の面子がたちません」

部下も譲らない。

「なにが面子か。面子とは他人に迷惑をかけぬことだ。わが藩はすでにその面子を失っておる。しかし、面子を失っても藩を潰してはならぬ。藩を救うためならわしは面子など潔く捨てようぞ」

皆黙ってしまった。今自分たちが置かれている立場に気づき、悄然となった。

河鰭は豊太一人だけを連れて、大森領宅間村の藤間茂平太の家に向かった。浜田を出て山陰道を東へ。浜田領を超え大森代官領に入った。あらかじめ大森代官には届けを出してある。

「ここからもう藤間家の土地だそうです」

「ここから藤間家まではどのくらい行けばよいのか？」

「さて、前に来たときは、半時は歩きましたが」

「なに半時！　その間すべて藤間家の土地か？」

「はい左様で」

ということは確かに少なくとも二百町歩はあることになる。河鰭は唸った。藤間家の豪農ぶりを垣間見た気がした。屋敷に着いても目を見張った。高さ二間はある門構えの両脇には漆喰の塀が角まで十間以上続き屋敷を囲んでいる。門扉は開いているが植木にさえぎられて玄関は見えない。

「お頼み申します」

豊太が中に入りながら大声を発して玄関へ向かった。その声に玄関が大きな音を立てて開くと、茂平太本人が白髪頭の顔を出した。

「これはどうも、遠路はるばるお越しいただき恐縮です」

にこやかな笑みを絶やさず、二人を奥の座敷に案内した。

豊太が二人をそれぞれ紹介すると、河鰭が居をただしすぐに本題に入った。

「わが藩は今財政改革に取り組んでおります。一日も早く藩財政を立て直し、藩はもちろん領民の生活を豊かにしていかなければなりません。それにはまずは我らが質素倹約に努め支出を押さえることはもちろん、一方で収入を増やすために産業を振興し、藩と領民の富を増やしていくことこそ肝要だと心得ます」

河鰭は続いて石州和紙や、石州瓦、木蝋などの特産物の専売で増産を図る計画を話した。しかし、裏書のない藩札の流通で領民から藩の信用が得られない実情を藩の恥ともなる話も包み隠さず正直に明かした。そのうえで藩の信用を回復させ産業振興策を実現させるために、元手となる資金を貸してほしいと訴えた。

河鰭の話は半時も過ぎたろうか。茂平太はその間じっと河鰭の目を見ていたが、ようやく口を開いた。

「豊太殿からも話はすべてうかがっております。で、いかほどご要望でしょうか」

単刀直入に聞いてきた。

「八千両ほどお貸し願えればありがたい」

河鰭は思い切って言った。後ろで控えている豊太は息を詰めた。

「八千両ですか。分かりました。お貸ししましょう」

茂平太は表情一つ変えず答えた。

「お貸しくださるか。有難い。これで浜田藩が救われます」

二人は深く頭を下げた。

「以前に豊太殿にも申し上げましたが、お金は藤間家だけでお貸しするのではありません。この村の庄屋連中と合わせてお貸しします。よろしいですね」

茂平太様が八千両もの大金の融資をこの場で即決するのは、茂平太様が庄屋連中の中で主導者的役割を果たしているからだろうと豊太は思った。

「条件はいかがでしょうか」

「条件？」

「浜田藩がお金をお借りする以上金利なり担保なりをお教え願いたい」

茂平太が意外なことを聞かれたように顔をしかめた。

「藩にお貸しするのではありません。河鰭さまにお貸しするのです」

今度は河鰭が驚いた。

「私には八千両もお借りする担保がありません」

「あるではありませんか。今ここに」

「今ここに？」

河鰭と豊太はあたりを見回した。ここに来るにあたってわずかな土産以外に何も持参していない。

「河鰭さまという人物です。それとあなたを必死に支えている豊太殿です」

茂平太は二人を見比べてふくよかな笑みを浮かべて言った。

「豊太殿が心酔する河鰭様とはどんなお人なのかお会いしたかったのです。そして今日河鰭様にお会いして、財政再建にかけるあなた様の熱意に感心しました。失礼ながら、我ら百姓にこれだけ真剣にお話しいただけるお武家さまに私は会ったことがございません。我らと同じ百姓の豊太殿から慕われる河鰭様ならきっと財政再建は成功するでしょう。私どものお貸しするお金が生きるのです」

二人はじっと頭を下げて聞いていた。嬉しさで体が震えるのを抑えきれなかった。

「かたじけない。きっと財政再建がなった折にはお返し申す」

二人は畳に突かんばかりに頭を下げた。

「お手を、お手をお上げくださいまし。お武家さまが百姓に頭を下げてはなりません」

茂平太が慌てて前に出した両手を振った。

河鰭は背にずっしりと積まれた信用の重さにたじろいだ。二年前、領内の水害による難民救済費用一万両を大坂の鴻池屋の倉橋清右衛門に借財した時も同じようなことを言われた。合わせれば二万両の重みが河鰭個人の肩にのしかかっているのだ。

「あの方々の信頼を裏切ってはならぬ。何としても、どんな困難に会おうと、財政を再建し、誓った約束は果たす」

退路は断たれた。不退転の覚悟を決めた。

それから二人は一時ほど過ごした。多くは茂平太と河鰭の会話だったが、河鰭の話はどうしても財政再建にいき、産業振興策の具体策を語り、茂平太はじっと聞き入っていた。

屋敷を辞す際、廊下に出た豊太は庭先に置かれた大きな壺のような大きな石を指さした。

「この石は何に使うのですか」

豊太が不思議なものを見るように尋ねた。

この前藤間家を訪ねた時から気になっていた。

「水琴窟といいます」

「すいきんくつ?」

「はい、こうして水音を楽しみます」

そう言うと茂平太は、石の上に置いてあった柄杓を持ち上げると脇に置いてあった桶から水を掬い、穴の空いた石の上から穴に少しずつ水を流し込んでいった。

「その竹筒に耳を寄せてみてくだされ。水音が鈴が鳴るように聞こえましょう」

豊太が河鰭に先を促すと、河鰭が竹筒に耳を寄せた。

チリン、チリン　チリン……

「なんと涼やかな音色であろうか」

河鰭が感嘆の声を挙げて、豊太を誘った。

「本当に、心に響きます」

石壺の底にたまった水に水滴が落ちるたびに、まるで鈴を鳴らしたような水音が響く。琴の音色のようにも聞こえる。「水琴窟」とはなんと優雅な名前だろう。藤間家は豪農とは言えこのような風雅を楽しむのか。昔は考えられないことだった。

大坂の鴻池屋といい藤間家といい、商人から百姓まで大きく変わりつつある。変わらないのは武家の社会だけなのかもしれない。時代は何か底知れぬ変化が起きている、そう感じた河鰭は身震いした。

浜田に戻った河鰭はすぐさま裏書のない藩札の回収に取り掛かろうとしたが、そこで止まってしまった。

「この八千両で裏書のない藩札を回収するのだが、果てどのようにしたらよいものか。わしはよく分からぬ」

いったい領内にどのくらいあるのか、どこにあるのかさえも分からない藩札をどうやって回収するのか、河鰭には方法がわからない。

「藩札の回収方法を知っている人がこの銀札所に居ります」

豊太が答えた。

「誰か?」

「俵(たわら)様でございます」

「あの俵三九郎のことか」

「はい。俵様は役所に勤めていますが商人です。役所の仕事も商売も両方がわかっています。それに俵様はとても聡明な方です」

自信たっぷりに言う豊太に河鰭は尋ねた。

「おぬし、どこで俵を?」

「私も河鰭様の御用で銀札所に伺うことが度々あります。その時お話をさせて頂きました。私も俵様も武士ではなく、商人と百姓、気楽に声をかけていただいたのですが、俵様の誠実で賢く聡明なお話しぶりにはいつも感心しております」

俵は浜田の辻町に店を構える和久屋俵家の分家の長男で、店では手代を務めていたが、天保十三年、二十七歳の時初めて銀礼会所に出仕した。町人で藩の銀礼会所に勤めるものは名家であり秀才で、かつ徳望のものが選ばれる。俵もその一人だった。

「そうか。だが、彼は商人であろう…」

「気遣いは無用かと思います。俵様はどなたにでも誠実にかつ実直に話をされる方です」

豊太の意見に従おう。今はとにかく藩札回収を急ぐのだ。

「分かった。すぐに相談しよう」

河鰭は人を呼び俵に部屋に来るように言うと腰を上げた。すかさず豊太が声をかけた。

「今回の茂平太様からの借り入れも形式上は商人の俵三九郎様が一旦借り入れる形にした方がよろしいかと存じます」

立ち上がった河鰭が豊太の顔を見た、少しだけ考えてから「そうしよう」とだけ答えて部屋を出ていった。

「すべて回収する必要はありません」

河鰭に呼ばれた俵は、裏書のない藩札の回収方法を尋ねられると、即座にきっぱりと言い放った。

「なぜだ、少しでも裏書のない藩札が存在すれば、それだけで藩の信用は取り戻せぬ」

領内のどこにどれだけあるのかわからない「裏書のない藩札」が存在するということが困るのだ。

だが、俵は平然として言った。

「裏書のない藩札を期限付きで二分増しで藩が買い取るとお触れを領内いたるところに出すのです。さすればこちらから探さなくても、みな喜んで急いで役所に持ち込んできましょう」

「二分増し？　藩は損するではないか」

「私の見るところ、裏書のない藩札の発行はこの三年間で数千両、多くても五千両は超えていないはずです。しかも、我ら主だった商人が多くを抱えており、町人、職人、百姓など一般領民はそれほど持っているとは思いませぬ。二分増しでも十分対応できましょう」

実に明快な答えだ。藩の財政の実態をよく理解し、また、人の心の機微までつかんでいる。

「わが藩と馴染みの主だった商人の分はそのまま持っているよう頼みましょう。町人、職人、百姓に呼びかけるのです。大事なことは、藩札をすべて回収することではありません。要は、藩札の信用を回復させ、彼らの不安を取り除くことです。さすれば裏書のある藩札同様、安心して流通するでしょう。その間に主だった商人から少しずつ時間をかけて残った藩札を回収していくのです」

「なるほど」

河鰭は感心した。俵という男、豊太が言うように賢く聡明な男だった。

「私にお任せください。わたくしが馴染みの商人たちを回って話しましょう。藩はいつでも藩札を現金に換える用意があると。

藤間様からの借り入れ金が手元に入り次第、すぐにお触れの方はお願いいたします。回収期間はひと月以内がよろしいでしょう。あまり長くなると、後で回収に手間取ることになります。それに特産物の増産を急がねばなりませんから」

俵は藩札回収後のことまで言及した。河鰭は此の男となら一緒に財政改革に歩んでいける気がした。これまで豊太という協力者はいたが、表だって彼の仕事の協力者はいなかった。改革は一人ではできない。もっと仲間を増やしていかなければならない。俵は強力な仲間の一人になってくれるに違いない。河鰭は目の前が確実に明るくなってきたことを感じた。

事実、お触れを出すや否や、領内各地から「二分増しで買いとってもらえる」と大勢の領民が役所に藩札を持ち込んだ。一か月後に買い上げた藩札の合計金額は「二分増し」を含めても三千数百両にとどまった。俵の読み通りだった。

残った四千数百両をもとに、各特産物の増産資金に充てた。藩が確実にお金を支払ってくれると納得した業者が次々と藩の増産要請に応えてきた。河鰭はようやく本格的な財政改革の第一歩を踏み出した。

七章　二つの故郷

豊太は三隅への道を歩いていた。兵衛門の紙漉き場を訪ねるのはこれで四回目になるから道に迷うことは無いが、迷っていた。紙漉き場で働く多恵のことである。

「今日こそ打ち明けよう」

訪れるたびにそう心に決めながら、いざ多恵の顔を見ると何故か話し出せなくなる。

故郷上州館林には将来を約束した女性はいなかったし、浜田へ来てからも河鰭の分身となって領内を奔走している間に、三十歳になっていた。河鰭からは何度か嫁話を持ち掛けられたが、何となく気乗りがしなかった。だが、今は違う。豊太の心にははっきりと多恵の姿があった。

三隅を初めて訪れた時以来、多恵とは何度も顔を合わせ和紙の話や、三隅、館林と互いの故郷の話などしている。相手が自分に好意を持っている、少なくとも自分を避けていることは無いという自信というか確信はあった。ただ、それ以上は踏み込めないでいた。

「もし断られたら」

この歳になると、恋に臆病になるのかもしれない。打ち明けて拒否されたらどうしようと思い悩む。だが、一方でこの歳になったのだから自分に自信を持とうと気を強くする。

多恵のことはまだ多くを知らない。多恵という存在を自分の中で確かなものにするためにも多恵のことをもっと知りたいと思った。

前回、三隅を訪れた時、兵衛門に聞いてみたことがある。

「先日、紙漉きを案内して頂いた娘御の事ですが」

「多恵、のことでしょうか？」

「はい」

「なんぞ御迷惑をおかけしましたでしょうか？　まだ世間も知らぬ娘ゆえ、粗相がありましたら、この兵衛門がお詫びいたします」

「いえ、そうではありません。全く逆で」

兵衛門は紙漉きの手を止めると顔を上げ、はるか遠くを見つめるようなまなざしで前を見つめた。

「あの子はかわいそうな娘でしてな。もともとは三隅の村の百姓の娘でしたが、三歳の時に母親を病で亡くして、父親に育てられていたのですが、その父親も二年前にはやり病でなくなりましてな。他に身寄りもなく私どもが引き取ったようなわけで……」

そうだったのか、初めて会った時に「二年前から奉公」とはそういう訳か。

「私どももその健気な姿が、また不憫でならぬのです」

兵衛門がじっと手元を見詰めて呟いた。

「わしら年寄りと話すより、豊太様のようなお若い方からお声をかけて頂く方が、多恵には何よりうれしいのでしょう」

「そうですか」

身寄りのない娘。普段は明るく話しているが、ときにふと寂しそうな顔をする時がある。天涯孤独な身の上がそうさせるのか。豊太は多恵のことが一層愛おしくなった。

自分の心に多恵の存在がより確かなものになっていくのがわかった。


三隅川を渡る橋を越えて川沿いを歩く。しばらく行くと、〝あの場所〟に着く。初めて多恵と出会った場所だ。あの時の多恵の姿を思い出す。確か、紺の生地に黄色の升目模様が入った絣の着物に緑の無地の単衣帯だった。多恵が河原で野菜を洗うときの、襟元と裾からのぞいた足の白さが眩しかった。

(あの時からだ。私の心の中に多恵さんが宿ったのは)

浜田藩の財政危機を救う石州和紙を訪ねてきたときに出会った多恵。運命的な出会いだと思っている。逃してはいけない人だと思っている。豊太は決意を固めた。

豊太が紙漉き場についた時、多恵は職人たちと昼の食事をとっているところだった。

「多恵殿、お話があります」

「なんでしょう、急に。怖い話は嫌ですよ」

多恵はいつもの笑顔を見せながらおどけた。

昼の食事を終えて兵衛門や職人たちが仕事場に戻り、部屋にふたりだけになった。息苦しさを感じた豊太が誘った。

「表へ出ませんか」

いつにない真剣な顔に、多恵の顔から笑みが消えた。

豊太は小屋の裏の庭に誘い出し、多恵と向き合うと思い切って打ち明けた。

「私と一緒になってはくれまいか」

突然の豊太の言葉に唖然として多恵の瞳が大きくなった。

豊太の言っている意味を一生懸命理解しようとしているようだった。

「私の妻になってほしい」

今度ははっきりと言った。

多恵の唇がわずかに震えている。多恵は言葉を失っているように見えた。

二人は黙ってじっと見つめあっていた。

遠くで鳥が鳴くのが聞こえた。

豊太には時の経つのがひどく遅く感じられた。

沈黙に耐えきれず、思い切って多恵を抱き寄せようとした。

多恵が驚いたように豊太の両手を振りほどいて、後ずさりした。呆然とする豊太。二人の間に気まずい空気が流れた。多恵が目をそらした。

「ごめんなさい」

多恵が聞き取れないような声でつぶやいた。

「多恵殿は私が嫌いか」

多恵は激しく頭をふった。そして、豊太を恨めしそうに見た。

「では、なぜ？」

多恵は眼を落とし、唇をかむようにして応えた。

「私は豊太様と一緒には暮らせません」

「何故だ」

多恵は答えなかった。

答える代わりに、誘うように歩き出した。豊太が後を追って紙漉き小屋の裏から雑木林を抜けると、そこに小さな広場が現れた。かなり高台で目の前には雄大な景色が広がっていた。眼下には三隅川がゆったりと蛇行しながら流れている。その向こうには青い穂をたなびかせた水田が広がっていた。目を上げるとなだらかな山が連なっている。

多恵が前方を見つめて言った。

「私はこの景色が大好きです。何もない景色ですが、ここが私の故郷だからです。私を産んで、育ててくれた故郷だからです」

そういって多恵は振り向いて豊太の顔を見つめた。

「豊太様はやがては館林という故郷に帰られます。でも、私はこの故郷から離れられません」

多恵の目にうっすらと涙がにじんでいた。

「さっき、おっしゃったこと、うれしかったです。本当に。私のような身寄りのないものにいつもやさしい言葉をかけてくださって。私も豊太様のことをお慕たい申しております。でも」

多恵が腰を落としてうずくまった。

「でも、分かってください。豊太様と一緒には暮らせません」

多恵さんはこの三隅を離れられない。だからやがて館林に帰る私とは一緒になれないというのか。

確かに私は、多恵さんとのこれまでの話の中で「河鰭様の仕事が済んだら、館林に帰るつもり」だと話をしたことはあった。それはいかに館林が素晴らしいところかを言いたかったからだ。しかし、多恵さんには自分はやがては去っていく「よそ者」と映ったのだ。

多恵さんは私を慕っていると言ってくれた。その言葉に嘘はないはずだ。嬉しかった。自分を慕ってくれている。ということは自分が館林に戻らなければ多恵さんは…。

何としても多恵を失いたくなかった。そのためには覚悟を決めるしかない。

豊太は多恵の手を握ると立たせて言った。

「私は、私は、館林には帰りません」

「いけません、故郷にはご両親もお兄様も家族の方がいらっしゃるではありませんか。私のために故郷を捨ててはいけません」

「捨てるのではありません。この地を新たな故郷にするのです」

豊太はきっぱりと言った。

「新たな故郷？」

「そうです、私は多恵さんのこの地を新たな故郷にしたいのです。二人の故郷にします」

そう言うと豊太はそっと多恵の肩を引き寄せた。今度は多恵も抵抗しなかった。多恵をしっかりと抱きしめて、多恵の耳元でもう一度言った。

「私と一緒になってくれますね」

豊太の胸に多恵が震えているのが伝わってきた。

「私は多恵さんと二人でこの地で生きていきたい」

それは自分自身に言い聞かせる言葉でもあった。

小さく頷く多恵の瞳から一筋の涙が流れて豊太の胸を濡らした。

顔を上げた多恵が不安そうに聞いてきた。

「河鰭さまは何とおっしゃるでしょう？」

「喜んでくれます」

即座に答えた。

「私はまだ河鰭様にお会いしたことがないのでとても不安です。反対されたらどうしましょう」

「私は河鰭さまの分身なんです。私の心は河鰭さまと一緒です」

「まあ、ずいぶんと自信があるのですね」

多恵にいつもの笑顔が戻った。

「はい。それより私が心配なのは兵衛門殿の方です」

「兵衛門さまは豊太様のことをいつも褒めてらっしゃいます。誠実な方だと」

「私には兵衛門様を説得する妙手があります」

「どんな？」

「すぐにわかります。兵衛門さまのところへ行きましょう。お許しを戴かなくては」

豊太の声が嬉しさで上ずっている。

仕事場に行くと兵衛門は紙漉きの最中だった。ひと段落したところで豊太が声をかけた。

「お仕事中申し訳ありません。兵衛門殿、お頼みがあります」

兵衛門が振り返った。

「さてどんなお頼みでしょうかな」

「兵衛門殿、私に紙漉きの仕事を教えていただけませんか」

兵衛門は作業の手を止めると豊太の顔を見つめた。

「多恵さんと一緒にこの三隅の地で暮らそうと思います。それには和紙の仕事を身に着けようと思います」

唖然として兵衛門が多恵の顔を見た。多恵が恥かしそうに小さく頷いた。

「そうですか、そういうことですか」

兵衛門は何度も頷いた。

「豊太殿、それでいいのですか。本当にそれでいいのですか」

問うているのではない。確かめたかった。

豊太が深くしっかり頷いた。

「よかった。多恵、本当によかったな」

豊太の後ろに寄り添うように立つ多恵に呼びかけた。

「はい」

多恵がいつもの朗らかな声に戻っていた。

「それではさっそくお教えしましょう。だがその前にあなたを仲間の皆に早速紹介しなくては。皆喜んでくれましょう」

本当に嬉しそうに言ってすぐに身支度を整えた。

「多恵、お前も一緒に来なさい。皆さんにお披露目しなくてはいけない」

三隅の村には十数件の紙漉き業者がいた。兵衛門はその一軒一軒を豊太たちを連れて回った。どの業者も豊太のことも多恵の身の上もよく知っていたから二人を祝福してくれた。

浜田に帰った豊太はすぐに河鰭に報告した。

河鰭は大声を上げて喜んだ。

「そうか。わしがいくら嫁を紹介しようとしても、おぬしが断り続けたのは、そのような女子がおったからか。なぜわしに言うてはくれなかった」

言葉は怒ったふうだったが顔は笑っている。

「祝言は早い方がいい」という河鰭の勧めもあって、その月の好日を選んでふたりは祝言を挙げた。と言っても出席者は仲人役を買って出た河鰭に、豊太側は俵三九郎とわざわざ隣の大森藩から駆けつけてきてくれた藤間茂平太。親類縁者のいない多恵には兵衛門のほか紙漉きの仲間の女二人が出席しただけというささやかな宴だったが、暖かいほのぼのとした宴だった。

豊太と多恵の結婚は浜田藩と三隅の紙漉き業者の間を結ぶ強い絆となった。浜田藩の意向はより円滑に業者に伝わり意思の疎通も深まった。河鰭の増産計画は順調に滑り出した。石州和紙は水の吸収力が強く水濡れに崩れにくいことから墨汁にも滲まず、手紙の用紙にも適していた。「柔らかくて強い」という特性が壁紙、障子紙に使われるなどその用途の広さから、全国各地から引き合いがあった。

和紙の生産が増えるにしたがって、豊太の浜田と三隅の往来は日増しに激しくなっていった。結婚しても豊太の「紙漉きの修行」はなかなか進まなかったが、多恵はにこやかな笑顔で見守っていた。

八章　野島佐仲太

財政改革に乗り出した河鰭は、俵三九郎以外にもう一人強力な味方を藩内に得ることが出来た。野島佐仲太だ。

　きっかけは彼が本丸御殿の廊下を歩んでいた時だ。後ろから声をかけられた。

「そなたが銀礼所頭取の河鰭殿かな」

　毅然とした声に振り向くと長身の男が立っていた。

「藩札の回収は見事でござった」

　突然声をかけられた河鰭は戸惑ったが、男のにこやかな顔を見て気持ちが緩んだのか、

「自ら申し出る領民が多く、助かりました」

と素直に答えた。

「『一分増しで銀札と引き換える』という策は見事でござるな。私も持ち込もうと思っている」

と言って男は大声で笑った。近くを通りすぎた武士が二人を振り返った。

「これは失礼。廊下で立ち話は他のものに迷惑。野島と言います。お困りのことがあればいつでもまいられよ、相談に乗りますぞ」

男はそのまま何もなかったように歩いて行った。河鰭は驚いた。

「野島というのは、野島佐仲太様ではないか。お名前は聞いていたが、まさか、私に声をかけていただけるとは」

野島佐仲太は藩の用人である。幼くして父を失ったが、謹直で重厚な人物に成長し、物頭、寺社奉行、大小姓頭と瞬く間に出世し、三年前、わずか三十一歳で家老に次ぐ重臣の用人に抜擢された。藩内屈指の切れ者との評判の人物だ。自分はその男から声をかけられた。

実は河鰭は悩んでいた。

藩内の立場が弱い。銀礼所頭取と言っても、武士は『カネ勘定』など卑しいという考えが支配していた藩内では、誰もなり手のいない閑職だった。藩内でも部署としての地位は低い。藩の紙幣を扱っているものの藩財政にかかわる権限は薄く、銀礼所だけでは財政改革の権限も力も及ばない。如何しても藩の〝お墨付き〟がほしいところだ。それには重臣たちの理解がなくてはならない。

藩内からは冷ややかな目で見られても河鰭自身は気にしていないが、これからの藩財政改革、産業振興に支障が出るのは困る。そんな時藩の重臣である野島様が声をかけてくださった。「困ったことがあったら相談に来い」とまで言ってくださった。〝渡りに船〟とはこのことだ。

とは言え、河鰭にとって「用人」とは〝雲の上の存在〟でもある。身分が違いすぎる。自分のようなものが訴え出ても最初から取り合ってくれないだろう。しかし、財政改革には藩の理解がどうしても必要だ。悩んだ末、ひと月ほどたったある日、河鰭は思い切って野島の部屋を訪ねることにした。

「いつ来られるかと、待っていました」

野島は河鰭の突然の訪問にも驚いた風もなく笑顔で河鰭を迎い入れた。思いつめたような硬い表情の河鰭を和らげるような言葉に、河鰭の心がほぐれた。

「藩札の回収はお見事でござった。お蔭で、藩札だけでなく銀札まで安定し領民の藩政に対する信頼を取り戻すことにもなりました。ご家老たちもまことにお喜びです。河鰭殿改めてお礼を申し上げる」

野島は自分のことのように喜んで言った。

「身に余るお言葉です。藩札の回収がうまくいったのも領民の藩への信頼があったからこそと存じます」

藩札の回収が藩の重役陣にも聞き届いたのだ。うれしかった。

「さて、本日お訪ねの趣旨は？」

野島の表情が引き締まった。河鰭の心を見透かすような鋭い目で見つめた。河鰭は居を改めた。

「野島様もご承知のように、わが藩の財政は危機的状況にあります。度重なる倹約令にもかかわらず藩財政は悪化するばかり。米の不作はなお続きましょう。石州和紙など藩の特産物の増産による収入増加を図る一方、藩としても思い切った改革に断固踏み切るべきかと考えます」

河鰭は財政改革の持論を熱っぽく語った。

「例えば、どのようなことをお考えか」

野島の表情は依然穏やかだ。河鰭は意を決して言った。

「上米制に踏み切るべきかと」

「やはり上米ですか」

野島がため息のような声を漏らした。覚悟していたようでもあった。

「どのくらいをお考えか」

「三割」

俸給の三割を削るのだ。

「三割ですか。それはずいぶんと多い」

野島は頭を下げてじっと考え込んでいたが、しばらくして顔を上げて言った。

「それしかないでしょうな」

「では、野島さまはご同意いただけますか」

河鰭が思わず声を挙げた。

「私は賛成ですが、ご家老たちが何と言いますか」

「上米には期限を限ります。五年。殖産で財政が改善すれば、五年より早くやめます」

「分かりました。ご家老様たちには私から話をしましょう」

言うや否や立ち上がって席を立とうとした。

「これから、ですか？」

河鰭が驚いて聞いた。

「こういう話は早い方がいい。ここで待っていてください」

部屋を出ようとした野島が河鰭の方を振り向いて微笑んだ。

「河鰭殿はご家老たちに言いづらいことがあるでしょう。私を使うといい」

それから、自分に言い聞かせるようにつぶやいた。

「大変ですぞ。これからは私もあなたも藩外だけでなく、藩内からも強い風を受けるでしょう。河鰭殿はもう覚悟を決められているようだが、私自身も藩も覚悟を決めなければなりません」

河鰭は耳を疑った。今、野島様は「私自身も覚悟を決める」とおっしゃった。自分と一緒に財政改革に取り組むと言ってくれたのだ。これほど心強いことは無い。

だが、案の定、家老たちは上米制に難色を示した。藩の財政が困窮していることはわかるが、これまで相次ぐ倹約令で藩士の生活は限界に来ている。この上に上米となれば、藩士の不満が爆発する、藩政が滞ることになる、と。

だが、野島佐仲太は粘り強く説得した。このままでは領民から過酷な徴税、苛斂誅求に踏み切らざるを得ない。そうなれば、百姓一揆も起こる。実際に財政破たんから百姓一揆が頻発し藩政が混乱した他藩の例まで引き合いに出して説得した。そして、上米が五年と期限を付けたことや河鰭の産業振興策も説明した。家老たちがようやく納得したのは三か月後だった。

河鰭の財政再建策がいよいよ実施されようとした時、藩を不幸が襲った。藩主武成が亡くなったのだ。もともと病弱だった武成だったがこの年の流行病で急死した。二十三歳の若さだった。藩主になってわずか五年、その間一度も領地・浜田に姿を見せず江戸屋敷で病床にあった。

浜田藩は二代続いて藩主が早逝するという不幸に見舞われた。藩士たちは覚悟していたとはいえ突然の出来事に動揺した。何よりも次の藩主を探さねばならない。藩主不在では藩政はままならない。

それにしても浜田藩は藩主に恵まれなかったと言っていい。初代藩主の前館林藩主松平斉厚は後継者として養子にもらった十二代将軍徳川斉昭の子斉良の死の後を追うように五年で亡くなり、その後の二代武揚、三代武成とともに病気で早逝した。三人はいずれも浜田に着任することなくこの世を去った。浜田藩は十一年間、領主不在の藩政を強いられていた。

家老らの必死の藩主探しの結果、水戸藩主徳川斉昭公の十男を浜田藩四代藩主松平武聡（たけあきら）として迎えた。ただ、武聡はまだ六歳の幼さ。元服を迎えるまで江戸屋敷で過ごすことになった。

河鰭は藩主探しの混乱が落ち着くのを待って、いよいよ殖産振興に取り掛かった。河鰭はこの時、藩札回収の功と野島の推挙もあって大小姓頭に登用された。河鰭は野島とともに綿密な計画を策定し自ら先頭に立ったが、野島が家老をはじめ重役陣を説得し、実際の産業振興は俵三九郎が現場の役人と町人を、豊太が百姓、職人の面倒を見ると言う体制が整った。

野島は河鰭とともに具体的な財政再建策、殖産振興策を練り、財政再建の要諦を河鰭に説いた。

「藩士たちは日ごろの『倹約令』で心が萎えており、財政再建に懐疑的である。だから、小さなことでもいい、成功した事例を早く作ることだ。見本を見せる。さすれば藩士たちは勇気づく。『自分たちもやればできるかもしれない』と思うようになって第二、第三の成功を産むようになる。こうなれば財政再建は半ばなったも同然だ」

確かに藩士たちは「覚悟」を決めたものの、山のように積まれた借金を前に「財政再建」にまだ半信半疑になっているに違いない。殖産振興の「成功例」を早く見せて彼らを勇気づけなくてはならない。

俵は瓦、陶器、生糸、シイタケ、木材などの販売先を探すため領内の商人、回船問屋を訪ねて回った。さらに、彼は家業としても木蝋、鬢付け油の製造販売を手掛けた。

貨幣の安定という背景もあって各産地とも藩の専売制には協力的になり、増産は順調に滑り出した。その中で、思わぬ産物も生まれた。

「石州の赤瓦」の誕生である。浜田領内での瓦製造は浜田城築城の時（一六一九）に始まるという伝統のある特産品であった。数ある瓦師の中で生湯九右衛門は御用瓦師であったが、藩の増産要請に賛同するとともに「新製品」の開発に乗り出し、成功する。それが『赤瓦』である。

当時の瓦は、粘土を素焼きにいぶして炭素質を固着した「黒瓦」が中心だった。領内北部を中心に生産されていた「石州瓦」は大森銀山領から輩出した粘り気のある土を使っていることから「軽くて強い」と評判をとっていた。

俵三九郎は三代目生湯九右衛門に「もっと強くて美しい瓦はできないか」と相談し、九右衛門が研究開発してできたのが、表面に鉄分を含んだうわ薬を塗った『赤瓦』である。釉には出雲地方の来待（まちき）で産出する石をすりつぶして使った。九右衛門が探し当てた来待釉（まちきゆう）である。

この赤瓦は硬くて雨水を吸わず、雪がすべりやすくて寒さに強いなどの特色があることから、たちまち全国に名が知られるようになった。特に、北海道、東北の日本海側、北陸、山陰と豪雪地帯では評判になり、北前船を通じて大量に運ばれ藩の収入に大いに貢献するようになった。販売には俵三九郎の商才がいかんなく発揮された。

だが、なかなか進まない事業もあった。植林事業だ。そもそも藩の反対があった。

「植林など気の長い話で、当面の財政改善には役に立たぬ」というのが藩の重役の意見だった。確かに木を植えても育ち、販売用の木材に育つまでには十年、いやそれ以上の年月が掛かる。

しかし、河鰭は譲らなかった。

「目先のことだけ考えていては、本当の財政改革にはなりません。しっかりとした財政基盤を築くことこそ肝要」

野島とともに辛抱つよく重臣たちを説得して回った。

ようやく藩内の理解を得たところで今度は林業業者が反対した。自分たちが育てた林業を藩の専売にするのは『横取りされるようなもの』と猛反発してきたのだ。藩の役人が森に入ろうとすると業者がまとまって立ふさがり、役人との間で騒動沙汰まで起こした。役人たちが河鰭のところに泣きついてきた。

林業業者は「山持ち」の人間たちが多い。林業が藩の専売になれば、自分たちの土地である山まで藩にとられるのではという不安を抱く。河鰭にはその気はないが彼らが不安をなくして納得して協力してもらわねばならない。

彼は業者に対して、
①林業を藩の専売にしても、山（土地）はそのまま地主のものと約束する
②新たに植林する木だけを専売とし、現在育っている木については対象としない
③林道の整備や、製材所の増設、木材の販売ルートの開拓などを藩で行う
——という提案をした。

業者に山林の土地と森林の保有を保証し、新たな植林した分のみ藩の専売にする。森林伐採に当たっては、木を運び出す林道、加工する製材所、さらに販売網の開拓まで藩の費用で賄うので、林業業者

の不安は一気に解消され、藩の力で道や工場、販売先まで面倒見てくれるというのだから林業業者は一転して賛同したのだった。

「さすが河鰭様。妙案を考えられたものだ」

部下の多くがしきりに感心したが、河鰭はさりげなく言った。

「なんの、決して妙案ではない。彼らの気持ちに応えたまでだ」

河鰭には十数年前館林から浜田に移封した時、大坂の鴻池屋から借金した際に主・清右衛門が言った言葉が心の奥底にしっかり刻み込まれていた。

「利を持って諭せ」

人に頼むときは相手の身になって、相手が喜ぶように得するように頼むものだと。武士の世界では相手を説得するときは「理をもって諭す」のが常道だろう。しかし、商人や職人、百姓が相手では「武士の論理」は通用しない。「いかに相手が喜ぶ提案をするか」が重要になってくる。十数年前の清右衛門の言葉が今ここで役に立つとは、河鰭自身思いもよらなかった。

林業業者の協力を得ると河鰭は思い切った「植林事業」に打って出た。領内の柿木山、大麻山など藩内三十一か所に植樹、特に柿木山では杉、檜の苗を都合十万本、大麻山には杉の苗四万五千二百四十本、檜の苗二千本を植えた。さらに、木蝋を増産するために櫨（はぜ）の木を、石州和紙の原料ともなる楮（こうぞ）の木を大量に植樹した。

櫨や楮の木は一年で成長し木蝋や和紙の原料に使えるのに比べ、杉や檜は成長して木材になるまでに十数年かかるが、河鰭の胸にはある成算があった。改革当初はすぐに増産が利く石州和紙、石州瓦、木蝋、製鉄など高額な特産で稼ぐ。産業振興が軌道に乗ったころ木材が安定的な収入として加わる、という算段である。

産業振興の滑り出しは順調だった。「石州和紙」は多恵を嫁にもらった豊太の活躍があり、兵衛門ら和紙生産業者と藩の連絡も密になり増産体制が出来上がった。石州瓦は『赤瓦』の開発で藩外からの注文が殺到、うれしい悲鳴が出るほど増産に増産を重ねていた。木蝋も櫨の木の植樹で原料を確保する一方、俵三九郎が江戸、大坂にまで販路拡大に奔走し徐々に売り上げを伸ばしていった。そのほか養蚕、製鉄事業などほかの産業振興策も次々に着手していった。

増産の効果は二年目から現れてきた。上米の効果もあって、藩の収支が改善してきた。三年目には毎年苦しめられていた藩の赤字が出なくなった。河鰭が描いていた計画を遥かに上回っていた。和紙や石州瓦など特産品の専売収入は合わせて一万両を超え、藩の石高の六分の一を占めるまでに達していた。

「このままいけば十年以内で財政赤字を消す事も夢ではない」

野島が興奮した面持ちで河鰭を励ました。

「いくらなんでも十年以内は無理かと」

河鰭が苦笑いしながら否定したがまんざらでもない顔だった。

野島、河鰭や、俵、豊太らの必死の努力によって、藩の財政改革が軌道に乗ってきた嘉永六年(一八五三)六月三日、日本を揺るがす事件が起きた。

アメリカ東インド艦隊司令長官ペリー率いる軍艦四隻が江戸の「のど元」江戸湾の浦賀沖に現れ、日本に開国を要求してきた。外国との一切の接触を禁止した鎖国政策を国是としてきた江戸幕府は拒否したが、これを期に日本中が一気に回天し始める。

山陰地方の小藩の浜田藩も大きな渦の中に否応もなく巻き込まれていく。

九章　攘夷

江戸湾を地図で見ると上部が大きい「逆さひょうたん」型をしており、千葉の富津と神奈川県観音崎を結ぶラインが〝くびれ〟の部分となって、上部〔北側〕を内海、下部〔南側〕を外海としていた。浦賀は神奈川側のくびれ部分にあり、幕府は奉行支配下の番所を設け、江戸湾内海への入港を厳しく取り締まっていた。

ペリー率いる軍艦はまさに内海ギリギリのところにまで侵入してきた。しかも翌日には測量船が勝手に内海に入り込み調査を始めた。幕府にとって自分の庭先まで入ってきて勝手に動き回られているようなものだが、測量船には大型の軍艦が護衛しており、船にはいつでも砲撃可能な大砲が積まれていた。

これまでの外国船は江戸から遠隔地に出没していたが、今度は江戸湾に突然現れ、いわば将軍ののど元に刃をつきつけた。政治的意味だけではない。江戸湾は江戸の町の物流の大動脈。そこが抑えられたら将軍はもとより百万人を超える江戸の市民が一週間もたたずに飢え死にしてしまう。ペルーは浦賀水道を抑えるということの意味を十分に知っていたに違いない。それだけに幕府が受けた衝撃は計り知れない大きさだった。

何よりも幕府が恐れたのはその圧倒的な軍事力である。当時の記録によれば、ペリーが引き連れてきた軍艦『ミシシッピー号』は全長七十メートル、三千二百三十英トン、乗員二百六十八名の外輪式フリゲート艦〔中型快速艦〕である。搭載されていた艦砲は当時破滅的な損害を与える炸裂弾を発射するペクサン砲でその数十基、有効射程距離三千メートルを優に超え、海からでも江戸城を簡単に攻撃できた。

一方、当時の日本にはそもそも軍艦というものがない。幕府が建造を禁止していたからだ。商用船で最も大きい千石船でさえ全長二十九メートル、百五十トンで乗員二十名程度だ。ペリーの軍艦を見たものはもちろん、伝え聞いた江戸城の重臣たちは驚愕を超え恐怖のどん底に突き落とされた。

彼らの脳裏に浮かんだのは隣国清の姿である。イギリスが持ち込んだ『アヘン』(麻薬)を巡ってイギリスが戦争を仕掛けてわずか一週間で清国軍を殲滅し、事実上清国を支配した「悪夢」だ。今ペリーの交渉を拒否すれば、日本も清国の二の舞になるのは必至と恐れた。

幕府はペリーが持参したアメリカ大統領からの親書の受け取り場所を浦賀の南方の久里浜にする。これまで外国との交渉場所は江戸から遠く離れた長崎に決まっていたが、ペリーの軍事力を背景にした強い要求に屈したのである。親書を受理した後、ペリーは来年の来訪を告げて去って行った。

幕府は親書に対する対応について諸藩に意見を求め幕臣にも諮問した。「要求を呑んで開国すべきか、要求を拒否して鎖国を守るべきか」。幕府は開府以来二百五十年余り、政治や外交の問題について諸大名に意見など聞いたことは一度もなかった。いかに幕府首脳たちが狼狽し混乱していたかがわかる。

「それで武聡様は何とお答えになられたのだ？」

浜田城内の本丸御殿の一室で尾関隼人、松倉丹後の両家老は、江戸から早駕籠でやってきた佐久間正勝の報告を聞いていた。

「わが藩には諮問はございませんでした。意見を求められたのは大広間、大廊下、溜間詰の四十九家で、うち三十一家から回答があったそうです」

「大広間」「大廊下」とは十万石以上の大名であり、「溜間詰」とは御三家をはじめ徳川一門をいう。

「わが藩は六万石とは言え、将軍の流れをくむ由緒正しき親藩ぞ。それに武聡様は水戸の徳川斉昭様のご子息。この大事に呼ばれぬとは」

尾関隼人は不満そうである。

「格は別にして武聡様はまだ十二歳とお若い。幕府も遠慮されたのでしょう。それはさておき諸大名の意見は？」

松倉がやんわりと話題を戻した。

「聞くところによりますと、「断固通商拒否」が十四、「通商すべき」はわずか三、「拒否が望ましい」が十、「延期すべき」が一、「幕府一任」「わからない」がそれぞれ一、ということです」

「やはり異国との交渉は拒否すべきが大勢じゃな」

尾関が納得したようにうなずいた。

「ただ、幕府の中でも親藩の間でもご意見は分かれているようで」

「どういうことだ」

「水戸の斉昭さまは断固反対で異国は追い払えと強硬なご意見ですが、老中の堀田様や井伊様は開国やむなしというご意見とか。幕臣でも勝海舟様は開国すべきと聞いております」

「老中がそんな弱腰では困る」

尾関が憮然として言い放った。

「大名の中でも長州藩は断固反対、薩摩藩は開国やむなしと別れております」

「これではまとまらないではないか」

松倉が少し苛立った。

「天皇様は「神国日本にして他国の侵略を許さない」と断固拒否だそうです」

「では、拒否で決まりだな」

「どなたさまも異国との戦争は避けたいというのは一致したご意見です」

「そうだ、幕府と諸大名が一致団結して外国勢に当たれば、追い払うこともできよう」

「いえ、今のわが国の軍事力では到底かないますまい。あの大国清国でさえエゲレス軍と戦ってわずか数日で壊滅したのですから」

強気の尾関隼人も清国の話を引き合いに出されて黙ってしまうほかなかった。

「おぬし、軍艦を見たそうだな」

松倉が佐久間に尋ねた。

「はい、浦賀で停泊中のところを見てまいりましたが、船というより山が海に浮かんでいるようで、とてつもなく大きくて、黒々とした姿はまるで、恐ろしい化け物に見えました」

その時のことを思い出したのか、佐久間は身震いした。

「わが藩はいかがいたしましょう」

「山陰の小藩のわが藩にどうするもない。幕府の方針を見守るしかあるまい」

尾関の言葉にそれっきり二人は黙ってしまった。

浜田城にペリー来航の第一報が江戸屋敷から届いたのは、ペリーの軍艦が浦賀に姿を見せてから二〇日以上も過ぎていた七月初め。江戸屋敷でもこの異常事態に混乱し、何をどう報告してよいかわからず、ひとまず落ち着いてからの知らせとなった。その後はほぼ五日置きに江戸の情勢が報告されてきて、この日は四回目である。

当初は『異国船が江戸湾に』という知らせに藩内は一時騒然となったものの、あまりにも遠い江戸の事件にどこか〝他人事〟として受け止め、情報が入ってこないこともあって次第に落ち着きを取り戻していた。それでも、危機感を強める者もいた。河鰭監物もその一人だ。

「これからこの日本はどうなるのでしょう」

河鰭は用人の野島佐仲太に尋ねた。野島は他藩の学者とも交流があり博識で、日ごろから世間の事情にも詳しい。

「さて、いま日本の将来を見通せるものは誰もおるまい。ただ、はっきりしているのは、清国の二の舞には絶対なってはならない、ということだけだ」

「そのためには?」

「清国がエゲレスの支配下になった原因を知ることだ」

「圧倒的な軍事力の差だと聞いております」

「確かに、戦争に負けた理由はそうだ。しかし、その後エゲレスの支配下になった理由は他にある。清国の内乱だ。「太平天国の乱」と言って一部の反乱分子によって国内が混乱、それを鎮圧するために清国がエゲレスに頼った。それに乗じてエゲレスが清国を支配したのだ」

「清国は内乱によって自ら国を滅ぼした」

納得したように河鰭はうなずいた。

「左様。だから日本は異国に支配されないためにも内乱を起こしては絶対にならぬ。過去の歴史を紐解いても、国が侵略されるのは他国の武力が強いからではない。内部の混乱からじゃ」

野島は史学にも詳しい。

「我が国は大丈夫でしょうか？　幕府、大名、朝廷の中でも意見が分かれているようですが」

「分からぬ。ただ、国内一致団結して戦争は絶対に避けたいという思いは一致している」

とはいえ、戦争にならないという保証はない。二人ともそこで黙ってしまった。

「野島さまはどうお考えでしょうか」

暫く経って河鰭が尋ねた。

「私の意見など無い。ただ浜田藩としては藩内に意見の対立による混乱を起こしてはならないということだ」

河鰭は恐る恐る聞いてみた。

「今進めている財政改革は続けてよいものでしょうか?」

「迷うことは無い。今まで同様、粛々と進めるのだ」

河鰭の産業振興政策は順調以上に進んでいた。特に「石州和紙」のこの年の生産量は十万石、金額にして十万両と、過去最大に達していた。藩の実入りも一万両を超えた。また、「石州瓦」も「赤瓦」が北海道など寒冷地だけでなく、「軽くて強い」特性が評判を呼び、全国から注文が舞い込んでいた。生糸の生産も藩の奨励で養蚕農家が増え、産業として十分採算が取れるまでになっていた。藩が借りていた借金もこの年からわずかながらも返済が始まった。藩の産業振興は藩の財政を改善するだけでなく、領内の経済も活発にした。

ただ、年を超えたあたりから河鰭の財政再建策に物言いをつける意見が出てきた。「財政再建より、軍備拡充が先」と唱える声がにわかに起こってきた。主に江戸屋敷からで浜田にも同調する声が沸き上がった。

というのも、翌文久四年(一八五四)一月、ペリーの再来航とともに幕府は「日米和親条約」を結んでしまった。幕府はアメリカの強大な軍事力を恐れ、ひとまず条約を結びそのあとで我が国の軍事力を強化しようと判断した。これに伴い幕府は諸大名に軍事力の強化を指示した。当然浜田藩にも命令が来た。しかし、浜田藩には財政難で軍艦を建造したり大砲を買い入れる資金など無い。「産業振興策で得た資金を大砲購入の資金に回せ」「借金返済より、軍備拡張で異国の攻撃に備えよ」という声は日増しに強まり、藩重臣たちの議論にも上るようになった。

野島は会議で激しく抵抗した。

「わが藩のような小藩が軍艦はもちろん、大砲など持って何になりましょう。軍事訓練もしていないわが兵には、〝宝の持ち腐れ〟になるだけでなく借金で藩はつぶれます」

だが、野島の主張に江戸から来た留守居役の永岡耕介が反論した。

「しかし、幕府より軍事力を強化せよとの命令でござる」

「どの藩でも軍艦や大砲を持てと命令されているわけではありますまい。大事なことは武器を持つことではござらぬ。藩士はもとより領民が心を一つにして、異国に対抗することです」

「さりとて、いつこの浜田の沖に異国の軍艦が現れるやしれませんぞ。その時どうなさる?」

永岡が今にも異国が攻めてくるように脅した。

「それは武器を持っても同じでござる。この小藩で異国との戦いに勝てるとは思いません」

「では、何もせずに異国の攻撃を待てとおっしゃるか」

「まず、わが藩の力をつけることです。財政問題を解決して藩も領民も生活を豊かにして強い藩にすることが先決です」

両者とも意見を譲らず議論は平行線のままいつ果てるともなく続いた。

「ここは殿に御判断を仰ぐしかあるまい」

と言ったのは首席家老の尾関隼人だった。

「藩の行方を左右するような重要な判断である。武聡様はお若いが、非常に聡明な方である。殿のご決断に従いましょう」

だれも異論をはさむ者はいなかった。永岡は浜田での議論をもって江戸へと帰った。

暫く永岡の浜田での話を聞いていた藩主松平武聡は永岡の話が終わると静かに言った。

「わが藩は海に面し何時異国の船が現れるやしれぬ。私は幕府に海岸から離れた土地に移封してほしいとお願いしているのだが小藩の浜田藩のことは聞いてもらえぬ」

口惜しそうに言ってから続けた。

「いざ異国が攻めてくれば、城を焼き浜田の地を野戦地として防戦するしかない。わが藩のような小藩では歯が立たないだろうが、その時は兄上の岡山藩、鳥取藩の大藩に応援を頼むつもりである」

と打ち明けた。鳥取藩主の池田慶徳は徳川斉昭の五男、岡山藩主の池田茂政は同九男、ともに武聡の異母兄である。

「今わが藩がすべきことは財政を立て直すことにある。幸い浜田の藩士により再建が進んでいると聞く。一層励んでほしい」

武聡の言葉で財政改革続行が決まった。

この言葉を後で聞いた河鰭は胸が詰まった。番頭席に出世していた河鰭だがまだ一度も藩主にお目通りしたことは無い。まだ十四歳では何もご存じないと思っていた。だが、武聡様は江戸にいても遠く離れた浜田藩の実情をしっかり掴んでおられる。お若いのに聡明な方だ。それだけに早く浜田に着任してほしかった。

だが、浜田藩をよそに、時代は大きく動いていった。

幕府は日米和親条約締結から四年後の安政五年（一八五八）六月、日米修好通商条約を結ぶ。幕府内では「開国、通商」派の堀田正睦が老中首座に座り、「開国して海外との貿易を盛んにし、その資金で軍艦、大砲など軍備を増強する」方針を打ち出した。

だが、この国の行方を左右する重大な決定を天皇を無視して結ばれたことに朝廷が激しく反発した。しかも条約の内容が我が国にとって著しい不平等条約だったことで、長州藩など一部雄藩からも不満の声が上がり、天皇のもとに外国勢力を一掃する「尊王攘夷」を掲げ幕政に異を唱えた。

これに対し、条約締結の二ヶ月前に大老に就任していた井伊直弼は反対派を激しく弾圧、橋本佐内、梅田雲浜、吉田松陰など『攘夷』急進派の論客を相次いで投獄処刑した。その井伊直弼も安政七年（一八六〇）三月、江戸城桜田門外で水戸藩士らに暗殺される。

外国との通商を通じて国力をつける「開国」か、不平等条約を廃止してその上で対等な条約を結ぶ「攘夷」か、国内を二分する対立と混乱が続いた。「内乱」を恐れた幕府は天皇と幕府が一体となって外国勢力に当たる「公武合体」でこの難局を乗り切ろうとした。薩摩藩主島津斉彬、福井藩主松平春嶽などの大名が提唱した。

一方、天皇が中心になって条約を破棄し外国勢を追い払う「尊王攘夷」論も台頭した。朝廷の一部と長州藩内部の過激派が主に唱えた主張である。両派は、京都を中心に激しく対立、両派の思惑が入り乱れ殺戮が繰り返され、京の街は騒然となっていた。

十章　不吉な夢

日本中が騒乱の渦に巻き込まれる中で、浜田藩に〝朗報〟がもたらされた。藩主松平武聡のお国入りである。武聡は元服を終えた後、参勤交代で一度だけ浜田を訪れたことがあったが、今回は浜田城の主となった。

幕府はこの年（一八六二）、「参勤交代」制度を緩和した。すべての大名は江戸駐在を解かれ自領に戻った。「参勤交代」は徳川幕府の大名統制の根幹をなす制度だったが、もはや維持できない程弱体化していた。

だが、浜田藩にとっては松平家が浜田に移封して以来、二十六年ぶりに初めて城に主を迎えたことになる。藩士はもとより領民の喜びはひとしおであったが、移封以来「地元に藩主を」望んでいた河鰭はようやく念願が叶った。財政再建を進めていた彼にとって身近に最大の支援者を得たのである。

武聡は浜田に着任早々本丸御殿で重臣会議を開き自分の考えを伝えた。次いで河鰭を呼び出した。

「そなたが河鰭監物か。江戸でもそなたの働きぶりは聞いておった。よくここまで藩を立て直してくれた。礼を言う」

武聡はこの時二十一歳であった。細身で肌は白く、顔は水戸家の血筋なのかやや面長で、目は切れ長ながら瞳は大きい。細く長く伸びた高い鼻とその下の薄い唇と合わせて体全体からは高貴で繊細な感じを受ける。

「もったいないお言葉。監物、望外の喜びでございます。藩主様には此度の浜田御着任、浜田領民上げてお祝い申し上げます」

「もう江戸に参ることは無い。この地でじっくり藩政と取り組みたい。ところで、そちを呼んだは他でもない。早速だが江戸に赴き、江戸屋敷の改革をしてほしい」

「私が江戸に？」

藩主の意外な命に河鰭は一瞬たじろいだ。

「そうだ。わしは江戸にいた時から考えていたことだが江戸の費用は掛かりすぎだ。これからは藩主がいないのだから思い切って費用を減らしてほしい。藩財政の改革を浜田だけに任せていては申し訳ない。少しは役に立てるであろう」

武聡は江戸屋敷の実情をよく観察していた。

「しかし、私のような者が江戸屋敷の改革などできましょうや」

「反発は強いであろうな。しかし、そなたならできる。いや、やってほしい。わしの願いじゃ」

浜田での財政改革の手はすべて打った。その効果も着実以上に上がっている。残るは江戸、大坂屋敷の改革であると思っていた。殿はそのことをすでにお見通しなのだ。やはり聡明な方だと感心した。それでも、江戸の藩士の反発を考えると江戸に行くことは躊躇われた。

なおも迷う河鰭に武聡は言い放った。

「そちを今日から用人役とし二百石を与える。用人であれば江戸の者もそなたの指揮に従おう」

用人とは家老に次ぐ藩の重役である。河鰭は、自分を用人にしてでも藩の財政改革を成し遂げたいという藩主の並々ならぬ決意を感じた。藩士としてこれに答えなければならない。

「殿がそこまでおっしゃるならば、この監物、一身を賭して取り組みまする」

「頼んだぞ」

武聡の顔がほっとしたように微笑んだ。笑うと二十一歳の初々しい顔になった。

河鰭は殿の部屋を辞すとそのまま野島の部屋を訪れ「江戸行」の話を打ち明けた。

「さすが名君。目の付け所を心得ていらっしゃる」

野島は感心したように言った後河鰭の顔を見つめて言った。

「監物殿、殿のご指示があったのです。思い切って改革なされよ。浜田のことは私にお任せあれ。と言っても私はほとんどすることもなく、俵や豊太殿に任せていればよいのだが」

と言って小さく笑った。

屋敷に戻ると、俵三九郎と豊太を部屋に呼んだ。河鰭の話を二人は心配そうに聞いていたが藩主の命とあれば仕方ない。最後は「とにかくお体を大切に。無事戻られることを祈っております」と言うしかなかった。

だが二人の心配は杞憂に終わった
江戸屋敷に乗り込んだ河鰭は間もなく江戸藩士の心をとらえた。一つは「上米」を廃止したことだ。もちろん、藩主の了解を得てだ。彼らの生活の不満、不安を解消させたことで一変に財政改革に協力的になった。一方で河鰭は江戸屋敷の費用について全体で『三割削減』を言い渡した。

始めに高い目標を設定して後で方法論を考える。河鰭が十数年前に最初に財政改革に乗り出したときに取った方法である。個別費用ごとに削減額を決めていたのではそれぞれの事情があって難しい。それより全体の目標に向かって藩士が一体となって知恵を絞る方が実現性が高い。

と言っても『三割削減』は容易ではない。各費用の細かな削減ではとても達しない。高額な費用を思い切って削減するしかないが、高額ということはそれだけ影響が大きいことを示す。

中でも江戸屋敷にとって高額な費用は幕府への〝上納金〟だった。名目は『普請手伝金』と言って幕府の河川工事などの費用を各藩が分担する制度だ。江戸初期には藩が人足、資材などを拠出していたが中期以降は完全に金納化していた。石高によって金額は決まっていたが、小藩の浜田藩では相当の負担になっていた。

各部署から削減額がまとまり、この『普請手伝金』さえなくなれば目標の『三割削減』も実現というところまで来ていた。

ここが〝改革の分かれ目〟と判断した河鰭は自ら江戸城に出向き交渉した。最初は難色を示した幕府だったが、河鰭は藩の財政が苦しくこのままでは親藩として幕府にお役に立てなくなることを必死に訴え、最後は『黙認』という形で『普請手伝金』の免除を認めさせた。

最大の費用項目がなくなったことで江戸屋敷の財政改善は進み、二年後には大坂屋敷分も含めてこれまでより五千両余りの削減に成功し、河鰭は浜田に戻った。

「見事、あっぱれである」

二年ぶりに河鰭の顔を見た藩主松平武聡は興奮した面持ちで河鰭を褒めたたえた。

武聡は命じたものの、これほど早く江戸・大坂屋敷の財政改革が実現するとは思わなかったのだろう。武聡の喜びは江戸・大坂の功績だけではなかった。浜田藩そのものの財政改革もほぼ終わりに近づいていたからだ。これまでの和紙、瓦、養蚕、鉄などの特産品に加え、十数年前に植えた樹木が成長し、木材収入が貢献してきた。上米制の廃止による藩士の給与は増えたものの藩財政は改善し、一時は二十万両を超えていた借金はほぼ完済した。財政改革に乗り出して十五年余り、河鰭が誓った『二十年かけて再建』という目標より早く実現したのだ。

河鰭は藩主の言葉を頭を下げて聞きながら、十数年前の当時を思い出していた。銀札所頭取になった頃のことだ。「二十年で借金返済」と宣言した時、誰も信じようとはせず協力してくれるものもいなかった。だが、少しずつ着実に改善策を実施していくうちに部下が理解し、さらに協力者が現れた。

館林時代からの豊太はもちろん、俵三九郎や野島佐仲太様の助けがなかったら自分一人では到底なしえなかったろう。途中で挫折していたに違いない。思えば、武士である自分に商売の基本を教えてくれた鴻池屋の倉橋清右衛門、他藩の人間にもかかわらず惜しげもなく融資してくれた藤間茂平太殿の援助の手が無かったら間違いなく財政再建はならなかった。そして私に改革の権限を与えてくれた藩主武聡様。

つくづく思う。人はいくら高邁な考えを持っていても、一人では何もできない。

彼らの顔が走馬灯のように頭を巡っていった。

「そなたには家老になってもらう」

藩主の声に、河鰭ははっとして顔を上げた。藩主の言った言葉の意味が呑み込めず戸惑った顔で藩主を見た。

「そなたに家老を命ずる。よいな」

武聡が再び言った。

河鰭は驚いた。家老などとんでもない話だ。自分には荷が重過ぎる。それに「上米」制など藩士に苦労を強いた自分が家老になるなど許されることではない。

「その件だけは御辞退申し上げます」

畳に顔がふれんばかりに平伏した。

「そちはわしの命が聞けぬと申すか」

武聡は語気を強めた。若いだけに気持ちが顔に現れやすい。

「家老などと私には荷が重すぎると申し上げております」

武聡は憮然としていた。

「嫌か」

と言うと武聡は席を立って奥に下がってしまった。その態度から武聡様は諦めたと河鰭は思っていたのだが、ひと月ほどたった日のこと、登城した河鰭に家老の尾関隼人が一通の手紙を渡した。

差出人の名前を見て河鰭の顔色が変わった。そこには一橋慶喜の名があった。一橋慶喜は水戸藩主徳川斉昭の七男で、武聡の兄にあたる。徳川三卿の一つである一橋家の養子となり、現在は将軍後見人、次期将軍と目されている人物である。その一橋慶喜から直接手紙が送られてきたのである。震える手で手紙を開いた河鰭はしばし呆然とした。手紙の内容の細かいことは覚えていない。そこには弟を思う兄の切なる願いが書いてあった。

「武聡からそなたのことは聞いた。財政再建に見事な手腕を発揮し、浜田藩を立ち直らせた。武聡はもちろん兄の私からも感謝を言いたい。

いま日本は未曽有の危機にある。今こそ我が国の国民が一致団結してこの危機を乗り切らなければならない。浜田藩においても同様である。藩主以下藩士・領民が心を一つにして藩の存続に努めてほしい。そなたは家老就任を断ったそうだが、家老になって藩主を支えてほしい。弟はまだ若い。未熟な藩主をどうか助けてほしい」

武聡が兄の一橋慶喜に相談したのだろう。それにしても次期将軍ともいわれた男が山陰の小藩の用人ごときに直接手紙書いて頼んできたのである。河鰭は畏れ多いと同時に、弟を思う兄の心情を思い涙した。

「断るわけにはいかない。微力ながら藩主様を支えていこう。一橋様がおっしゃるようにこの日本はいま激動の時代にある。小藩と言えども大波に巻き込まれず浜田藩をしっかり守って行こう」

河鰭は覚悟を決めると家老尾関隼人を通じて藩主に家老引き受けを伝えた。報告に訪れた河鰭を野島佐仲太は喜んで迎えた。

「よかった。そちが家老になれば浜田藩も安泰じゃ。これでわしも心置きなく隠居できるというものだ」

野島は今年始めから病床についていた母親の介護のためと隠居願を出していた。彼はまだ五十二歳だった。

「野島様とはまだ御一緒に仕事がしとうございました」

河鰆が無念そうにつぶやいた。浜田藩が本当の難局を迎えるのはこれからなのだ。その時傍に野島様がいてくれたらどんなに心強いか。

「わしもそちとはまだ仕事がしたかった。しかし、母は大事じゃ。ところで藩主様はお元気であったか？」

野島は話をそらすと、意外なことを聞いてきた。

「私の前ではお元気なご様子でしたが、何か心配事でも？」

「それならばよいが。近頃城内では藩主様ご病気のうわさが出ていたので気になっている」

「どのような？」

河鰆が不安げに聞いた。

「詳しくは知らぬ。ただ『江戸病』ではないかと言うものもおる」

「江戸病？」

「その者によれば、高貴なお方がよく罹る病気で、徳川将軍家につながるかたに多く、白米ばかりを食べるのが原因だとか」

「どのような症状なのでしょうか。御命に係わる病なのですか？」

浜田藩はここ二代続けて藩主を若くして病で失っている。武聡様も生まれつき病弱なだけに如何しても河鰆の不安は募る。

「いやその心配はないようだ。ただ、手足がしびれたり、ときには高熱が出て寝込んで魘（うな）されることがあるとか」

症状からみれば病は『脚気』である。

「私がお目にかかった時はそのようなそぶりも見えませんでしたが」

「ご機嫌麗しいときであったのだろう。手足のしびれにしろ発熱も月に一度か二度起こる程度らしい」

浜田藩にとってこれからが大事な時だ。日本中が騒乱の渦中にある中で、藩のかじ取りを握る藩主の判断が浜田藩の行方を左右する。聡明な武聡様への期待が大きいだけに病に倒られるようなことがあっては一大事である。

河鰭は藩主の病の心配をしながらも日々の業務に追われていた。毎日のように続く三家老での会議。さらに部下からの産業振興策の進捗状況の報告。河鰭は主に経済、外交部門を担当していたため江戸、大坂に出かけることが多くなった。山陰の小藩では中央の情報が入らない。武聡の兄が藩主の鳥取藩、岡山藩とも親密な関係を作る必要があった。両藩とも十万石以上の大藩で、幕府・朝廷双方からも信頼の厚い藩であった。両藩とも浜田藩には好意的で河鰭の来訪を快く迎えてくれた。

大坂の岡山藩大坂屋敷を訪ねた後、河鰭は久しぶりに御堂筋通りにある鴻池屋に倉橋清右衛門を訪ねた。鴻池屋からの借金はすでに終わっていたが、そのお礼のあいさつを兼ねていた。清右衛門は河鰭を喜んで迎え奥の座敷に案内した。

それから半時ほど二人は話し込んでいたが、店を出てきたときの河鰭の表情が変わっていた。何か重大な話、それも思い悩むような話を聞いた後のような眉間にしわを寄せ、地面を見つめて腕を組んだまま歩いていた。

浜田に帰ってからも河鰭の表情は冴えなかった。休みの日も自宅に籠ってぼんやり過ごす日が多くなった。河鰭の思いつめた表情を訪れた豊太が気が付かぬはずはなかった。

「大坂で何か心配事でもございましたか？」

「わしは間違っていたのではないだろうか」

豊太の問いに答えず、天井をにらんで自問自答するように言った。

「なにがでございましょうか」

河鰭はようやく向き直ると、じっと豊太を見つめた。

三隅で多恵と生活していた豊太は、河鰭の要請もあって浜田に引っ越してきていた。浜田城外の紺屋町に河鰭が用意した住まいで暮らしていた。河鰭は和紙の増産が軌道に乗ったのを機に、豊太には和紙以外の仕事をしてもらいたかった。それには三隅にいるよりも浜田にいて自分の身近に置いておきたかった。

「そなたとはもう二十年以上になるな。本当によくわしを支えてくれた。お蔭で思ったより早く財政再建を成し遂げることが出来た」

「私の力などとるに足りません。河鰭さまの財政再建にかける熱意と一歩も引かぬ強い意志、それに皆を巻き込んでいく行動の結果だと思います」

「そなたがほめてくれるのはうれしいが、それが間違いではなかったかと思う」

「何をおっしゃいます。河鰭さまは多額の借金を返済し藩の財政をたてなおし、領民の生活を安定、豊かにしたではありませんか」

河鰭が何を考えているのか豊太にはわからなかった。

「わが藩にとって果たして財政再建が最善の策だったのかと言うことだ」

河鰭の口から思わぬ言葉が出た。

「どういうことでしょう？」

河鰭は豊太の顔をじっと見つめて言った。

「そなたは浜田へ来て以来わしの分身と思っている。だから話すのだが……」

少しだけ躊躇うように言い淀んで続けた。

「今回大坂に行って鴻池屋の倉橋殿にお礼を述べてきたのだが、その時清右衛門殿が長州藩と薩摩藩のことを話してくれたのだ」

豊太は他藩のことなど分かるはずがなく、黙って聞いていた。

「清右衛門殿の話によれば、となりの長州藩も同じように財政難に陥っていたが、これまでの借金の返済を『三十七年間据え置き』、その上でさらに資金を借り入れ武器弾薬を買い込み軍備を強化したという」

「何とも乱暴な」

「薩摩藩はもっと乱暴だ。多額の借金を『無利子、二百五十年賦』で実質踏み倒し、一方で密貿易で上げた資金で武器弾薬にとどまらず軍艦まで建造したそうな」

「誠ですか、外国との貿易は国禁ではありませんか」

「彼らはこの資金で藩の近代化と言う改革を成し遂げたのだ。長州、薩摩だけではない、肥前藩も同様な手法で藩政改革を成し遂げたという。

清右衛門殿は『浜田藩は本当に律義な方です、借金を返してくださった』と嬉しそうに言う。褒めているのだろうが、わしは清右衛門殿の笑顔を見て背中がぞっとした」

「借りた金は返すのは当然ではありませんか」

「もちろんそうだ。しかし、日本が危急存亡のとき従来の慣習を破ってでも多少の犠牲を払ってでも藩の改革を断行し、新しい時代に備えるべきではなかったろうか。律義に借金を返すことが果たして最善の策だったのか」

河鰭は自分のしたことを後悔してはいないが、疑問を持っていた。

「長州、薩摩も肥前もいずれも外様大名。親藩の松平家は国禁を破ったり、借金を踏み倒すことなどできません」

豊太は毅然として言い放った。

「ことの是非はその時の情勢によるのではないだろうか」

「借金を踏み倒したり、密貿易がですか」

珍しく豊太が声を荒げた。

「清右衛門殿の話の後からわしはずっと考えていた。わが藩は財政危機は乗り越えたが、藩としては旧態依然だ。本当に必要だったのは財政改革ではなく、藩政改革ではなかったか」

「これから藩政改革に手を付ければよろしいではありませんか」

豊太が励ました。

「もちろんだ。だが時代の流れはあまりに早い。今から果たして間に合うかどうかだ」

「なににでしょうか」

河鰭は答えない。

「豊太、わしは昨夜魘(うな)される夢を見た。敵が軍艦と大砲でわが領内に攻め込んでくる夢だ。これに対しわが軍は槍と刀で応戦するがいとも簡単に攻め込まれてしまう、実にいやな夢だった」

「まさか。そのようなことは想像なさいますな」

だが、豊太の声は弱弱しかった。

河鰭の恐れはそれからわずか二年後現実のものになる。激震が浜田藩を直撃する。震源地は隣の長州藩である。

(第二部　了)

第三部

一章　長州再征伐

「公儀より長州再征伐の日を六月七日に決定したとの知らせでござる」

家老の尾関隼人が松倉丹後、河鰭監物の二人の家老を自室に呼んで、今朝早く届いた江戸屋敷からの知らせを告げた。

二人の顔が一瞬こわばったが、すぐにほっとしたように肩を落とした。

「いよいよというか、ようやくと言いますか」

松倉がため息交じりに呟いた。

「朝廷より長州追討の勅命が下りたのは、昨年秋のこと。それから出陣まで半年以上も掛かったのはなぜでしょう?」

河鰭も納得がいかぬ顔で尋ねた。

「分からぬ。それより一刻も早く殿にお知らせせねばならぬ」

尾関はそう言うと二人を促すように席を立って藩主との接見の場である広間に向かった。

藩主松平武聡は床にあったが、家老三人そろっての申し入れにやむなく広間に出向いた。

「そうか。ようやく決まったか。六月七日といえば、後ひと月あまり。急ぎ兵を整えねばならぬが、準備はどうじゃ。勅命である。抜かりがあってはならぬ。全軍を挙げて取り組むように。よいな」

武聡は病床にあり気力は萎えているものの、徳川御三家のひとつ水戸家の人間だけに、徳川幕府に対する強い忠誠心がある。公儀の命は絶対服従である。

「かしこまって候。御味方の他藩とよく相談いたして、整えたいと存じます」

「それがよかろう。ただし、将軍家斉様時代からのご命令を忘れてはならぬ。他藩の動きはいざ知らず、先陣を他藩に譲るようなことがあってはならぬぞ」

声は弱弱しいが、毅然とした口調だった。

約三十年前、上州館林に居を構えていた越智松平家は、当時の将軍徳川家斉の「外様の毛利藩を監視せよ」との命で浜田に転封してきた。長州藩の監視はその後の代々藩主の命題でもある。

そして「あとはそちたちで決めよ」というと武聡は座を立った。

武聡の病は日増しに悪くなっている。若くして脚気にかかった体は手足にしびれやむくみが酷く、このところ高熱に苛まれていた。

心配そうに武聡を見送った後、尾関の部屋に戻った三人はすぐさま善後策の打ち合わせに入った。

「殿は全軍を挙げてとおっしゃったが、果たしていかがなものかと」

と疑問を呈したのは松倉丹波だ。彼は戦いを好まぬ穏健派で通っている。

「いかがなものかとは？」

「二年前のことでござるよ。結局、我ら兵を出したものの長州は攻めてこず。長州は公儀に謝罪して終わったではありませぬか。此度も同じようなことになるのでは。全軍を挙げるまでには及ばぬのではと」

「たしかに」

尾関は腕を組むと、考え込んでしまった。

話は二年前に遡る。

嘉永六年（一八五三）の米国のペリー来航以来、開国・通商を迫る度重なる外国船の来港に、日本国内では薩長など列藩に『攘夷』（外国勢力を排除する）の機運が高まり、幕府はやむなく文久三年（一八六三）五月十日をもって『攘夷の日』と定め、列藩に布告した。長州藩は下関に停泊の米国の商船を砲撃し、さらにフランス・オランダの船艦をも砲撃し攘夷の姿勢を示した。薩摩藩も鹿児島湾に停泊中の英国軍艦と砲火を交えた。

しかし、米、仏からの激しい反撃にあった長州では『攘夷』から、外国の力に対抗するにはまず日本の改革を進めるべきという『倒幕』への流れに傾き、一部の公家と結託し策す。

これを恐れた幕府は将軍家茂や一橋慶喜、会津藩主・松平容保らが『公武合体』（天皇と幕府が一体となって政治をつかさどる）を唱え、長州藩の台頭を懸念する薩摩藩も加わり、長州藩と岩倉具視ら一部の公家たち（七卿）を排除する動きに出る。長州藩の京都警備の任を解き、さらに毛利（長州）藩主・毛利敬親親子の京都出入りを禁じた。仕方なく長州藩は七卿を奉じて帰郷した。

長州藩の一部にはこれに反発して、家老たちが兵を率いて東上し京都御所に迫ったが、会津・桑名・薩摩藩の兵によって退けられた。特に御所南の『蛤御門』での戦闘は熾烈を極めた。

朝廷から長州藩を退けた幕府はこれを機会に幕府の威信を一気に取り戻そうと、長州藩追い落としを策す。朝廷の長州追討の勅命を受けて、前々尾張藩主徳川慶勝を総督として三十五藩に十五万人の出兵を命じて長州征伐が始まった。。

元治元年（一八六四）八月、幕府軍は長州に入る芸州口、石州口、上の関口、下の関口の四方向から長州に攻め入った。

浜田藩は福山藩を主力部隊として、松江、鳥取、津和野の各藩とともに、石州口から長州を攻めた。ところが、この出兵は戦わずして幕府側の勝利に終わる。薩摩藩士・西郷吉之助の仲介もあって長州側は東上を率いた三人の家老の切腹と、五卿の追放、毛利敬親親子の謝罪文の提出をもって『恭順の意』を示したので、幕府はその年の十二月二十七日撤兵を命じる。

この時、浜田藩は、本田舎人ら兵二百人を長州藩との国境に近い益田に出陣し、鳥取藩は六百人余りを益田の後方三隅古市場に布陣した。しかし、長州藩からは何の動きも見せず、結局戦うことなく終わった。

「あのときは、全くの骨折り損でござった。石州口でわが兵は三ケ月以上もじっと構えたままでいたのですから。もちろん戦など無いに越したことは無いので、私としては喜ぶべきことではあったのですが」

と松倉が当時を思い出して言うと、尾関隼人も頷きながら続けた。

「長州の兵はかき集めても一万足らず。これに対して幕府軍は我らを含めて三十五藩十五万人を超えていたのだ。これでは戦う前に勝負は決まった様なもの。長州藩も最初から幕府と戦う気はなかったのだろう」

「長州藩内は主戦派と反戦派に二分され、藩論はまとまっていなかったようです」

日ごろ俵三九郎や豊太を使って長州藩の動向を集めている河鰭が付け加えた。

そのころ長州藩内では、尊王倒幕を唱える若手藩士を中心とした改革進歩派と、尊王ではあるが幕藩体制の維持を唱える藩主以下重臣たちの俗世派とで激しく対立していた。両派は主導権を巡って時に殺戮、自害、逃亡などを繰り返し、藩主さえも藩内を統治できないほど混乱を極めていた。これではそもそも外敵に向かって戦える状態ではなかったのだ。

「しかし、この二年の間に様相はすっかり変わりました」

「どのように?」

尾関が不思議そうに尋ねた。

尾関隼人にしろ、松倉丹波にしろ、他藩の動静には疎い。これまでの浜田藩の事情を考えれば、とても他藩の動きまで関心が及ばなかったのは仕方がない。長州藩の監視役はもっぱら河鰭監物が引き受けていた。

「今や中堅・若手藩士らの改革進歩派がすっかり藩の実権を握り、藩論を『尊王倒幕』へとまとめあげたということです。若手中心に過激な主戦論を唱えておるそうです」

そこで河鰭は一息入れてから言葉を結んだ。

「今回の幕府の再長征のご決断も、この長州藩の動きを抑えるための出兵と存じます」

「なるほど。日ごろからなにかと公儀にたてつく長州藩をこの際一気につぶしてしまえということだろう」

尾関隼人も深くうなずいた。

「それにしても、何故勅許後半年以上も出兵が遅れたのだろう」

「分かりません。江戸の情報は我々には届きません。江戸屋敷に調べるよう指示は出しているのですが」

河鰭は彼なりに中央の情報は集めているが、やはり浜田にいては心もとない。時が時だけに、もっと確かでいろいろな情報を得て判断したい。

「それほど時はない。急がれよ」

尾関の声に河鰭は頭を下げた。

「いずれにしても、殿にこれ以上のご心労をかけてはならぬ。今後のことは我ら家老衆で決め、結果だけをご報告することにしようではないか」

最後は尾関隼人の言葉に河鰭も松倉もうなずき、尾関の部屋を辞した。

自室に戻った河鰭は何とも心が落ち着かなかった。

(このまま戦に入ってよいものだろうか。勅許が出てから出兵が半年以上も遅れたのはやはり変だ。前回の長州征伐は追討の勅命が発せられてから、ひと月もたたず公儀から出兵の命が出た。何があったのか。各藩の意見がまとまらなかったのだろうか。とすれば、公儀の威信も揺らいでいることになる。徳川幕府に忠誠を誓う越智松平家のこの浜田藩としては信じたくないことだが)

そこまで考えた河鰭は、自分の心の中の疑念を振り払うかのように首を振った。

(それにしても長州藩の動きも気になる。前回と同じと考えてよいものか。俵三九郎や豊太の情報によれば、長州藩は若手中心に『尊王倒幕』でまとまり挙兵も辞さずの構えとか。一度は戦ったフランスから大砲など武器弾薬を大量に買い入れているという噂もある。とても前回とは様子が違う)。

「分からないことばかりだ」

公儀の考えも、御味方の諸藩の行動も、敵となった長州藩の内情も。

「分からぬ。分からぬ。何もわからぬ」

しかし、出陣の日は着実に迫っている。

孫子の兵法にもあるではないか。「敵を知り、己を知れば、百戦戦うも危うからず」。しかし、今の浜田藩は長州の動きも御味方の心もわからぬまま、まるで霧の中を単独で突き進んでいくようなものだ。霧が晴れた途端、大砲で構えた長州藩が現れて立ち尽くす浜田藩の姿が頭に浮かんで、河鰭は愕然となった。

「とにかく、長州藩の監視だけは怠らぬようにしなければならぬ」

そう考えた河鰭はすぐに豊太を呼んだ。


それから一週間ほどたった五月の中ごろ、豊太が河鰭の屋敷に戻ってきた。

「お察しの通り。長州藩内は今挙兵の話で持ち切りでした。軍備も相当増強されたようです。二年前の様子とは全く違います。あの時は村人たちは不安げで動揺していましたが、今は百姓さえも『倒幕』を叫んでおります」

豊太はすでに数年前から河鰭の命により、長州藩内に入り動向を探っていた。郷士とはいえ百姓だけに村人に受け入られやすかった。すでに長州藩内に親しい知り合いを持っていた。もちろん藩内深くは入れない。浜田藩との国境沿いの村だけだが、それでも浜田にいるよりは長州藩の動静はつかめる。

「兵の数、装備はどうであった」

「わたくしが入った村々には、まだ兵は集まっておりませんでしたので、詳しいことはわかりません。ただ、長州藩では武士のみならず、百姓、町民で編成された戦闘部隊があるそうでございます」

「なに、百姓、町民が武装しておるのか」

にわかには信じられない。

「彼らは隊伍を組んで砲術訓練をしているそうにございます。私が訪ねた村でも数十人が村を出て進んで隊に加わったそうです。藩内にはこうした隊がいくつもあって、中でも高杉晋作率いる「奇兵隊」とかいう部隊はたいそう強いと評判でした」

「高杉晋作?」

聞いたことのある名前だ。確か、進歩派の中でも急進的な討幕派のひとりだ。

「その奇兵隊とやらの詳しい様子はわからぬか」

高杉晋作が率いている部隊というところが気になる。

「さて、そこまでは。村人たちも実際に奇兵隊を見たわけではないと話していました」

豊太が申し訳なさそうに頭を下げた。

「いや、良い。そこまで調べただけでも十分じゃ。ご苦労であった」

やはり、長州藩の動きはただ事ではない。浜田藩だけでなく御味方の援軍の方々にも合戦の前にこのことを急ぎお知らせしなければならない。河鰭は直ちに登城し、まず尾関隼人に会議を急ぎ開くよう求めた。

「ちょうどよい。明後日には江戸屋敷から佐伯一馬が江戸の様子を報告に参る。他藩との折衝役の大久保も呼び、作戦会議としよう」

出兵の日は近い。一日も早く対応策を協議したかったが江戸の情報も大事だ。河鰭は仕方なく引き下がった。

二日後の午前、江戸から到着の佐伯一馬を待って、尾関の部屋で三人の家老に浜田藩折衝役の大久保正行も加わり作戦会議が始まった。

「佐伯、江戸の情勢を報告せよ」

尾関の声に佐伯が口火を切った。

「今回の出兵には諸藩はもとより御身内の尾州、紀州家からも反対がありました。中でも長征軍の総督に任ぜられた紀州藩主徳川茂承（もちつぐ）様が猛反対されました。『前回の時は御所を攻めた長州藩は『朝敵』であり征伐の『大義』があったが、今回は長州藩内の騒動であり、幕府が諸藩を動かして攻める名分はない。これはかえって幕府の威信を汚すものになる』というのが反対の理由で」

「しかし、朝廷から勅許は得ているではないか」

「そこが混乱の理由になっているのです。今回の勅許は、将軍家茂様、会津藩主松平容保様、越前福井藩主松平春嶽様ら一部の方々の強引な要請に負けて天皇もいやいや勅令を出したと言われております」

「何であろうと、勅令は勅令だ」

「しかし、その辺の事情は各藩ともご存じ。幕府の命には表向き従う姿勢は示したものの、全くと言っていいほど動こうとはしません」

聞いていた河鰭は情けなくなってきた。

(公儀の威信も衰えたものだ。だが、これは他人事ではない。長州藩の矢面に立っているのはこの浜田藩なのだ。態度を決めなければならない)

「公儀が各藩の説得に半年近くもかかったのもそのためです。最後は将軍家茂様御自ら大坂に出陣し、先頭に立って各藩に出兵を促されたのです」

「それで合点がいきましてございます」

それまで佐伯の話をじっと聞いていた大久保正行が突然大きな声を挙げた。

「本来は総督の徳川茂承様が我らの総大将としてお出ましになるはずが、来られたのは何故か、紀州田辺藩城主安藤飛騨守様でございました。兵の数は二千を超える大軍ですが、戦の期日が迫っているのにもかかわらず、浜田から出陣される気配は一向に見えません」

「動かぬのか？　そちから出陣を促したのか」

「もちろんでござる。しかし安藤方からは、やれ食料が足らぬ、兵器が不足しているとか、何かと言い訳を言って動きません」

そこで大久保はいったん言葉を切った後、口惜しそうに言った。

「憚りながら思うに、我ら浜田藩にまず戦わせてみて長州藩が弱いならば打って出よう。強ければ逃げようと考えているように思えてなりませぬ」

「これ、口が過ぎようぞ。代理とはいえ、仮にも総督軍であるぞ。その部隊が長州軍を恐れているはずはないではないか」

尾関は大久保をたしなめたが、彼自身も不安を隠しきれなかった。

「ほかの御味方の動きはどうじゃ」

「福山藩は浜田を出ておりますが、歩みは非常に遅いと聞いています。松江藩、鳥取藩はいずれもまだ自領を出陣した気配は全くないとのこと」

「津和野藩はどうした？　我らと同じ長州藩と接しているが」

「それがどうも不可解なのです」

「どういうことか」

「我らの折衝の者が訪ねても、会おうとしないのでござる。しかもその者によれば城中も城下も静かで、とても出兵の準備をしているとは思えない様子だとか」

あり得ない話だ。我らより領土は長州藩に近く、出兵を急がなくてはならぬ立場にある。何か我らの知れぬ事情でもあるのだろうか。

尾関は腕を抱えて考え込んでしまった。

各藩は前回と同様、長州藩を攻撃する気はないのだろう。周りを囲んで威嚇し、長州藩が謝罪するのを待っているのではないか。とすれば、浜田藩も御味方の軍と行動を共にしたほうがよい。

「わが藩もしばらくは様子見ということでよいな」

尾関が決まりとばかりに一同を見回した。

「いえ、それはなりますまい。長州藩は六月七日に向けて挙兵の準備をしています。当然ながらわが石州口から攻めてまいりましょう。兵を出すべきです」

河鰭が必死に訴えた。

「出さぬとは言っておらぬ。だが、尾関はその言葉をねじ伏せるように言った。

「出さぬとは言っておらぬ。総督代理の紀州田辺藩をはじめ御味方の藩はいずれも動かぬのだ。わが浜田藩だけが長州藩に攻め入っても、仕方あるまい」

尾関自身、戦はしたくないのだ。

河鰭は豊太が調べた長州藩内の動静を話した。

「長州藩の藩論は挙兵でまとまっています。間違いありません。前回のような混乱は見られません。百姓、町人までが隊を組んで、砲術など軍事訓練を積んでいます。京に上る勢いで必ずやこの浜田領に攻めてまいります」

しかし、重臣たちの反応は鈍かった。

「百姓、町人が銃を持って戦うだと。彼らに何ができるというのだ。百姓はせいぜい竹槍を振り回す程度しかできぬ。とても兵などにはなれまい」

尾関は始めから信じていないようだ。

「長州藩は兵が足りなくて、百姓、町人まで駆り出したということだ。恐れるに足らずじゃ。仮におぬしの言う通りだとしても、御味方の援軍がなければわが藩だけでは勝ち目はない。ここは総督の紀州軍と一緒に行動すべきではないか」

だが、河鰭は食い下がった。

「殿のご意見をうかがってはいかが。藩の往く末を決める判断はやはり殿のご意見を聞くべきでしょう」

「いや、殿の病は重い。これ以上殿の御心を煩わしてはならぬ。我ら重役一同で決める」

河鰭の意見は取り入れられなかった。皆、長州藩内の動静は知らない。

人間、情報が少ない中で判断するとき、どうしても自分に有利な、都合のよい方向を選びやすいものだ。このときの浜田藩もそうだ。できれば戦は避けたいという心理が判断を誤らせる。

結局、浜田藩は兵は出すものの長州藩内には攻め入らず、領内を固めることで一致した。

藩境には兵を送らず、そこから四里ほど手前の『益田』地区に兵二百人を送ったに過ぎなかった。

長州藩との藩境には物見の者たちだけで、長州藩の様子を監視するまでにとどめた。


河鰭は再び豊太を呼んだ。

「藩論は領内を固め、長州藩の様子を見守ることに決まったが、わしはどうしても不安である。長州藩が攻めてくることは十分あると思う。そこでそなたに頼みだ。扇原の関門で見張りをしてもらいたい。扇原に動きがあった時には、急いで知らせよ」

河鰭は長州軍は攻めてくるとすれば、必ず「扇原」地区から浜田藩内に進軍してくると読んでいた。

河鰭は大事なことを言うのを忘れなかった。

「豊太。そちは百姓だ。戦に巻き込まれてはならぬ。敵兵が見えたらすぐに逃げよ。死んではならぬぞ。そちはわしの分身である。そのことを忘れるな」

幕府軍は前回と同様、長州に入る四つの道から攻撃する計画だった。一方長州藩の体制はどうだったか。長年続いた守旧派との抗争に勝った進歩派が『尊王討幕』で藩論をまとめ、奇兵隊、南園隊、鴻城隊、精鋭隊など士庶の別なく、討幕の熱情に燃える青年を中心に軍隊を組織して出兵に備えていた。

兵の数は一万人足らずだが藩内が幕府への反攻の意思で統一している長州軍と、三十五藩、十五万の大軍を集めながら戦闘意欲は全くなく、各藩バラバラの行動をとる幕府軍の戦いが始まった。

二章　石州口

浜田藩物頭、岸静江は「扇原」の関門で見張りを続けていた。長州藩が陸上から浜田藩境を越えて侵入してくるとすればこの石州口の「扇原」しかない。藩命でこの扇原の関門の守りに就いて十日が過ぎたが、いまだ敵兵の影すら見えなかった。

岸の身辺にはわずか五名の部下しかいない。それも銃が扱えるということで集めた猟師だけである。昨夜中にさらに近隣から猟師十五名ばかりを集めても総勢二十一名。いくら敵兵が少なくともこの少人数で関門を守ることはできない。だが、不思議なことだが、岸は関門を本気で守る気でいた。

毎日、関門の中央に床几を据えて座り敵兵が来るのをじっと待った。関門の西側はところどころに木はあるものの一面の野原になっていて見通しがよい。見張りには絶好の場所である。ただ、関門といっても簡単に柱を組んだ門に両側三間に竹を編んだ柵を配置した簡素なもので、とても敵を防御できるような関門ではない。

六月十六日、この日も早朝から岸はただ一人、関門の中央に置いた床几に座っていた。あたりは鳥の声が時折聞こえる程度でいつもと変わらぬ静かな扇原だが、長らく陽の下にいると鎧の下が汗ばんでくる。額の汗をぬぐおうともせず、岸はじっと西方をにらんでいた。

どのくらい時が経ったろう。陽は中天に差し掛かろうとしていた。

「!?」

はるか遠方に黒い線のように見えたものがたちまち膨らみ、手に手に鉄砲を持った兵士たちが一団となってこちらに向かってくるのが見えた。長州兵がついに浜田領に侵入してきた。

「来たか!」

多数の敵兵を見て岸は床几から勢いよく立ち上がり武者震いした。

彼らは粛々と進み関門から五十間ほど手前でぴたりと歩みを止めた。岸が「何故攻めてこぬ」と見つめていると、居並ぶ兵士たちの間を割って一人の若い士が関門に向かって近づいてきた。男は岸の前で恭しく会釈すると、一通の書状を差し出して言った。

「浜田藩主に申し上げる。この度ゆえあって京へ上ることになりもうした。御藩には何も遺恨はござらぬ。なるべく城下は通らぬようにいたしますので、ここを開門し、道をお開け頂きたい。詳しくはこの書状にしたためてあるので、藩主様のご許可をいただきたい」

言葉は丁寧だが、言外に「拒否しても通るぞ」という問答無用の響きがある。

岸は書状を受け取り中身を一瞥すると静かに言った。

「藩侯に届けるのでその返事が来るまでお待ち願いたい」

大量の敵軍を前に岸は落ち着き払っていた。

男は憮然として「我らは進軍中であり、待てない。直ちに開門されたし」と今にも攻撃を開始するかのように脅した。

「待てぬということはどういうことか。すでにおぬしたちはわが浜田藩に侵入しているではないか。我らが返事をする前に直ちに領内を出て長州へ戻られよ。それが礼儀でござろう」

岸の厳しい言葉に士は黙って戻って行った。岸と長州兵の間五十間を挟んで両者の沈黙が続いた。ほどなく、再び先ほどより年配の使者が岸の元にやってくると、改めて開門を要求した。長州側にすればこの兵力をもってすれば関門を突破することは容易である。しかし、あまりの岸の態度が毅然としていたので、武士としての礼を尽くしたのであろう。もちろん、岸は再びきっぱりと拒否した。

「そこもとたちの行動は人の家に土足で上がるに等しい行為である。浜田藩士の名にかけて断じて許すわけにはいかぬ」

岸の態度にこれ以上話しても無理と判断した使者は自軍に戻って行った。岸は敵兵の姿を見た段階ですでに死を覚悟している。いや、関門の見張りに着いた時からだろう。あとは武士として恥じない死に方をするだけだ。武士の〝価値〟が薄れていたこの時代に、あくまで筋を通そうという岸は稀有な士であった。

岸は斥候を呼ぶと、益田に駐屯の自陣へ「十六日昼前、敵兵関門に迫る。兵みな銃を持ちその数、千を超えすこぶる多し」の伝令を託し、再び関門の中央に戻った。

その時、突如、長州兵の間から空気を劈くような一斉射撃が始まった。その音に驚いた徴用した猟師が銃を放り出して我先にと一目散に逃げ出した。長州兵は射撃を続けながら包囲網を徐々に縮め関門の十間近くまで迫ってきた。岸の周りには残った猟師五人しかいない。五人は猟銃で応戦したが一斉射撃の中で一人倒れ、二人撃たれていった。

それでも、敢然と立ちはだかっている岸の鬼気迫る姿に長州兵も躊躇してそれ以上関門に近づかなかったが、敵兵の撃った一弾が岸の脇腹を打ち抜き、岸はもんどりをうってその場に崩れた。即死だった。岸の倒れるのを見て、長州兵は一斉に大声を上げて関門に殺到した。

「長州藩挙兵。藩境を超えて侵入。扇原の関門を突破。その数、千を超える」第一報が浜田城中の尾関隼人以下重臣たちにもたらされたのは十六日の午後遅くであった。

長州藩が攻めてくることを全く想定していなかった重臣たちは驚いた。皆顔面蒼白となった。

「岸はどうした？」

河鰭監物がすかさず尋ねた。

「敵は銃を持った兵が八百人余り。守るは岸様以下数名。それでも岸様は関門を守ろうと必死に戦いましたが、敵の銃弾に最後は倒れ…。立派なご最期でございました」

斥候は無念をこらえるように唇をかんで項垂れた。

（やはり長州藩は攻撃してきたのだ。兵隊すべてが銃を備えているとは。わずかばかりで関門を守らせた我らが不覚）

しかし、悔いていても始まらぬ。長州兵は今領内を進んでいるのだ。急ぎ兵を集めなければならない。

「津和野藩はどうした」

尾関隼人が咎めるように聞いた。長州兵が浜田領に侵入するにはその前に津和野藩の領地を通らねばならない。

「はっきりとしたことはわかりませぬが、長州兵はそのままわが領内に侵入してきたように思われます」

あとで分かったことだが、津和野藩は外様の長州藩と親藩の浜田藩に挟まれた小藩ゆえに身動きが取れず、長州兵の領地内通過を黙認していたのである。弱小藩の生き残り策といえよう。

「長州兵の数は？」

「全てはわかりませんが、関門に攻め寄せたのは八百人余りかと。ただしその後方にどれくらいの兵が控えていたかはわかりませぬ」

「そのくらいなら、益田にいるわが軍と福山軍で対応できる」

尾関はほっとしたように息を吐いた。尾関は情報をまだ自分の都合のよいように受け止めている。

「いえ、長州兵の装備から考えて、それだけとみるのは早計でござろう。他からも攻めてまいりましょう。ここは、総督軍に益田への出陣をお願いいたしましょう」

「もちろんだが……」

煮え切らぬ答えだった。総督の代理である紀州田辺藩は軍勢二千を抱えていながら動きは鈍い。

扇原の関門が破られた十六日昼の時点での幕府軍の石州口での布陣を見てみると、主力の福山藩の兵八百は浜田の南西十二里の益田に布陣、浜田藩の先発隊二百人は益田の手前一里弱にいたが、関所を破られたことを聞き急ぎ益田に向かった。第二次隊の松倉隊は前の日に浜田を出発したばかりで益田のはるか手前で宿営を築いていたが、知らせを聞いて慌てて手勢八百を連れて益田に進軍した。さらに、総督代理の紀州田辺藩の兵二千は浜田から四里先、主戦場となる益田から六里以上手前にいた。

松江藩、鳥取藩は自領を出たばかりで浜田にも到着していなかった。

一方、長州藩の石州口からの攻撃は毛利支藩の清末藩主毛利元純を総督に、軍師・村田蔵六（大村益次郎）に率いられた兵総勢三千。津和野攻めと益田攻めに分かれ、さらに益田攻めは、陸と海からの二隊に分かれ石州口から攻め入った。岸の守る扇原の関門を攻めたのは、陸からの攻撃隊に津野藩領を無風で通過してきた兵合わせて二千人弱であった。

彼らは関門を破るとそのまま北へ進軍し益田へと一気に向かった。海から益田を攻める「搦手隊」兵千も益田近くの高津地区に上陸、益田の後方から攻める気配を見せた「陽動作戦」を展開した。

翌十七日早暁、高津川を挟んで南側に長州軍、北側に幕府軍、正確には福山軍と浜田軍が布陣、交戦の火ぶたが切られた。川を挟んで両軍の激しい撃ち合いが始まったが、長州軍は圧倒的な火力を背景に渡河してきた。浜田軍はやむなく街中に長州軍を引き込み長州軍の混乱を誘う作戦に出た。

主力部隊を町内の三つの寺に分散し守りを固める一方、街中の建物や街角の随所に兵を隠し長州兵を迎え撃とうとした。しかし、長州兵はそれに乗らず、兵力に任せて街全体を包囲し、逆に建物や家の中の家具を持ち出して盾にしながら徐々に着実に包囲網を縮めていった。幕府軍はたちまち窮地に追い込まれていった。苦戦の理由は兵の数に加え、圧倒的な装備の差にあった。記録によれば、その時の幕府軍の士分のいでたちはまさに三百年前の戦国時代そのもの。兜をかぶり、前立てをきらめかせ、具足を着込み、旗さしものも仰々しくかざしていた。足軽は鉄製の足軽傘をかぶり、胴丸を着こんでいる。銃を持っている者もいたが、銃は戦国時代そのものの「火縄銃」が主力であった。

一方の長州軍は、韮山笠をかぶり、筒袖のズボンにわらじ履きという軽装である。士官にしても黒の洋服に陣羽織を着ている程度で旗指物はない。兵隊が全員持っている銃は最新式の施条式銃「ミニエー銃」だ。この銃だと命中率がよいだけでなく、有効射程距離は百五十間以上と幕府軍の「火縄銃」の二倍近い。椎の実型の弾丸が回転しながら飛んでいくので大鎧でも簡単に居抜き殺傷力が極めて高い。装弾から発射までの操作に要する時間は「火縄銃」の五分の一、つまり「火縄銃」を一発撃つうちに五発撃てる。兵の数、質ともに圧倒的な長州軍を前に茫然とする幕府軍であった。

銃撃戦では勝ち目なしと見た浜田隊は作戦を変更する。浜田隊の副将山本半弥は槍隊に攻撃の命を発し寺門を開けて一斉に敵陣に突っ込んでいった。この攻撃に長州兵はひるんだ。彼らの多くは庶民で銃撃の訓練は受けていたものの、一対一の戦闘には弱く逃げ惑うものも多く出て、後退を余儀なくされた。

浜田隊は勢いを得てさらに突き進んだが、重い甲冑に身を固め戦場を駆け巡ったため、暑さも加わり疲れ果て長州兵の数に勝る力に押し戻され副将の山本半弥は戦死した。さらに、長州軍の「搦手隊」の陽動作戦に踊らされて福山隊が益田を離れたすきに、その搦手隊が益田に押し寄せるなどの幕府軍の不手際も加わり、ついには幕府軍はその日のうちに益田を捨て北東約五里ほどの大麻山に後退していった。

この戦いの長州軍の死者は十二名に対し幕府軍は二十八名。数だけでなく幕府軍は軍監二名のほか、浜田隊の副将の山本半弥をはじめ多くの勇将を失い、その損失は計り知れなかった。しかし、益田で浜田軍、福山軍が戦っていた時、幕府軍の総督代理である安藤飛騨守の率いる紀州田辺藩の総勢二千の兵は益田での幕府軍の敗走を知るや、三隅から浜田近くの周布まで退却してしまった。

浜田・福山隊の孤軍奮闘が続く。

「長州兵は総勢三千にも達します。わが軍は福山隊を入れても二千余り。兵力に加えて装備の劣勢は否めません。松江、鳥取藩はもとより、総督の紀州藩のお出ましを願います。総督軍の出陣は全軍の士気にも関わります！」

大麻山から急きょ浜田城に戻った松倉丹波が悲鳴のような声を挙げて訴えた。

「いつの間に長州軍は兵力をこんなに強化したのか」

松倉の懇願には答えず、尾関がうなった。

益田での大敗北を知らされた浜田藩の重臣たちは長州軍の猛烈な攻撃に恐怖を抱いた。尾関隼人の疑問の声に誰も答えられず、下を向いたままこぶしで袴を握っていた。

「しかも百姓全員が銃を持って戦っているというではないか。その兵に我ら武士がなすすべもないとはどういうことだ」

尾関の怒りは自分自身に向いている。かれもようやくこの容易ならざる事態の意味に気付いている。しかし、遅い。長州軍は怒涛のように領内を侵略し、浜田に迫っている。もし、大麻山が破られれば決戦の地はここ浜田城となる。浜田城には病床の藩主松平武聰がいる。何としても、浜田での決戦は避けねばならぬ。

「鳥取藩、松江藩に大麻山にご出陣願おう。何としても大麻山で食い止めねばならぬ」

尾関が言葉とは裏腹に、自信なさげに言い放った。

津和野藩をはじめ幕府軍が動かない中で、長州兵が浜田領に攻め入って来ればとても浜田軍、福山軍だけで守り切れるわけがない。その場にいた重臣たちのだれもがそう思っていた。

室内は沈痛な空気に包まれた。

これまで黙っていた大久保が横にいる河鰭にすがるように尋ねた。

「監物殿、何か良い策はござらぬか」

一同が河鰭の答えを期待するまなざしを向けた。河鰭は思案気に目を閉じて、しばらくしてから重い口を開いた。

「和戦しかありませぬ」

「なに和戦？」

尾関が信じられぬ言葉を聞いたように目を剥いた。

「はい。長州藩はわが藩と戦う気はありません。彼らの書状からも明らかです。長州軍は上洛が目的。浜田領内を速やかに通過させましょう」

「なにをばかなことを！　討幕を叫ぶ不逞の輩を、わが徳川親藩の越智松平家が自分の領土を踏みつけて通るのを黙って見過ごせと申すか」

尾関は顔を真っ赤にして叫んだ。

「仕方がありません。これ以上御味方に負傷者を出してはなりません。ここは武士の意地を捨て浜田藩の存続こそ大事と考えます」

「ならぬ、絶対にならぬ。和戦など殿がお許しになるわけがない」

尾関が切り捨てた。

「しかし、これ以上戦えば浜田藩そのものが消滅してしまいます」

「益田の戦いに敗れただけでわが藩の消滅などと言うは早計である。松江軍はすでに戦場に向かっておる。背後には総督の紀州兵も控えている。戦いはこれからじゃ」

兵隊の数のことを言っているのではない。その装備も含めて長州軍との圧倒的な兵力の差を言っているのだと河鰭は訴えたかったが、黙ってしまった。

この期におよんでもなお戦意のない御味方を頼りにせざるをえない浜田藩の窮状が情けなかった。紀州藩はもとより、松江藩にしても鳥取藩にしても御味方は自分の領土で戦っているわけではない。負ければ戦場から逃げて自領に戻ればよい。しかし、自領で戦っている浜田藩は負ければ藩がなくなるのを覚悟しなければならない。津和野藩のように小藩ゆえに長州藩に抗せず領内通過を見過ごすことは、徳川家につながる浜田藩にはできない選択なのか。

尾関と河鰭の激しいやり取りを他の重臣たちは黙って下を向いて聞いていた。


話を戦場に戻す。

益田から退陣した浜田隊は北東五里の大麻山のふもとに布陣した。福山隊は合流した松江隊とともに大麻山の北麓、雲雀山から熱田村あたりに兵を集めた。鳥取隊は長浜あたりに、紀州兵は周布に陣を張った。

一方、長州軍は精鋭部隊一部を大麻山の南方にある津田村に配置し幕府軍の逆襲に備え、本隊はそのまま益田に残り何故か半月ほど動かなかった。しばらく両軍の休戦状態が続いていたが、七月五日、長州軍は津田村の精鋭部隊を動かし、大麻山の麓に陣を張る浜田兵に攻撃を仕掛けてきた。軍を動かしつつ浜田藩に書状を送った。その内容は

「先般は行軍の道を塞がれたので仕方なく戦争した。浜田藩はこの時世をどう考えられているのか、藩主にお聞きしたいが藩主は病いと聞いているので仕方がない。上洛のための領内通行をお許し願えないなら仕方がない。このこと紀州藩をはじめ周りの各藩にお知らせ願いたい」

と書いてあった。休戦したものの浜田藩の態度によっては戦争継続も辞さずの言葉が含まれている。

浜田藩は返答を無視したため、一週間が過ぎた十二日、長州軍は大麻山に精鋭部隊が総攻撃をかけてきた。大麻山の東、南、西の三方から小砲を交えて銃弾を撃ち鳴らしながら攻めあがって行った。浜田兵はよく応戦したが、翌十三日早暁、まだ浜田兵が眠っている最中に砲弾が本陣に落下した。これに驚いた浜田兵は慌てふためき先を争うように下山、大麻山はあっけなく陥落した。

大麻山を占拠した精鋭部隊は小砲を山の中腹まで運んで、今度は大麻山の北麓、雲雀山に陣を張る福山・松江隊に向け砲撃を開始した。雲雀山の近くまで進軍していた長州軍本隊からも大砲が撃たれ、福山・松江隊は、十字砲火を浴びてこれまた下山し、周布川を渡って逃走してしまった。長州軍は幕府軍が『最後の防衛線』としていた地域を砲撃によってわずか二日で容易に突破してしまった。

さらに長州軍は攻撃の手を緩めず北上し、浜田から一里ほどの周布川南岸に迫った。これに対して幕府軍は駆け付けた鳥取隊を主力に、逃げ帰った浜田藩、松江藩、福山藩の兵を集め、周布川の北側に放列し迎え撃った。鳥取隊が持ち寄った大砲、銃を間断なく撃ちだして交戦し両軍のすさまじい砲

撃戦となった。一日目、二日目とほぼ互角に撃ち合っていたが、三日目になると幕府軍の弾が底を突き始め、一方長州軍の砲撃は一段と激しさを増し、戦局は徐々に長州軍に傾いていった。長州兵の一部が周布川を渡って幕府軍の武器を持ち去る事件も起きた。

しかも、「長州軍が海から長浜を攻めてくる」という噂が流れてきた。長浜というのは浜田のすぐ南の港である。長州軍が長浜に上陸すれば幕府軍は北と南から挟み撃ちになる。この噂で周布に本陣を構えていた紀州田辺藩兵は浮足立ち陣を引き払った。まさに「敵前逃亡」である。彼らは浜田領民の反感もあって浜田には入れず山道を伝って隣の天領である大森藩に逃げ込んだ。さらにその後、国元の紀州田辺に帰ってしまった。

弾が底をつき、味方の兵も逃げ去るなど周布川を守る幕府軍の士気は下がる一方なのに対し、長州軍の砲撃はますます激しさを増し、一里ほど離れた浜田城にも砲撃が響き渡った。

それはまるで浜田藩に『降伏』を促す脅しのように、人々の心を震え上がらせる凄まじさであった。

三章　城退却

「砲撃がこの浜田城まで響き渡っては、もはや殿に黙っているわけにも参りすまい」

河鰭の言葉に、尾関隼人は苦しそうに顔をゆがめて頷いた。

尾関ら重臣が「防衛線」と考えた戦線が次々に長州兵に突破されていく。砲撃のすさまじい響きに、尾関以下、浜田城に残った重臣たちは長州軍が目前に迫ったことを身をもって知った。

尾関は席を立って藩主の病床に向かった。河鰭もそれに従った。

「和戦の交渉を進めます。よろしいな」

河鰭は尾関の耳元でささやいた。尾関は黙ってうなずいた。もはや以前の時のような激しい抵抗は見せなかった。

藩主松平武聡はここ十日ほど高熱にうなされていた。手足のしびれは激痛を伴いとても立っていられない。本丸御殿から大手門近くの御殿に移され、夫人が付きっきりで看病していた。

尾関は武聡に長州軍が突如浜田領内に攻め入ってきたこと、幕府軍がこれをよく迎え撃ったものの敵兵の勢い凄まじく、防衛線はことごとく破られこの浜田城近くに迫ったことを手短に報告した。病床からどうにか半身を起こして聞いていた武聡の顔がみるみる変わった。

「藩の危急が迫っているのに藩主であるわしが病床に伏せってなどおられようか。すぐにわしを城中に移し、鎧を着せよ。家臣とともに華々しく戦って討死しないでは先祖に対して申し訳が立たぬ」

悲鳴にも似た叫びだった。今にも立ち上がろうとする武聡を尾関と河鰭が必死に抑えた。

(殿は城中に立てこもり長州軍と戦って討死するつもりだ)

河鰭は武聡の覚悟を見て取った。しかし、浜田藩を滅亡させてはならぬ。藩士千余人を死なせ、藩士の家族三千人を路頭に迷わせてはならぬ。どんな殿のお叱りを受けようとも和議を成立させねばならぬ。河鰭は強く意を決した。

藩主を本丸御殿に移した後、河鰭は豊太を呼んだ。

「わしは長州藩に和議を申し入れに参る。急ぎそちの長州藩の知り合いの者に伝え、わしを案内せよ。急げ」

豊太の反応は早かった。すぐさま彼は周布川の南側に陣を構える長州兵の中に知り合いの兵を見つけて河鰭の提案を伝えた。長州藩の反応も早かった。彼らの目的は上洛であり、浜田藩との戦をこれ以上続けて時間も兵士も弾薬も失いたくなかった。

翌七月十六日には浜田の南の郊外、吉地の大谷邸で休戦交渉が始まった。会談には浜田側は久松覚左衛門、長州側は杉孫七郎、滝弥太郎が臨んだ。和戦への両者の思惑が一致したのだ。これで停戦が実現するかに見えた。

しかし、長州側の出した二つの条件に浜田藩は激しく反発し交渉は一気に暗礁に乗り上げた。その条件とは、

一、城下にとどまっている福山兵など幕府軍は二十日までに浜田から引き上げること。
二、浜田藩がこれからどういう道（長州を支持するのか反対するのか）を歩まれるのか詳しくお知らせ願いたい。

この要求に対し二日後の十八日四つ半時（午前十一時）までに回答せよと迫ったのである。

一番目の条件は浜田藩を除けば幕府軍はもともと戦意はなかったので各藩はすぐに受け入れを表明したが、問題は二番目と、回答書の書式にあった。二番目ははっきりと長州藩に従うことを条件にしており、回答書には浜田藩主松平武聡の「花押」を求めていた。

「これは松平家の毛利家への従属を意味するものだ。和議どころではない。「降伏せよ」といっているも同然。断じて受け入れられるものではない」

久松覚左衛門からの報告を聞くや否や、尾関隼人は烈火のごとく怒鳴った。体は屈辱に震えていた。広間にいた重臣たちも「不遜なり長州藩！」、「百姓を集めただけの兵の軍門に下るなど武士の屈辱」「和議などこちらから破棄せよ！」と口々に叫んだ。その声は次第に「長州軍を黙って見過ごすことは断じて許さぬ」「この上は浜田藩だけでも長州軍と戦うべし」「城に立てこもり、全員討死してでも長州軍の進軍を止めて見せる」と徹底抗戦へと変わっていった。最後には尾関隼人の「ただちに城下の青口、二本松、大橋の各番所に兵を集め、守りを固めよ」との指示に、一斉に立ち上がって広間を足早に出ていった。藩論は決した。

「監物、聞いての通りだ。この条件ではわが浜田藩としては到底受け入れられぬ。殿もご同意であろう」

尾関隼人は河鰭に納得するように説いた。

「仕方がありません。藩論が交戦と決まった以上、何としても勝たねばなりません」

長州軍に勝つとはどういうことなのか、兵力で圧倒的に不利な浜田藩にとっての勝利とは。河鰭には具体的な策があったわけではなかった。ただ、一時は浜田藩滅亡を恐れた河鰭だが一縷の望みはあった。広島にいる幕府軍主力部隊である。城下を捨てても堅固なこの城に立て籠もり、なんとか十日ほど持ち堪えれば、彼ら援軍が来て局面を打開できるかもしれない。河鰭は豊太を広島へ援軍要請に走らせようと考えた。次には、城中にいる奥方様のことだ。

「いずれわが藩はこの城に籠城することになりましょう。我ら男は戦いが使命でござるが、女子供はそれにあらず。幸い海上にはまだ敵の姿も見えません。奥方様、お世継ぎ様には今のうちに退城願いましょう」

「わしもそう思っておった。すぐに奥方様のところへ参り、お願いいたそう」

二人が奥方に願い出ると、彼女は毅然と答えた。

「殿が藩士の方々と命を共にされるのが当然のことのように、妻である私は殿と生死を共にする覚悟です。ただ、幼いわが子熊若丸はいまだ二歳。我らとともに滅びるのは何としても不憫。乳母が抱いて出雲の国まで行けば何とかなるので、よろしく取り図り願いたい」

涙ながらもしっかりした口調で訴えた。

「お気持ちはごもっともでござる。しかし、乳母たちだけで熊若丸様を出雲まで送るのはいかにと心もとのうござる。ここはぜひとも奥方様ともども退城願います」

尾関が重ねて願った。

「これからはこの城が戦場になりまする。奥方様熊若丸様をはじめ女子供が城を出ていただければ、我ら一途に決戦に望み、心置きなく総力を挙げて戦い、城と運命を共にすることができます」

必死に訴えた。

だが、夫人は自分の主張を曲げようとはしなかった。それは頑固というより殿との深い愛情の絆の表れと見て取った尾関と河鰭は、これ以上は願い出ても無理と判断してその場を辞した。

「何としても奥方様には戦の前に退城してもらわねば、我らの役目が務まらぬ」

「殿からお願いしてもらいましょう」

「おう、それしかあるまい」

尾関はすぐにその足で病床の武聡を訪ね、夫人を説得するよう頼んだ。藩主松平武聡は二人の要請に頼りなく頷くと夫人に退城を強く促したが、夫人は『殿さまのそばは死んでも離れない』とかたくなに拒否したのである。武聡も夫人の心に打たれてそれ以上は話せなくなった。

浜田藩の籠城決戦を知った福山軍、松江軍、それに鳥取軍の幕府軍はすべて浜田を去って行った。孤立した城に兵が続々と入って行った。中には負傷者がかなりいた。それでも甲冑に身をまとい、槍や旗指物、銃を杖代わりにわが身を支えながら三の丸、二の丸へと登って行った。わずかに無傷の者は残った砲台を押し上げたり、弾薬武具、さらに食材などを城内に運んでいった。城内は喧騒と混乱でごった返していた。

兵の配備やら籠城支度に追われていた河鰭の耳に驚くべき知らせが飛び込んできたのは翌十七日朝のことだった。藩主松平武聡が夫人子供ともども城を去ったというのだ。

「なに殿が退城なされた!? して、いずこへ」

「用人生田精様ら殿のおそばに控えし者数人が図り、殿と奥方様、熊若丸様と御一緒に昨夜のうちに生田様ら数人の用人とともに城から舟で退城されました。

残った者の話によれば、奥方様、熊若丸様とともにまず出雲へ、そして殿の兄上様が藩主の鳥取藩へ向かうとのこと」

(なんということだ。奥方様と熊若丸様を退城させることは我ら尾関様とも承知の上だが、まさか殿までご一緒とは!)

「このこと、他のご家老たちはご存じか?」

「はい、生田様は尾関様、松倉様に相談して決めたと申しておりました」

寝耳に水とはこのことか。何も知らされていなかった河鰭は愕然として、その場に立ち尽くした。

とはいえ、冷静になって考えてみれば、我ら全員城を枕に討死の覚悟とはいえ重い病の殿を城の中に置いておくわけにもいかない。河鰭自身、いずれは殿を城外へ御移ししようと考えていたのだ。それを思うと、尾関様の判断も生田らの行動も決して非難すべきことではないだろう。

ただ、これは尾関様ら我ら重臣の思いだ。これから命がけで戦おうとする藩士にとって「主なき戦い」をどう思うであろう。「戦を前に大将が逃げた」と受け止められる可能性はある。兵は動揺し一気に戦意を喪失してしまうかもしれない。河鰭は戦わずして総崩れになることを恐れた。武士としてこれほど不名誉なことは無い。

「この話、一切口外はならぬぞ」

河鰭は知らせてきた者を厳しく諫めた。

だが、狭い城内である。「藩主退城」の事実は瞬く間に知れ渡たり動揺が走った。仕方なく河鰭は尾関ら重臣と相談し、本丸御殿に藩士幹部を集めて打ち明けた。

「これほど重要なことを重役お二人で決めるとは、何事でござる」

「我らは殿のおそばで討ち死にする覚悟。殿が御退城された今、我らに空城を守れとおっしゃるか」

激しい怒号が狭い広間に響き渡った。

「主なくしては我ら戦いません。速やかに長州藩に降伏すべきと存ずる」

と降伏論を唱える者もいたが
「いや、降伏など浜田藩の名折れ。将監様がおられなくても、浜田藩士の名にかけて全員討死するまで戦いましょう」

「我ら命は惜しゅうござらぬ。こうなれば、長州軍に切り込み、一人でも多く敵兵を倒して死にとうござる」

と多くの藩士が主戦論を唱えた。

「いや、将監様は出雲に退いたのだ。藩主にどこまでもついてまいるがわれら家臣の務めである。速やかに城を出て出雲に参ろう」

「我らの思い出深いものを残してはいけぬ。城や侍屋敷を焼き払ってまいろう」

「長州の百姓ごとき兵隊にこの城を踏みにじられるなどわが屈辱以外の何物でもない。焼き払い、何も残すな」

と退却を促すものもいて、まさに議論百出となった。明らかに藩士たちは混乱していた。このままでは、冷静な判断はできないと見た河鰭は横に座る尾関、松倉両家老のほうを見てから集まった藩士に向けていった。

「皆様に相談せず将監様の退城を決めたは我ら家老の落ち度でござる。その責任を取って我ら三人割腹してお詫び申し上げる。この後のことは皆様方で決められよ」

家老三人そろっての割腹と聞いて広間はいっぺんに静まり返った。やがて広間のあちこちから声が飛んだ。

「ご家老様皆が切腹されてはいったい誰が藩の再興をはかるのでしょうか」

「我等一同ご家老様の指示に従いますゆえ、どうか、切腹だけは留まりくだされ」

広間の空気が静まった。その機を逃さず、河鰭は二人の家老を促して広間を出た。

「私の独断であのようなことを申し上げました。あの場を抑えるためとはいえ勝手な振る舞い、お許しください」

深く頭を下げた河鰭に二人の家老が首を振った。

「なんの。我らは今度の戦の責任を取っていずれは腹を切らねばならぬ身。よくぞ言ってくださった」

「藩士の間にはいろいろ意見がありしばらくはまとまることは無いでしょう。その間に私はもう一度長州藩と交渉してみようと思います」

「はて、長州藩が受け入れる案でもおありか」

松倉丹波が不安そうに尋ねた。

「ありません。我らが実情を訴え、彼らに受け入れてもらうしかありませぬ」

「それでも拒否されたら」

尾関隼人が恐る恐る尋ねた。

河鰭はそれには答えず
「いずれにしても、わが浜田藩も浜田藩士もこれ以上失ってはなりません」

思いつめたように言うと、その場を去った。

豊太と共に十七日、再び長州軍の陣を訪れた河鰭は、藩主が重い病にあり、意識も薄いことから和議の条件である第二条の受け入れは事実上困難であることを訴え、停戦受け入れを迫った。長州側も浜田藩の実情から「藩主の花押」は無理と判断した。ただ彼らもこのままでは停戦には応じられない。河鰭は長州藩が領内を通過するのを我ら邪魔はせず、との案を出した。長州側はこれを「浜田藩は我らの軍門に下った」とすることで受け入れた。

両者の話し合いは決着を見た。河鰭は一刻も早く城内に戻るべく豊太とともに帰り道を急いだ。二人が城下に近づいた時だ。浜田城の上空に黒煙が上がっているのを見た。

「まさか、城内に火が!?」

胸の動悸が激しくなった。走る足がもつれそうになった。城下に近づいた河鰭ははっきりと城内が燃えているのを見た。火の手は大手門脇の御殿屋敷から上がっていた。

「何故だ」

長州藩とようやく停戦し浜田藩の存続が決まった矢先、城が燃えている。急ぎ本丸に駆け登った河鰭は本丸御殿を出てきた多数の藩士たちと出くわした。彼らは手に手に槍や鉄砲を持っている。長州軍との交戦の構えである。

事ここに至って和議の可能性が消えたことを悟った河鰭は毅然とした声を張り挙げた。

「交戦はならぬ！　断じて交戦はならぬ」

両手を広げた河鰭の一歩も退かぬ必死の形相に藩士たちはその場でたじろいだ。

「もどれ！　本丸御殿へ戻れ。只今より我らのとるべき行動をお伝え申す」

藩士たちはそのままの姿で本丸御殿広間に戻された。

「よく聞かれよ。我らはこれから城を退き出雲に参る」

広間にどよめきが起こった。

「静まれ！　長州勢とは戦わぬ。降伏もしない。藩士全員この城を出て殿を追って出雲に退く。これは藩の決定である」

すかさず兵の中から声が上がった。

「城を捨てて逃げるなど我ら武士の名折れでござる」

同調する声が相次いだ。

声のするほうに向かって河鰭は説いた。

「逃げるのではない。去るのだ。一時的な退去である。出雲まで退いた後、そこで体制を立て直し再び浜田に戻るのだ。ゆえに、逃げるのではない」

広間は静まった。

「藩の決定なら仕方がありません。時は一時を争いましょう。すぐに我ら出発しましょう」

藩士たちは立ち上がり出口に向かおうとした。それを河鰭が制した。

「はやるな。このまま急いではそれこそ敵から逃げたと笑われよう。粛々と全員退城するのだ。それに我等だけで出雲に行くのではない。家族も一緒だ。一族郎党全員が堂々と出雲に向かうのじゃ」

河鰭には長州藩は和戦を受け入れた以上、しばらくは攻めてこないという読みがあった。家族をまず先に出雲に向かわせ、そのあと我らは隊制を整え、粛々と出雲へ向かう。藩主がいなくなった今、藩士千余名だけでなく家族三千人の命を守ることに彼は腐心した。

藩士をいったん屋敷に帰らせ家族に伝えた。家族には一人につき七両が路銀として渡され家財はすべてそのままに身一つで出雲へ向かわせた。老人、女、子供たちは尾関、松倉両家老が率いる二隊に分かれて先に浜田を出た後、兵士たちは全員隊列を組み後を追った。河鰭ら残った藩兵らは侍屋敷に一斉に火を放った。

猛火に包まれる侍屋敷を見届けた河鰭は豊太を呼んだ。

「我らはこれから出雲に参る。そちはこの浜田に残れ」

有無を言わせぬ厳しい口調で言った。

「わたくしも御一緒に参ります。お供させてくだされ」

豊太が食い下がった。

「ならぬ。そなたは藩士ではない。共に行く必要はない。城下には多恵殿も、そなた達がようやく待ち望んだ赤子もおる。長州軍は領民には手を出さぬと言っている。おぬしはここ浜田に残り三人で仲良く暮らすのだ。これまでよく働いてくれた。そなたのお蔭でここまで来れた。礼を言う」

豊太に背を向けて城内に戻ろうとした河鰭に豊太が叫んだ。

「河鰭様、死んではなりませぬ！」

河鰭が驚いて振り返った。

「なにを言う。わしはこれから皆を追って出雲に参るのだ」

心の中を見透かされうろたえた。

「私にはわかります。藩兵すべて退去させた後、自害されるおつもりでしょう。河鰭様が殿（しんがり）を務められたのもそのためですね」

河鰭は答えずにじっと豊太の顔を睨むように見つめた。豊太が続けた。

「河鰭様は私を自分の分身とおっしゃってくれました。分身の私には河鰭様の御心がわかるのです。死んではなりません」

河鰭は死ぬつもりでいた。家臣を全員見送った後、すべての責任を取り腹を切るつもりだった。長州藩兵の侵攻を防げなかったこと、浜田城で藩主を守れなかったこと、城を捨て家臣家族四千余人を路頭に迷わせたこと、どれひとつをとっても、家老として自分の至らなさである。腹を切ってお詫びせねばならない。

「河鰭様はおっしゃいました。出雲に退いた後、必ずまた浜田に攻め返すと。浜田藩に河鰭様は無くてはならぬお人です。死んではなりません」

河鰭の顔がゆがんだ。

「生きて再び浜田に戻るまで、私は河鰭様のそばを離れません。私は河鰭様の分身なのです」

豊太は涙ながらに訴えた。

河鰭はしばらく目を伏せていたが、意を決したように豊太の顔を見ていった。

「分かった。ただし、おぬし一人じゃ。多恵殿、ご子息は浜田に残せ。浜田にいるほうが安全じゃ。出雲で落ちついたらそなたは浜田に戻って多恵殿と暮らせ。よいな」

「ありがとうございます」

豊太はほっとしたように微笑んだ。

二人は残った藩兵の後を急いで追った。


十七日の午後、まず藩士の家族三千余人が浜田を発った。長州軍が藩境を超えて浜田領内に侵入してからひと月あまり、浜田藩士家族は領地からすべて退去したのである。ちょうど三十年前、上州館林から浜田へ移動したように、今度は藩民全員が浜田から出雲へ移動するのだ。しかし三十年前は「移封」であり、浜田という「目的地」があった。今回は出雲に安住の地はない。

藩士千人を含め家臣四千人の果てしなき彷徨の旅が始まった。時に慶応二年（一八六六）の夏盛りの頃だった。

四章　出雲へ

浜田藩家臣の家族一行三千余人は「家財は一切持たず、将監様を追って今すぐ出雲へ参れ」との藩命に着の身着のままの格好でその日のうちに屋敷を出た。六十歳以上の老士や女子供の家族は二分され、尾関隊、松倉隊に分かれて、山陰道を北東に向かって歩き出した。

その後を河鰭監物が殿を務める藩兵千人余りが続いた。先頭から末尾まで半里にもわたる大移動であった。出雲まで距離にして約二十里、道は平坦で比較的歩きやすいが、一行の半分以上が女子供、それに老人では足取りも遅く、急いでも日数にして五日ほどの道のりになる。

出発した日はあいにく午後から大雨だった。風も強くなり、嵐の中をずぶ濡れになりながらも身を寄せ合って一行は黙々と歩き続けた。背後から迫る長州兵の影に追われるように先を急いだ。しかし、激しい風雨に身も心も震え思うようには進めない。お金は支給されていたが途中商家でものを購入する者もなく、と言って食べ物を持参した者もいない。腹が空いたのか泣き出す赤ん坊の声が一行の足取りを一層重くした。三千人は一睡もせず歩き続け、明け方ようやく浜田領を脱出した。翌日は午後になって風は治まったが、相変わらず降りしきる雨が彼らの心を一層冷たくした。出雲へは浜田領内だけでなく石見銀山を有する幕府直轄地である大森代官領を通過していかなければならない。先頭隊の尾関隼人は大森代官所の代官・鍋田成憲に通行の許可を求めたが、驚いたのは鍋田だ。浜田藩四千人の退却する隊列を見て慌てた。まさか浜田藩家臣全員が浜田領を捨てて退却してくるとは思いもよらなかったのだ。

尾関から長州軍の猛烈な侵攻を聞いて青くなった。浜田の次はこの大森に明日にも攻めてくるに違いない。とても百人程度の役人では守り切れるものではない。同じ幕府軍の一員として浜田藩に同情し通行を認めると同時に、彼自身も長州軍の侵入に怖れをなし二日後の二十日、家来を連れて倉敷に引き上げてしまった。

大森領宅間村には以前借財で世話になった藤間茂平太の家がある。黙って通るわけにはいかない。豊太は藤間家を訪ねご無沙汰の非礼をわびるとともに今回の浜田藩の出雲への移動の話を打ち明けた。じっと聞いていた茂平太は「皆様、それでは今宵の食事にもお困りでしょう。今宵はこの村でお過ごしくださ い。我等一同支度いたしましょう」と言ってくれた。彼はすぐに庄屋連中を集めて話をつけると、夜には村を挙げての夕餉が用意されたのである。

浜田藩一行は村内の各農家に分散しもてなしを受けた。村の人々は彼らの姿を見て驚いた。頭から水を浴びたように全身ずぶ濡れ、着物の裾は泥にまみれ、どの顔も血の気を失ったまるで蝋人形のような表情だった。無理もない。彼らは浜田を出た十七日の午後から休む間もなく、一昼夜、一睡もせずに歩き続け、ろくに食事らしい食事をしていない。出された食事に誰も話を交わすものはなく、ひたすら食事をむさぼった。

だが、村人を驚かせたのは彼らの姿だけではなかった。疲労困憊しているにもかかわらず誰も毅然とした態度を崩していなかったことだ。武士たちは当然のことながら、女子供まで礼儀正しく武士の家族としての礼節を保っていたことだ。村人がその中のある武士の妻にいたわりの声をかけた。

「ありがとうございます。ご迷惑をおかけしますが、われらはすぐに浜田に戻りますゆえ」

と気丈に答えたという。

この日一行は宅間村でようやく寝床のある一夜を過ごした。

翌日、松江藩領に入っても一行はひたすら歩み続けた。後ろから追いかけてくる長州軍の影におびえ、一方で行く手に待ち構える不安にさいなまれながら、彼らは黙々と歩んだ。一行の中には乳飲み子や幼い子供を抱えた家族もいた。体の不自由な老人もいた。豊太はそんな老人を背負って歩いた。昨夜は農家に一泊したとはいえ、三日目となるとさすがに歩き疲れがたまり、女、老人の歩みが遅くなり、列に乱れが生じてきた。

城を退却した藩主を追っての出雲行きである。いくら藩から「あくまで一時的な退却。やがて浜田に戻る」と聞かされていても、一行の心の中に「逃げる」口惜しさ、後ろめたさは隠し切れない。加えて負傷した兵を抱えながらの行軍はどうしても足取りが重くなるのは仕方がないことだろう。河鰭監物は兵士一行に「頭を挙げよ。まっすぐ前を向いて歩め」と度々叱咤激励したが、歩みが早くなることは無かった。

それでも一行が歩みを止めないのはこの先の期待というより徳川一族につながる松平家という誇りと意地なのかもしれない。ただ、そんな彼らの行進を見送る沿道の人たちには「落ちのびていく敗残兵たち」の姿に見えたに違いない。人々の表情には「憐れみ」と「同情」の複雑な思いが交差していた。

先を行く尾関隊が松江藩に届け出を出し領内を通る許可は得たものの、準備もなく浜田を飛び出してきたから、この日も宿泊地は決まっていない。女子供らの家族は分散して何とか農家に宿をかりたが、藩士らは野宿となった。

十七日午後に浜田を出た一行は五日後の二十一日夕方、すでに藩主松平武聰一行が先着していた出雲・杵築に倒れ込むようにたどり着いた。

その松平武聰の足取りのことである。話を少し前に戻す。

十六日深夜、用人たちに導かれて浜田城を脱出した松平武聰は、生田精に背負われて亀山の急な坂道を降りて海岸まで来ると、すでに先に城を出た夫人、熊若丸らと合流し事前に用意された小舟に乗った。洋上に出ると午後になって雨が降り出した。風も出てきて、一行を載せた小舟は波間に大きく揺れた。船頭は必死に櫓を漕いだが船は思うように進まない。

船酔いに伏せるものも多く、皆途方に暮れだした。武聰は「辱めを遺して生きながらえるより、私をこのまま海に投げよ」と迫ったが、生田が必死になってとどめた。ようやく浜田から一里先の和木浦にたどり着いたが、すでに船頭たちは疲れ切り、これ以上は先に進めなくなってしまった。このままでは漂流も避けられない。その時だ。

「沖に大きな船が見えます。長州軍の船ではありませぬか！」

誰かが叫んだ。

皆が一斉に沖合を見つめると、確かに一隻の蒸気船がこちらに向かってくる。「もはやこれまで」

と覚悟したが、用人の一人が小舟を出し、偵察から戻ってくると喜色満面に「助かりました！　御味方の船でござった」と叫んだ。聞けば隣の藩の松江藩の船で、残兵を乗せて浜田より松江に帰る船だった。船の将小田要は事情を聴いて一行を快く引き受け船に救助した。

小田要はこのとき武聡と夫人の格好を見て驚き哀れに思った。武聡は白い寝間着姿が雨と泥で汚れ黒く染まり、夫人をはじめ女性たちは目につく飾りはなく、粗末な着物姿を海水にさらしていた。初夏とはいえ海上は寒い。青ざめた唇を震わせ、顔からは全く生気を失っていた。「これが六万石の藩主の姿か」と思うと涙を禁じ得なかった。

だが、一行にとって「九死に一生」とはこのことだろう。もし、このまま海で漂流していれば、「主を追って退却する家臣四千人」もまさに地上で漂流することになったのだ。一行を乗せた蒸気船はその日のうちに、杵築港（現・大社港）に到着した。小田要は直ちに輿を準備し町屋の藤間勘左衛門の屋敷に藩主夫妻を案内した。藤間家では風呂を沸かし食事を用意してもてなした。松江藩は侍医も届け、武聡に薬などを与えた。

藤間家で数日過ごした武聡一行は、二十三日朝、さらに松江に向かう。鳥取に向かうためだ。鳥取藩の藩主池田慶徳（よしのり）は水戸藩主・徳川斉昭の五男で武聡の異母兄になる。同じ兄弟には一五代将軍になる一橋慶喜がいる。松江藩主・松平定安は一行を快く迎えてくれたが、やはり兄弟という肉親のいる鳥取で病を癒すのが一番良いと判断したのだろう。

松江に着いて休息しているとき、尾関隼人の第一陣が合流してきた。

尾関はすぐさま病床の武聡に拝謁した。

「ご無事で何よりでございました。再び御尊顔を拝し恐悦至極でございます。殿さまには大変なご苦労をかけ家臣一同お詫びの申し上げようもございません」

尾関は畳に伏してお詫びを言った。

「なにを言う。わしこそそなた達を置いて城を抜け出すなど藩主にあるまじき行為だ。生田にそそのかされたとはいえ、わしは浜田城で討ち死にする覚悟であった」

無念そうに唇をかんだ。

「殿、それは違います。殿はご病気、戦える体にはありません。まずは御兄様のいる鳥取に行かれ養生され、お元気を取り戻してから浜田に戻るのです。我等一同御伴仕ります」

尾関は励まして言ったが、武聡の反応は鈍く、

「はて、その時はいつになることやら」

他人事のように頼りなく答えるのみであった。

尾関は武聡の病以上の心の窶(やつれ)ぶりに、重い鉛を呑み込んだような暗い気持ちになった。

(殿をいただいて浜田に反攻するまでには相当時間がかかるだろう)

しかし、このまま藩主の回復を待つわけにはいかない。今我々がいる松江は他藩の土地なのだ。さらにこれからは家臣四千人がやってくる。この大人数をいつまでも他藩のお世話になるわけにはいかない。尾関は決断した。

松江には後続の松倉隊、殿の河鰭隊ら続々と到着してきた。尾関はすぐに両家老を呼ぶと武聡の病状を話し自身の考えを打ち明けた。

「殿の病は相当重い。殿には鳥取でじっくり養生してもらわねばなるまい。しかし、浜田をいつまでも長州藩に侵略されたままにするわけにはいかぬ。我ら藩士だけで浜田を奪還するのだ」

尾関の悲壮な覚悟に両家老とも強く頷いた。

「ついては家族のことである」

両家老とも最も気になる言葉だった。

「このまま松江にとどめておくわけにはいかぬ」

「と言って、我らと一緒に戻ることは無理でござろう。どこに移しますか？」

松倉が心配そうに尋ねた。

「美作の国じゃ。あそこには浜田転封時に公儀からいただいたわが藩の飛び地がござる。そこに移す。我らが浜田を長州軍から奪い返したのち戻す」

「なるほど。良き案でござる。我等も後顧の憂い無く長州軍と戦えましょう」

松倉がほっとしたように息を吐いた。

「尾関様、お待ちください。美作は確かにわが領ながら遠すぎます。家臣たちは着の身着のままでやっと松江にたどり着いたのです。それなのにまた浜田から松江までの道のりよりも遠いところへ行けというのは酷い話かと」

河鰭が異議を唱えた。

「では、どうすればよい。まさか彼らを連れて浜田を攻めよとでも」

尾関はむっとして言った。

「彼らを連れては参りませぬ。藩主がいない以上、直ちに公儀に我らの実情を話し援軍を送ってもらい、彼らとともに浜田を奪い返すのです。それまでの間は家族が松江にとどまることを松平定安様にお許し願いましょう」

「出雲守様が三千余人もの他藩の家族の長い滞在をお許しになるだろうか」

「ですから反攻を急ぐのです。日にちが経てば経つほど我らの意気は下がります。それに他藩の人も『浜田藩に反攻の意思なし。やはり彼らは逃げたのだ』と罵られましょう」

浜田藩士にとって「逃げた」は最大の恥辱である。

「私はこれからすぐに大坂に参ります。公儀にすがって懇願し援軍を要請します」

反攻と言っても浜田藩士だけで果たして浜田を奪還できるか心もとないのも事実だ。尾関も河鰭の提案に頷くしかない。

「分かった。わしは出雲守様にお願いしてみよう。何としても我らは浜田を取り戻すのだ。それまでは家族の滞在をお許し願うが、そう長くはできぬ。せいぜい半月が限度ぞ」

尾関の言葉に松倉も続けた。

「わしは藩兵たちに反攻の準備をさせよう」

三人それぞれの役割を決めると席を立った。別れ際、尾関が河鰭に向かっていった。

「いずれにせよ。すべてはそなたにかかっておる。頼むぞ」

河鰭はその日のうちに早馬に乗り出雲街道を南東へ。新見から新見往還を通り倉敷、岡山へ経て山陽道を東へ、二日後の夕刻には大坂・浜田藩屋敷に着いた。だが、その大坂屋敷で河鰭は思わぬ事実を知る。十四代将軍徳川家茂の死去である。

家茂はまだ若干二十一歳。諸藩の反対を押し切って第二次長州征伐に踏み切った彼の死去により、幕府の混乱は極に達していた。次期将軍の擁立、西国雄藩との対応、さらに公武合体論を進めていた天皇との関係など、幕府が抱える難題が一気に噴き出した。とても西国の小藩の話に耳を傾ける幕閣はいなかった。それでも河鰭は老中をはじめ大坂に居る要人に会い浜田藩の実情を話し浜田反攻への援軍を必死になって要請した。

だが、幕府の思惑は河鰭の要請とは逆に動いていた。第二次長州攻めは全くの失敗に終わっていた。石州口だけでなく幕府軍は全面的に敗北した。にもかかわらず幕府は終結宣言をしなかった。それが主導者である家茂の死により幕府は長州征伐をいかに収拾させるかに腐心していた。幕府には浜田藩に援軍を送って長州藩と戦う気など毛頭なかったのである。

河鰭から援軍の知らせが届かないまま半月が過ぎた。

「これ以上家臣を松江藩のお世話になるわけにはいかぬ」

しびれを切らした尾関隼人は松倉と相談し河鰭にも連絡して、家臣の家族三千余人を美作の久米村に移すことを決めた。家族は八月から随時美作へ出発していった。

河鰭が大坂で援軍要請に奔走していたある日、京都にいた一橋慶喜から「会いたい」という知らせが入った。一橋慶喜は浜田藩主松平武聡の兄に当たり、次期将軍の呼び声高い人だけに、河鰭らは喜び勇んで京都に向かった。

しかし、道中淀川筋の大洪水のために足を取られ上洛が遅れてしまった。京都に着いてからも一橋慶喜は内外の公務に追われ一日延ばしにのばされ、いつ会えるものやら見当がつかなかった。仕方なく諦めた河鰭は京都守護職、会津藩主松平容保、老中板倉勝静に面会を求め窮状を訴えたが、どちらも同情こそすれ援軍要請には応えてくれなかった。

途方に暮れていた河鰭に追い討ちをかける知らせが入った。松平武聡を保護してくれていた松江藩が幕府に断りも入れず、藩境に迫った長州藩と単独で講和してしまったのだ。長州藩と松江藩に挟まれた松平武聡ら浜田藩は完全に宙に浮いてしまった。浜田藩士たちもこのままいつまでも松江にとどまっているわけにはいかなくなった。

と言って、幕府の援軍のめどは全く立っていない。河鰭の焦りが募った。こうなればわが浜田藩士だけでも浜田を取り戻すしかない。だが、果たしてわが浜田藩士だけで、敵の強力な軍団を追い払うことができようか。いや、たとえ負けることが分かっていても領地を奪われてそのまま黙ってみているわけにはいかない。それでは「浜田藩は戦わずして逃げた」というそしりを受けよう。武士として最大の恥辱である。河鰭は決断した。急ぎ松江に戻ることにした。その道中、河鰭は一通の手紙を受け取った。

「我ら浜田藩有志は浜田領奪還のため兵を起こすことになりました。ついては監物様に先頭に立っていただきたい」

その後には百三十人ばかりの連名が書き記されていた。どの名前の文字も決死の覚悟と熱い思いでみなぎっていた。河鰭は胸が熱くなった。百三十名の少数で長州軍に勝てるはずがないことは誰も承知だ。それでも一矢報いるために戻る、武士の誇りと意地なのだ。河鰭の足が速くなった。

松江に戻った河鰭は尾関、松倉両家老から呼び出しを受けた。

「監物殿、おぬしは藩士たちを連れて浜田領奪還に兵をあげるそうな。ならぬぞ」

尾関隼人は河鰭を前にいきなり厳しく叱責した。

「もはや公儀の援軍は当てにできませぬ。こうなれば、我ら浜田藩士だけでも浜田を長州藩から取り戻すしかありません。たとえそれがならなくても、武士としての意地を示さなければなりませぬ」

河鰭の話を黙って聞いていた尾関が驚愕すべき言葉を放った。

「公儀はすでに長州藩と和議を結んだ。戦はならぬ」

公儀と長州藩が和議!? 信じられない。自分が大坂、京都にいるときはそんな話は少しも聞かなかった。

「なんと! それはいつのことでござる」

「江戸からの知らせによれば九月初めとか。広島で幕府側からは勝海舟殿、長州側からは井上馨殿が立ち会われて和議が結ばれた。我々もつい最近知らされたのだ」

(九月初めと言えば、大坂で援軍要請に奔走していたころだ。幕閣の要人たちの反応が鈍かったのはそのためか。ならばなぜ話してくれなかった。それを知らずに頭を下げ続けていた自分は何と滑稽な姿だったろう)

河鰭は驚きと同時に怒りが込み上げてきた。

(勅命で始めた戦ではなかったか。我らは公儀の命令で長州藩と戦ったのだ。それが我らの知らぬところで和議を結んでいたとは。我々のことなど公儀は何も考えていないのだ)

河鰭は小藩のみじめさを痛感した。

時代は急激に流れ始めていた。しかし、西国の小藩には中央の情報は全く入ってこない。ただただ流れに翻弄されるだけなのだ。河鰭は自分たちではどうしようもない時代の流れを感じていた。急激な流れに浜田藩が押し流されてしまう恐怖におびえた。

「われら浜田藩はどうなりましょう」

「わからぬ」

尾関もまた不安にさいなまれていた。

「しかし、このままそなたたちが藩主をいだかずに兵を出せば、それは私闘となろう」

「ではどうすれば浜田へ帰れます」

尾関は腕を組んで少しだけ考えてから言った。

「長州藩に浜田領の返還を公儀にお願いしなければならぬ」

自ら奪還することが出来なければ、幕府に頼みこむしかない。

「果たして長州藩は浜田領を返すでしょうか」

松倉丹波が不安げに訊いた。

「分からぬ。しかし、わが藩のとるべき道はそれしかない」

(どこまでも公儀頼みなのだ。しかし、今の公儀にそのような権威も力もあるのだろうか)

河鰭は疑問を持たざるを得なかった。

実際、この後、幕府は浜田藩の要請を受け長州藩に浜田領の返還を求めた。しかし長州藩は「我等も多数の死傷者を出して勝ち取った領地である。返すわけにはいかない」と突っぱねた。この返答に幕府はそれ以上交渉をしなかった。どこまで幕府は本気で要求したのかわからない。

「やはり、公儀にお願いしても埒は空かない。このうえは、われらだけで戦をするまで」

若手藩士中心に藩論は「戦による浜田奪還」に傾いた。病が治癒してきた藩主松平武聡が「今度こそわしが先頭に立ち浜田奪還のため戦おう」と宣言したことも藩士たちを勇気づけた。松江町内七つの寺に分散していた藩士たちは武具の準備をするなど活気づいてきた。


慶応三年（一八六七）の年が明けて間もないころ、京都から用人久松覚右衛門が帰ってきた。浜田領奪還の出兵許可を幕府に申請していた、その返事を持って帰ってきたのだ。

尾関ら家老をはじめ居並ぶ家臣を前に久松は「幕府の示達は次の通りでござる」と言って懐から書状を出し、神妙な面持ちで読み上げた。

「『前年十二月二十五日、孝明天皇がお隠れになり、天下は喪に服さねばならない。これにより勅命で戦は一切禁止されている。よって、浜田藩の出兵要請に許可は与えられない。若者の血気にはやった暴挙が起きないよう、厳重に取り締まるべし』とのことでござる」

聞いていた一同は唖然となった。将軍家茂に続いて孝明天皇の突然の死。時代が浜田藩の希望を次々と奪っていく。浜田藩に残されていた「帰還」の最後の糸が切れたのだ。もう、浜田を取り戻す手立てはすべて無くなった。我らの浜田藩は消滅したのだ。浜田藩士千人はこの松江で立ち往生してしまった。

「天は我等を見捨てたか！」

誰かが叫んだ。誰もが同じ思いだった。行き場のない憤りと悔しさ。そして無念さ。帰るべき故郷が消滅した彼らはただただ茫然となっていた。

「一体これから我らはどうなるのか」

藩が消滅するということは、自分たちの存在も世の中から消えてなくなることを意味する。自分たちが立っている地面が音を立てて崩れ去っていく。先行きの不安は恐怖に変わった。誰も言葉を発するものもなく皆頭を垂れていた。広間の端端から無念のすすり泣きが聞こえた。

「我らに残された道はただ一つ。一同そろって作州美作のわが浜田領へ参るのだ」

尾関がその場の重苦しい空気を払うように大声で叫んだ。誰も応える声はなく、と言って反対する声も出なかった。これ以上松江に留まることは松江藩への恩義や滞在費用の面からもできない。誰もが美作へ行くこと以外に道がないことを知っていた。それでも素直に認めたくない気持ちが部屋を支配していた。

「美作の飛び地はわずか八千石と聞いています。我ら全員が行っても生きていけましょうや」

家臣の一人が心細そうに尋ねた。家族三千人はすでに久米村にいる。

「耐えるのじゃ。我慢していればいつか時節は来よう。その時は皆で浜田へ帰るのだ。美作に行っても浜田に戻ることをあきらめるわけではない」

河鰭が皆を励ました。河鰭自身その時期がいつ来るのか来ないのか全く分からなかったが、今はこの沈殿した部屋の空気を払うことが第一だった。美作への移動が決まった。

尾関ら家老三人は美作に移る前に、松江にいる藩主松平武聡のもとを訪ねた。今回の藩士の美作行きに武聡は同行せず、兄の鳥取藩主池田慶徳の元で病気治療することになっていた。武聡は旅の疲れは癒えたものの、脚気の症状は変わらず、まだ病の床にあった。

「そうか。美作へ参るのか。わしの不甲斐なさから浜田を捨て家臣を路頭に迷わせることになってしまった。この病さえなければ。無念である。わが身が恨めしい」

家老たちの別れの挨拶を武聡は悲痛な思いで聞いていた。

「しばしのお別れでございます。我らは一足先に参りますが、一日も早くお体を治癒されまして、美作で殿や奥方様をお迎えする日を待っております」

尾関ら家老たちはその日が遠くないことを願った。藩主以下藩士全員が揃い美作で新たなスタートを切る日が来ることを信じて、三人は部屋を辞した。

彼らが松江藩主松平定安に長期滞留の礼を告げた数日後、慶応三年（一八六七）二月末浜田藩士千人は松江を出発していった。

今度は美作の久米北条郡の領地まで距離にして三十里を歩かなければならない。山陰道は平たんな道だったが、出雲道は曲がりくねった山間が多く、久米までは七日ほどかかる。季節は極寒の二月。

浜田から松江に、松江から美作久米に、浜田藩家臣の長い漂流は続く。

五章　鶴田藩

話は半年前に遡る。

慶応二年（一八六六）夏、松江退去を命じられた浜田藩家族三千余人はそれぞれ数家族まとまって、美作久米村を目指して毎日のように松江を出発していった。半月ほど前、着の身着のままで浜田領を脱出した時とは違い、今回は距離は遠いものの事前に行程や泊まる宿も準備しての出立である。「なあに（浜田から久米村という）領地内の移動に過ぎない」と気やすく言うものまでいた。だが、それは『浜田藩は領地を捨てて逃げた』という世間からの汚名を打ち消すための表現であろう。

大朏豊太は先頭の五十四人ほどの家族団の中にいた。

松江を出るとき河鰭から言い渡されていた。

「何としても全員無事で美作まで移らねばならない。道中には食事や宿の手配もある。そちがほかの者と一緒になって先乗りを務め宿などを確保せよ」

武士が百姓に頼んでも怖がられる。豊太のような百姓が頼んだほうが話が進みやすいという河鰭の判断だった。

松江を朝に出て曇り空のもと左手に中海を望みながら夕方には米子に着いた。出雲街道もこの辺りの道は平たんで歩きやすくこの日は五里以上歩いた、誰も疲れた顔は見せなかったが表情は堅い。二日目は曇り空が続く。しばらく田畑の中を南へ歩いた後、左手に伯耆大山が迫る中、山間部に入った。その日は豊太らの先乗りの案内で「根雨」で一泊。家族一行は分散して民家に宿を借りて一夜を過ごした。

出発前、尾関ら重臣たちは家族に「道中、地元の方々にご迷惑をかけるようなことがあってはならぬ。また宿では飲酒などは一切ご法度である。松平家臣として恥かしくない行動をとるように」と厳しく申し渡していた。だから、家族は出された食事を済ませると早々と床に就いた。

翌朝は雨の中の出発となった。黒く染まった鈍色の雲が低く垂れこめる空の下、一団はいよいよ深い山峡に入った。両脇から山が迫る間を川に沿って歩く。道は比較的平坦だが、滑って歩みも遅くなる。

豊太は米子を出たあたりから何やら歩きがぎこちない女性の一団が気になっていた。その一団に沿ってしばらくともに歩きながら彼女らを見つめていた。

ふと気が付いた。先ほどから女たちの歩き方が変なのだ。いずれも少し足を引きずっている。最初は、疲れから来ているのかと思ったが、それにしては顔の表情はしっかりしている。すると妙なことに気が付いた。草鞋（わらじ）である。彼女たちは鼻緒の部分を足首のほうに向け、前後さかさまに草鞋を履いて歩いていた。足の甲にひもを巻き付けているから歩くことはできたが、いかにもぎごちない。

「なぜ、草鞋を前後逆に履いておられるのですか？」

豊太が一団に不思議そうに尋ねた。

女たちの中の年長とみられる女が言った。

「我らは浜田から逃げているのではない。やがて浜田に戻る。今は「後ずさり」しているのです」

だから草鞋を前後逆にして履いて歩いているというのだ。

豊太は胸が熱くなった。女といえど浜田藩士の妻としての凄まじいまでの誇りと意地を見せつけられた気がした。

「浜田を思うお気持ち十分にわかりました。その歩きでは体に負担がかかりましょう。どうぞ草鞋をもとにお履き替え下され」

彼女たちは少しずつ列から遅れていた。

「かまうてくれますな。これが私たちの思いなのです。決して皆様にご迷惑はかけません。這ってでも美作に参ります」

女たちの気迫に押され、豊太はそれ以上言えなくなった。

本来なら一日五里近くは歩けた。しかし山々が空を覆う山峡では陽が隠れる時間も早い。一行は老人・女の移動である。山賊に襲われる危険もあった。離れ離れにならないようにまとまって歩くため移動は末尾に合わせることになり、どうしても進むのが遅くなる。せいぜい一日四里しか歩けない。

豊太はこれらの事情に合わせて宿を手配した。四日目の宿は「新庄」を予定していたが、唯一の難所、四十曲峠越えを控え手前の集落での宿泊となった。

「明日の四十曲峠を越えれば新庄までは下り坂。明日がまさに旅の峠になりましょう」

農家の主人が励ましてくれた。四日目は雨も小降りになり、一行五十四人は十数人の隊列を組みながら緩やかな山道を登って行った。

「三十年前の和田峠に比べればたやすいこと」

豊太と並んで登っていた老士が誇らしげに話しかけてきた。老士の話によれば丁度三十年前、松平家が上州館林から石見浜田に転封の際は大坂まで中山道を通ってきた。途中の碓氷峠、和田峠の険しい峠を越えなければならなかった。

「中山道にはいくつもの険しい峠がござった。日数もひと月余り。本当に難渋した。此度はせいぜい七日余り。ただ、これから行く久米村は山間の村とか。われら三千人が住める場所があるのだろうか」

老士は道中よりも先行きの生活の不安を口にした。

豊太も同じ気持ちだった。久米村の浜田領は約八千石、浜田藩の石高六万一千石の八分の一にすぎない。浜田藩家臣の人数は四千人余りと変わっていない。とても賄いきれない。尾関様たち藩の重臣の皆様は「我慢せよ」とのお言葉だが、いつまで我慢しなければならないのだろう。不安と恐怖が彼の胸をよぎった。

だが、今は一団全員を久米村に無事に届けることが自分に与えられた使命なのだ。豊太は家族たちを励ましたり、荷物を持ったり、時には女子供を背負いながら山道を登って行った。

心配した四十曲峠も脱落者も出さずに無事に越えることができた。道は穏やかな下り坂になった。雨は小降りになった。心なしか空が明るくなったような気がした。午後二時には宿泊地「新庄」に着いた。予定より早く着いたことから豊太はほかの者に宿の手配を頼むと、自身は次の宿泊地「勝山」まで行くことを決めた。勝山から先の予定に不安があったからだ。勝山から美作の久米まで道は二手に分かれる。どちらの道を選ぶか、この先、果たして五十人余りを収容できる村落があるかどうか。

その点を事前に調べておきたい。走って行けば夜には勝山に着けるはずだ。

一人の身軽さもあって緩やかな下り坂を駆け抜け夜半になる前に勝山にたどり着くことが出来た。人に聞いて村の庄屋の家を訪ねた。

「すでに久米村の庄屋様より話は聞いております。勝山に来られたら十分に皆様をおもてなしし何事も粗相のないようにと頼まれております」

人の良さそうな胡麻塩頭の老人が豊太を迎えた。「根雨」のときも「新庄」の時もそうだが、事前に藩から話が通っていたせいか、どこの宿泊地でも浜田藩に同情し、温かく迎えてくれたことはほんとうにありがたかった。

明日の泊りの件を改めてお願いするとともにその先の宿を尋ねた。

「この先出雲街道には美作まで皆様が全員泊れるような村はございません。二隊に分かれて出発の日にちをずらすか、道をわかれて行かれるがよろしかろう」

老人は顔を少ししかめて忠告した。

やはり、全員一緒の移動は無理か。日にちをずらす手もあるが、少しでも早く全員そろって久米村に着きたい。ならばこの勝山から分かれてそれぞれ別の道を行くことになる。それしかない。あくる日の夕方、一団が勝山に着くや、同じ先乗りの藩士友部清治に相談した。

友部は各家族と話し合った結果、やはり勝山から二つに分かれて久米村を目指すことになった。女子供が多い組が出雲街道を旭川に沿って東へ進み「追分」で泊まった後津山へ。残り数十人は南に進路を取り「落合」で一泊。翌日は追分を通って津山で合流して久米村へ向かう。南回りのほうが走行距離は長いが、男たちが多いだけに歩みが速い。

勝山を朝出るときから空は高く明るくなった。山の木々も青々としていて旅の終着も近い。家族たちの顔にも安堵と笑顔が戻ってきた。

しばらくして道は東と南に分かれた。豊太は先頭集団にあって出雲街道を東へ進んでいった。引き続きほかの者と一緒に先乗りを務めた。「追分」では久米村の人々が迎えに来ていた。「追分」はもう美作の国である。先乗りの役目も終わりである。

追分に着いた豊太は出迎えに来た久米村の人々にあった途端これまでの疲れが一気に出て倒れ込んでしまった。彼だけではない。家族の中には何人も倒れるものが出た。山谷行の厳しさを物語る。「追分」で一夜を過ごした豊太たちは、津山で後続と合流した後、夕刻には浜田藩の飛び地領である「久米北条村」にようやくたどり着いた。山陰の山々を超えて三十里余り、七日間の道のりだった。

久米村にたどり着いた彼らは、すぐにでもこれからの住まいを決めなければならなかった。と言って、彼らに自分たちの住まいはない。当面は、農家に寄寓するしかない。

「皆様には村に分散して農家にお住い願います」

久米北上村の庄屋彦根惣五郎が家族に説明すると同時に農家を割り当てた。家族ごとに四～六人ずつが十二の農家に住み込むことになった。豊太は庄屋と家族の間に立ってこれからの家族の生活の決まり事などを説明していた。農家では浜田藩の家族は奥の間に居住することになり、農家の家族は隅のほうに寝泊まりする。食事など身の回りの世話も農家が行った。

豊太らの第一陣に続いて、翌日から次々に家族が到着してきた。多い日には百人を超える集団がやってきた。総勢三千人を超える家族の移動が完了したのは、約一か月後の九月十日のことだった。彼らはそのまま領内二十七カ村の農家七百余戸に分散された。

藩士家族と農民との一つ屋根の下での共同生活が始まったが混乱が続いた。浜田藩が拝領した飛び地「久米北条村をはじめとする二十七か村」は江戸時代初め津山藩主森忠敬の領地だったがその後幕府直轄領となった後、甲府宰相松平綱豊の飛び地領となった。彼が将軍になった後は出羽上山藩、森藩、播磨竜野藩、小田原藩と次々に領主が変わり、いずれも飛び地領であったことから、領民と藩主との接触はほとんど無いまま百年以上が経っていた。

そこへいきなり三千人余の武家集団がやってきて、しかも農家に住み込んだのである。武士と百姓とでは日常の生活の仕方も違い、そもそも武士言葉と百姓言葉は違うので意思疎通もままならない。家族たちは当初農家にお金を渡していたが、共同生活が長くなるにつけて資金も底を突き、百姓たちにとっては経済的負担もかさんでくる。

家族にしてもそれまでの武家屋敷と違う住まいや生活ぶりに戸惑いや不便を感じたり、資金がなくなるとともに百姓に気兼ねもするようになった。百姓上がりの下士である豊太には家族、百姓両方からの相談が持ち掛けられたが、彼にしてもどうにもならずただただどちらにも「ご辛抱願います」と繰り返すだけだった。

武家の家族も百姓も共同生活が限界にきた半年後の翌年の二月、今度は松江から藩士千人が久米村にやってきた。孝明天皇の崩御により浜田反攻の道を閉ざされた武士たちは鎧姿そのもので峠を越えてきた。浜田奪還断念の悔しさと極寒の山道を歩んできた疲労とで誰もが憔悴しきっていた。だが、休息をとる間もなく、藩士はそれぞれの家族が住む農家へと散って行った。

豊太が河鰭監物と再会したのは、藩士たちがそれぞれの農家に落ち着いたころだった。

「此度の家臣の移動ではよく皆無事で引き越すことが出来た。周辺の村々にもご迷惑をかけずに済んだ。これもそなたたちの尽力のたまものである。礼を言う」

河鰭は家族の移動に当たって道中の村々で騒動が起こることを最も心配していた。総勢三千人にも上る見知らぬ人間が村を通り、宿をとるのである。村の人は初めてのことであり、困惑し不安に襲われたであろう。こんな時は些細なことで騒動になる。

「道中の村々では皆さま我らに同情的で温かく迎えてくれました。家族の皆様も一人の病人も出ず、また落伍者もなく無事久米村までたどり着けました。それというのも……」

豊太は道中で見た女連中の「逆さ草鞋」の話をした。

「浜田の家臣の皆様はたとえ女子供と言えども武家としての強い誇りと矜持をお持ちです」

聞いていた河鰭は胸が熱くなった。家臣の家族のためにも何としても浜田に戻らなければならぬ。

だが、その日はいつ来るのだろうか。答えはない。

「ところで、久米村での皆の暮らしはどうじゃ。もう半年もたって慣れてきたと思うが」

それには答えず、豊太は逆に尋ねた。

「この久米村でいつまで過ごすのでしょう」

「分からぬ。浜田反攻をご公儀がお認めにならない以上、我々は浜田に戻ることはできぬ」

「ご公儀のお許しが出るのはいつでございましょう」

なおも豊太は詰め寄った。

「それがわかれば、我ら久米村には来ぬ！」

自分が最も苦しんでいるところを突かれて河鰭は少しだけ声を荒げた。

「なぜそのように急ぐ。何か問題でもあるのか」

「ご存知のようにご家族の皆様は言葉も生活様式も全く違う百姓と一緒に暮らしておられます。そんな暮らしがどのように不便か、苦痛かはご存知でしょうか。百姓にとっても同じです。唯一の畳敷きの部屋は皆さまに提供し、自分たちは土間で暮らしているのです。この季節、土間で寝る寒さの厳しさをご存知でしょうか」

同じ百姓だから豊太にはその辛さがわかるのだ。

河鰭は何も言えなかった。浜田反攻のことに追われていた自分には家族や百姓の暮らしまで思いが及ばなかった。

「半年がたちました。慣れるどころか日を追って暮らしは厳しくなっております。風土の違いで水や食べ物が合わず病いで亡くなる老人や子供も出ております。それでも皆様耐えているのは『浜田へ帰る日』を信じているからでございます」

豊太の目が訴えている。

「それなのに河鰭様ら藩士の皆様が久米村に来られて『浜田反攻をあきらめた』のではと不安を抱いております」

「家族の者にも百姓にも苦しい暮らしを強いているのは申し訳ないと思っている」

河鰭はそれ以上言わなかった。いや言えなかった。今は何も約束できない。はっきりしているのは近く藩主がこの久米村にやってくることだけだ。

「近じか藩主様がいらっしゃる。その時になれば先のことも決められよう。いま暫くの辛抱じゃ」

何の根拠もない見通しだが、河鰭にはそう言うしかなかった。

藩主松平武聡は結局兄のいる鳥取にはいかず、反攻に備えて藩士らとともに松江で養生していた。病はまだ手足のしびれは続いていたが、高熱は治まり少しずつ元気を取り戻しつつあった。いつまでも松江藩に世話になるわけにはいかない。浜田反攻が認められず藩士一同が美作久米村に移動したのを機に、待医の許可を得て三月二十日、久米村に向かって出立した。久米村では大庄屋の福山元太郎の屋敷を本陣とした。早速尾関隼人はじめ三家老と重臣が集められた。彼らが藩主の顔を見るのは一か月ぶりであり、病の床を離れた姿を拝謁するのは何年ぶりであろう。自然彼らの目ににじむものがあった。

「殿においてはご機嫌麗しう存じます」

儀礼的な言葉ではなく、重臣たちは本当に心の底から喜びが込み上げてきた。

「皆の者には本当に迷惑をかけた。浜田城退却以来、そなたたちの苦労いかばかりであったかと思う。もとはと言えばわしの病、気の弱さから出たこの有様。家臣をこのような山奥にまで移したはすべてわが身の至らなさにある。許せ」

重臣一同は一斉に平伏した。

「我ら家臣への殿の思いやり、勿体のうございます。殿のお病気が癒えた今こそ、一日も早く浜田に戻るべき算段をいたさねばなりませぬ」

尾関隼人が皆の思いを代表して言った。

だが、武聡の口から思わぬ言葉が出た。

「そのことだが、公儀の対応を考えれば我らが浜田に戻るのはもう諦めねばならぬ。いつまでも叶わぬ浜田反攻に力を注いで家臣にこれ以上我慢を強いるのは忍びない。わしはこの地で新たに藩を興そうと思う。そち達は公儀にこの地で新しい藩を認めていただけるよう願い出てはくれぬか」

「この地で新たな藩を？」

尾崎隼人は怪訝な顔で武聡を見つめた。

「左様。浜田の地に帰れない以上我らが浜田藩は消えたのだ。新しく藩を興し、我等一同、心を一つにしてこの地で出直そうではないか」

武聡の思いもよらぬ発言に居合わせた誰もが当惑し、皆押し黙ってしまった。

「久米村に来る道中でわしは考えたのじゃ。新しい藩の名前も決めた。久米藩というのも考えたがどうもしっくりこぬ。この飛び地領の中には鶴田（たずた）村という名の村があるそうな。そこで「鶴田藩」に決めようと思う。どうじゃ良き名であろう」

浜田は断念し新しい藩を興す、その名も「鶴田藩」とする。武聡の口から次々に発せられる意外な言葉に重臣たちはただただ唖然として聞いていた。

戸惑う重臣たちの沈黙が続く中でようやく河鰭監物が重い口を開いた。

「浜田をあきらめるのは我ら断腸の思いですが、殿がそこまでお考えならば致し方ありませぬ。この地をわが故郷と致しましょう」

「分かってくれたか」

武聡の顔がほっとしたように明るくなった。

河鰭は重臣たちの心の中を見抜いていた。武士の意地として何としても浜田を奪還する覚悟だったが現実には浜田はすでに長州藩の手にあり、公儀の力をもってしても浜田を取り戻すことは不可能に近い。屈辱的ではあるが家臣が皆生きていくためには新天地を探すしかない。久米村は他藩の領地ではない。領地は狭いながらも自領であるだけ幸せだろう。

家臣たちも心の底ではわかっているに違いない。

一同が屋敷を辞した帰り道、尾関隼人が河鰭のそばに寄ってきた。

「おぬし、知っていたのか？」

「なにをでござるか」

「殿のお考えよ。浜田を断念し、この地で新たに「鶴田」藩を興すことよ」

「とんでもござらぬ。全く思いもよらぬこと。お話を伺いましたとき、動顛いたしました」

「ならばなぜ、あのような発言をしたのだ。この地を故郷にするなどと」

「尾関様。尾関様もお覚悟を決めているはず。今や浜田奪還はならぬことを。ならば我ら四千余人が暮らしていくならこの地しかないことも。生きていくためには武士の意地を捨てるしかありませぬ」

話を続けようとして一旦黙り、河鰭は無念そうに唇をかんだ。

「朝廷や公儀の命に従い始めた戦いでしたが、我らはその朝廷、公儀に見捨てられたのです。

親藩ながら公儀は何もしてくださらなかった。我らは自らの力で生きていくしかありますまい。殿が「新しい藩で」と仰せられたのも、早く過去を捨て前を向いて歩んでほしいという我等への願いからではないでしょうか。」

「そのお気持ちがわかったから、あのような発言を…」

「出過ぎたことを申し上げました。お詫び申し上げます」

殿はいつまでも浜田反攻を信じて訓練をする若い藩士の姿を見るのが忍びなかったに違いない。それよりも家臣とこの地で暮らしていくすべを考えることが藩主の使命と考えたのだろう。

「ただ、この地で生きていくにしても領地が狭すぎます。石高もたかだか八千石あまりでは、とても家臣四千人は養っていけませぬ。領地返還がならないのならばせめて石高だけでも六万一千石の回復を公儀にお願いいたしましょう」

河鰭は早くも次のことを考えていた。

「公儀は我らの頼みを聞いて呉れようか」

尾関が不安げに言った。

「聞いてもらわねばなりません。我らは公儀の命で戦ったのです。今度は公儀にわれらの願いを聞いていただく番です」

河鰭はきっぱりと言った。

「たしかに。藩を興すとなれば殿にいつまでも庄屋の屋敷を借りているわけにはいかぬ。殿の屋敷も建てねばならぬ。我らが仕える御殿も必要になる。忙しくなるな」

尾関も武聡の決意、河鰭の心をようやく理解したようだ。

「その前に家臣皆に殿のご決意を伝えなければなりますまい。百姓たちにも」

家臣の落胆は大きいだろう。河鰭は豊太から聞いた家臣の女の『逆さ草鞋』の話を思い出した。

「逃げるのではない。後ずさりしているだけだ」

浜田に戻ることが唯一の望みだった。その望みが消えた時、何を目標に生きていけばよいのか。

（いや、どんなことになろうとも我々は生きていかねばならぬ。たとえこの先どんな試練が待っていようと、この地で生きていくことを覚悟してもらわねばならぬ）

浜田を脱出した時から我々の運命は決まっていたのかもしれない。ならば、この運命を試練ととらえ、必ず乗り越えて見せよう。それこそが我ら武士の意地なのだ。

家臣へ藩主武聡の覚悟を伝えた後、尾関、河鰭両家老は京へ向かった。二人は大坂の浜田藩（鶴田藩）大坂屋敷に着いた。以前河鰭が上洛して浜田反攻の援軍要請に失敗した経験から今回は鳥取藩、岡山藩に協力を求め、幕府に対し陳情活動を行うことにした。

両藩とも藩主は松平武聡の実兄に当たる人物であり、鶴田藩の実情を最もよく知る唯一の藩である。二人は両藩と共に京・大坂にいる幕府要人に会い粘り強く要請し、藩禄復活に奔走した。その甲斐あって鶴田藩設立の認可が下りるとともに、藩禄は二万八千石加増され三万六千石になった。

だが、時代の流れは彼らの思惑をはるかに超えて急だった。家茂の死去によって空席になっていた将軍職は混乱の中で十二月になってようやく一橋慶喜が就任したものの、徳川幕府はすでに崩壊の危機にあった。

第二次長州征伐失敗を機に幕府の権威は失墜する一方、犬猿の仲だった長州藩と薩摩藩が手を組み討幕へと一気に走り始めていた。幕府そのものの存続が危ぶまれている中で三万六千石足らずの小藩の藩禄を案じてくれる幕府ではなかった。それでも二人は石高復活に奔走した。

しかし、慶応三年（一八六七）十月十四日、彼らの努力が水泡に帰す日が来た。薩長による討幕の勅令が下ったことを察知した将軍徳川慶喜が大政奉還を天皇に奏請したという知らせが二人に告げられた。これにより江戸幕府は形式上無くなってしまった。突然、二人が増禄を要請すべき相手が消えたのである。

二百六十余年間続いた徳川幕府は一朝にして消滅してしまった。信じられない。彼らにとって公儀とは永遠に絶対的な存在だった。公儀の命で領地を替えさせられたり、戦に赴いたり、どんな命にも従ってきた。その公儀が無くなるという。にわかには信じられない。ましてほとんど中央の世情が入ってこない山陽の山の奥にいた二人は突然の知らせにただただ戸惑い、混乱するだけだった。先のことを考える余裕などない。

美作では尾関、河鰭の両家老が戻るのを待って、重臣が集まって藩主による会議が開かれた。

「たいせいほうかんとは、どういうことですか？」

重臣の一人が小声で尋ねた。

「幕府が政（まつりごと）を朝廷にお返しするということじゃ」

家老の松倉が静かに応えた。

「なんと！　では、徳川幕府はどうなるのでしょう？」

「それはわからぬ。まだ、将軍様が天皇様に返上を奏請したまでのこと。天皇がお受けすると決まったわけではない」

別の重臣が聞いた。

「我々はこれから誰の命に従えばよろしいのでしょうか?」

「我々の主は徳川様である。これはどんな時でも変わらぬ」

「天皇が政をお決めになるとすれば、我々は天皇の御言いつけに従うのでしょうか」

「いずれにしても藩禄のことはしばらく見送るほかあるまい。鳥取、岡山の両藩のご意見もそうであった」

尾関が話を引き取った。

重く沈んだ空気が部屋を包み込んだ。浜田への反攻も援軍も、鶴田藩の増禄も皆、中央の事情で断たれてきた。

「われらはいつまで我慢すればよろしいのでしょうか!」

怒りと悔しさ、無念さで口を震わせながら重臣の一人が叫んだ。すべてを失った彼らに残るのは無力感だけであった。彼らはただただ困惑し、幕末という時代の激流に翻弄される一片の木葉にすぎなかった。

「藩禄のことは決して諦めてはおらぬ。公儀がだめなら朝廷にわが藩の事情を詳しく話し、ご理解を得るまで何度でもお願いするのみである。それまでは我ら家臣四千余人は草の根を食らっても我慢するのだ。よいな」

尾関が心の底から声を振り絞って言い放った。その場にいた重臣誰もが黙ったまま膝に置いた手を固く握りしめた。

藩主松平武聡は家臣の会話を沈痛な面持ちで聞いていた。徳川慶喜は彼の兄である。大政奉還の是非はわからぬ。しかし、どんな事情があるにせよ二百六十余年続いた徳川の政を自ら朝廷に返すと決めるまでにはどれだけ悩み苦しんだことか。兄の心を思うと涙せずにはいられなかった。それに比べ病に侵されているとはいえ、この小藩の行方さえ決められぬわが身のふがいなさを嘆くのだった。

「藩禄はどうしても元の石高に戻してもらわねばならぬ。わしが上洛して天皇様にお願いしよう」

病は癒えていない。この身体で上洛は無理なことは本人でもわかっているはずだが、口にせずにはいられなかった。

「我ら家老の力不足で殿にはご迷惑ばかりおかけし申し訳ありません。されど殿にはまずお体の治癒を最優先に願います。それまでは我ら家老たちにお任せください」

尾関の言葉に重臣たちは一斉に平伏した。河鰭もこれから世の中がどうなるのか、わずか三万六千石余りの小藩にこの先世の中がどうなるのかなど分かるはずがない。しばらくはこの地で世の中の動きを見つめているしかないと思っていた。

だが、急激な時代の流れは容赦なく山陽の小藩を巻き込んでいった。

六章　一死、万死を救う

「なに、わが藩が朝敵に!?　どういうことじゃ」

鶴田藩主松平武聡は家老尾関隼人の言葉を聞き終わらないうちに悲鳴のように叫んだ。

武聡の病は再び悪化していた。体中がだるく熱も高い。一年近くたってもまだ大庄屋福山元太郎の家で寄寓しているのも病がぶり返してきたためだ。最近は病の床に臥す日が増えてきた。今日も病床で尾関隼人から岡山藩家老一色康之からの手紙を聞いていた。

「わが藩からこのたび将軍徳川慶喜様の大坂警護のため人を派遣しておりましたが、その者たちが薩長の軍に発砲、薩長軍は皇軍を名乗り『錦の御旗』をかざしており、彼らと戦ったわが藩は朝敵とみなされている、と一色様の手紙には書いてあります」

「なんということだ、わしは尊王である」

「分かっております」

「わしは一度でも朝廷に背いたことは無い。何度も長州と戦ったのも勅命に従ったからではないか」

「ごもっとも。されど、今やその長州が天皇を戴いて戦っております」

「世情はいざ知らず。われらを朝敵とされるは末代までの恥。這ってでも京に上り汚名を晴らさねばならぬ」

武聡は床から半身を起こすと、今にも立ち上がりそうな気配を見せた。

「殿、お待ちくだされ。そのお体で上洛は無理でござる。我ら家老相談してまいりますればしばしお待ちを」

尾関は必死になって武聡を抑えた。病の藩主を京に上らせては家臣の面目がたたない。ここはなんとしても我ら家老たちで対処策を決めなければならない。藩主の部屋を辞すと直ちに松倉、河鰭両家老を呼び出した。

武聡が美作久米村に到着したその年十月に徳川慶喜は天皇に大政奉還を申し出たが、本人は依然として京の二条城にあって以前と変わらぬ征夷大将軍としての執務をこなしていた。これに強く反発した薩長は岩倉具視ら一部の公家とともに一気に幕府転覆の挙に出た。いわゆる「王政復古の大号令」を発した。慶喜の将軍職の解任や幕府、摂政、関白などの職制はすべて廃止し、天皇親政を基本として総裁・議定・参与などからなる新政府を樹立した。

その日の夜に小御所会議にて慶喜の辞官領地返上が決定され慶喜は京の二条城を去り大坂城に退去した。勢いを得た薩長側新政府は江戸に出て騒乱を起こそうとした。刺激をうけた大坂では幕臣たちが朝廷に圧力をかけようと京に上った。年が明けて慶応四年（一八六八）一月三日、これを抑えようとする薩長の軍との間で激しい戦いが始まった。『鳥羽伏見の戦い』である。

鶴田藩は将軍徳川慶喜が二条城から大坂城に籠った際、兵五十人ほどを大坂に送った。あくまで城を警護するための派兵だったが、幕臣たちが兵をあげるのに伴い一緒に京都に向かう途中の伏見でこれを迎え撃つ薩長軍と衝突、鶴田藩士も発砲した。戦は半日もたたずに薩長軍の圧勝に終わり、彼らは幕臣とともに大坂に逃げ帰った。

「わが藩士たちの発砲が薩長の新政府軍の知るところとなり、朝敵とみなされたようだ」

尾関隼人の話に松倉、河鰭両家老は表情を曇らせた。

「藩士たちは皇軍と戦った意図はないのでしょう。あくまで将軍様をお守りするための発砲かと」

温和な松倉がかばった。

「しかし、将軍様の警護なら大坂を離れたのはいかにもまずかった」

河鰭は藩士の大坂出兵さえ聞いていなかっただけに不満を露わにした。

「とはいえ、彼らも徳川の臣でござる。徳川の危機となれば幕臣たちとともに薩長と戦う気概は褒めてやらねばなりますまい」

松倉の言葉に尾関がつないだ。

「彼らの行動にはわしも責任がある。彼らの出陣の際、天下の形勢容易ならざる今こそわが藩の屈辱をそそぐ絶好の機会であると励ました。ゆえに彼らも逸ったのであろう」

「ですが、彼らの血気にはやった行動で鶴田藩そのものが危機に立たされておりますぞ」

河鰭は事の重大さに身震いした。

「いずれにしてもこのままでは済むまい。速やかに新政府に我らが恭順の意を表さねばなりますまい」

松倉が話を引き取ったが具体的な方策があるわけではなかった。家老たちが思案に暮れているうちに鶴田藩に追い討ちをかける出来事が起きた。

同じ年の三月、新政府は天皇による「五か条のご誓文」を発表した。その内容は明治天皇が公家や諸侯に示した明治政府の基本方針が書かれてある。「広く会議を興し万機公論に決すべし」など新政府の政治体制や役割などを記したものだが、鶴田藩にとって問題だったのはその内容ではなく誓文に対する奉答書だった。奉答書とは群臣が天皇の意思に従うことを表明した文書のこと。発令のその日、四百十一名の公家と諸侯が奉答書に署名し天皇、すなわち明治政府に従うことを表明した。当然のことながら鶴田藩も署名を迫られた。

「これはわが藩にとって朗報でござる。聞くところによると、それまで朝敵とされた藩でも、奉答書に署名すれば許されるとのこと。我等の汚名を晴らす絶好の機会かと思いますが」

知らせを聞いて最初に家老の松倉が喜びの声を挙げた。

「確かに、朝敵の汚名を晴らすには良い機会でござるが…」

松倉の喜色の顔をよそに、尾関、河鰭二人の顔は沈痛な表情だった。

「新政府からの連絡によれば、『奉答書への署名は藩主自ら上洛し御所で署名すること。一切の代理は認めない』とある」

「?」

「殿は今ご病気。あの御身体ではとても京へは上れない。と言ってお世継ぎはいまだ五歳。公式な場での名代は務まりますまい」

尾関は苦虫をかみつぶしたような顔になった。

「では、殿が京に行かれないとなると、わが藩はどうなるのでござろう」

松倉の顔がにわかに不安げになった。

「このままほっておけば汚名を晴らす機会は無くなるでしょう。それだけで済まず、天皇に従う意思なしとみられ新政府がこの鶴田藩を潰しにかかるやもしれません」

河鰭が悲痛な面持ちで言った。

「とんでもない。我らはもともと天皇にも新政府にも敵意はござらぬ。ここは何としても殿に上洛していただく以外にわが藩が生き残る道はありますまい」

松倉の顔が泣きそうになった。

「いや、それは絶対になりませぬ。殿をそのような苦境にさらすのは臣下として許されない」

「ではどうすれば。このまま朝敵の汚名を着せられたまま藩の取り潰しを覚悟せよと申されるか」

尾関はしばらく目を伏せて腕を抱えて考え込んでいたが、顔を上げると目の前の河鰭をじっと見た。

河鰭はそれにこたえるように深く頷いた。

少し間があって、尾関がしっかりとした口調で言った。

「我ら三人の首を差し出すほかあるまい」

その声に松倉の顔が一瞬にして凍り付いた。

「殿が上洛できぬ代わりに三人が恭順の意を表して首を差し出すのよ。それで新政府のお叱りを収めてもらうしかない」

三人は黙ってしまった。しばらくして河鰭が意を決して言った。

「それしかありますまい。思えば二年前、浜田城を焼いて藩もろとも浜田を脱出した時から、我らは腹を切る覚悟でござる。三人の首で殿も藩も生き残れるならこれに勝る本望はござらぬ」

河鰭は覚悟を決めると、晴れ晴れとした気持ちで言った。

「そうと決めれば早い方がいい。一色殿にお知らせ申そう。方々覚悟はよろしいな」

尾関は二人が頷くのを見届けると、すぐさま岡山藩家老の一色康之に連絡を取った。そのうえで岡山藩主宛に手紙を書いた。

「藩主松平武聡は長いわずらいで病床にあり、無念ながら京にはまいれません。城を焼いて浜田を立ち退き藩を窮地に陥れたのも、藩士を徳川慶喜様の軍に参加させたことも藩主はご存じなく、これら一切は私ども三人が勝手に取り計らったことです。

藩主の勤王の志は去る長州征伐の際、詔をかしこんで奮戦した時と少しも変っておりません。藩の窮乏、藩士の不心得な行動のすべては我々三家老の責任でありますので、我々三人は切腹いたします。岡山藩は我々の切腹にお立会い，お見届けの上、藩禄の復旧、藩主の勤王の心に変わりないことをお認めくださるよう新政府にお伝え願いたい」

悲痛な願いであった。藩主、藩を救うために自ら汚名をかぶり命を投げ出したのである。

「忠君、自己犠牲」が武士道の本質なら、武士という階級が消える寸前まで、中国地方の山中の一小藩にも武士道が残っていたことになる。

一色が新政府の返事を持ってきたのはその十日後だった。

「新政府からのお返事を申し上げる。だが、その前に我が藩主池田茂政(もちまさ)より皆様へのお言葉をお伝え申す」

三人は神妙な面持ちで再び平伏した。

「『御三方のご覚悟、実に見事、あっぱれである。時代の急激な変化に流され武士の本分が忘れ去られている昨今、尾関殿はじめ御三方の決断は武士の誉れと言える。武聡の兄として皆様に深く感謝する』とのお言葉でござる」

そこで一色は懐から封書を取り出すと読み上げた。

「では、新政府からの答えを申し上げる。『切腹は重臣一人で決して連死はならぬ。これにて鶴田藩主松平武聡の朝敵の疑いは晴れた。今後は天皇の御意思に従うように藩政に励め』。以上でござる。なおこれは天皇自らのお言葉である。決して違いませぬように」

三人は平伏したまま嗚咽した。藩主も藩も救われたのだ。それも天皇の御言葉を賜った。喜びと安堵と感謝の気持ちが胸の中で一杯になり、涙があふれその場にひれ伏したままだった。

「重ねて申し上げる。連死はなりませぬぞ。藩主池田茂政よりも厳しく申し渡すようにとのことでござる」

一色は封書を読み終わると三人に近づき、一人一人と堅く手を握って言った。

「ようござった。皆様のご覚悟で鶴田藩は残りました。一色、同じ武士として皆様の決断に感服いたしました」

一色はそのまま部屋を辞した。部屋には三人が残った。三人はしばらく天皇からのお言葉をかみしめていた。朝敵の汚名は晴れた。鶴田藩の存続も許された。家臣四千余人の命はつながったのである。藩主が病気で実質藩政を司っていた家老として責任を果たした安堵感からかどっと疲れが体中にあふれ、しばらくは誰も口をきくことが出来なかった。

やがて尾関が、触れたくない問題を口にした。

「ところで、天皇の御言葉によれば切腹は一人ということになる。わしが腹を切る。よいな」

当然のことのように平然と言った。

「お待ちください。それは今すぐ決めなくてもよいではありませぬか」

河鰭が止めた。

「左様。誰が腹を切るか、我ら三人でよく考えてからにいたしましょう」

松倉も同調した。

「いや、考えるまでもない。この中で一番の年寄りはわしじゃ。今切腹しなくても一番早く死ぬのはわしである。ならば一番ふさわしいのはわしということになる」

そう言った後、尾関は深いため息をついた。

「わしは長く生き過ぎたようだ」

自嘲気味に言った尾関を河鰭は同じ責任を持つ家老として心から申し訳ないと思った。時には意見の違いで言い争うこともあったが、歴代の藩主が病気がちの浜田藩にあって、三十年以上にわたって筆頭家老の重責を担ってきた尾関を、常日頃から河鰭は畏敬をもって接してきた。

「残った二人にはやってもらいたいことがたくさんある。鶴田藩は何とか生き残ったもののこの先難問が山積じゃ。まずは殿の御身体の回復。次に家臣たちの生活を救うための石高の回復。何としても、浜田藩当時の六万一千石を得るまで政府にお願いしなければならぬ。

まだある、新政府とどう向き合うかだ。親藩だったわが藩には色々と難題をぶつけてくるだろう。そして、いつか我ら浜田へ帰ることだ。

そなたたちには腹を切るより辛い仕事が待っている。だが、そなたたちにはできる、必ずできる。わしは空から鶴田藩の往く末を見守っておるぞ」

河鰭も松倉もこれ以上尾関に言っても無駄と判断し黙ってしまった。確かに藩の存続が決まったとはいえ、目の前には多くの重い課題が残っている。我ら二人で果たして乗り越えられるだろうか、残された者も重い荷物を背負っているのだ。

「そうと決まればまだ屋敷に居られる一色殿に早速お答えしなければならぬ」

報告を受けた一色はその足で岡山に戻り藩主池田茂政に告げるとともに京の新政府に伝えた。池田茂政は尾関隼人の切腹を聞くと一言「一死、万死を救う」と言ったきり項垂れたという。

尾関隼人の切腹は同年四月十九日、京都の本圀寺で岡山藩家老一色康之立会いのもと行われた。享年六十六。二十五歳の若さで上州館林藩六万一千石の首席家老となり浜田転封、長州戦争、そして浜田脱出から美作鶴田藩創立と若き藩主が病に伏せっていた間、先頭に立って藩の存続に奔走してきた波乱の男の最期であった。「ｉｆ」という言葉は歴史を語るに無意味だが、もし幕末という時の流れがこれほど過激でなかったら、館林で家老として穏やかな人生を送っていたことだろう。

だが、時代は容赦なく人々を翻弄する。


尾関隼人の死が伝えられた日のこと、河鰭は豊太を呼び寄せた。

「藩の存続も決まった。我らは今後新政府に藩禄の回復を願わねばならぬ。わしも暫くは京詰めとなる。豊太、そなたは浜田へ帰るがよい。多恵殿やご子息の様子が心配じゃ。早く帰って、二人を安心させるがよい」

豊太が不服そうな顔で言った。

「私はいつまでも河鰭様のそばにいます。多恵も承知の上です」

「そなたがそばにいることでわしはどんなに心強いか。されど、我ら浜田を離れて二年近くになる。長州藩は領民には危害は加えぬとは言え、女子供だけでの永い暮らしには難渋していよう。とにかく一度帰って多恵殿親子の安否を確かめて来い。多恵殿もそちの帰りを待っているに違いない」

「浜田を出たときから多恵には言い聞かせてあります。あれで多恵はしっかり者でございます。息子もはや三歳、有難きことながら河鰭様の御心配には及びません」

「多恵殿がしっかり者であることはわしもわかっておる。わしも京都詰めとなればそなたに頼む仕事もしばらくはない。ひとまず浜田へ帰れ。それに浜田の様子なども調べてきてほしいのだ」

あとのほうは付けたしである。豊太をとにかく多恵殿のもとに返してやりたかった。久米での窮乏生活から早く解放させたかった。

「浜田の様子を探る」という河鰭の言葉を命令と受け止めた豊太はやむなく久米の地を離れ浜田へと向かった。出雲街道を松江まで戻り、松江からは海岸沿いに山陰道を西南に下り浜田へ向かった。慶応四年（一八六八）四月の頃だった。

そのころ北の地では薩長の新政府軍と会津藩をはじめ幕府軍との血みどろの戦が始まっていた。時代は幕末の最終章へと一気になだれ込んでいく。

七章　帰郷

豊太は山陰道を浜田へ急いでいた。

二年前、浜田藩の人々とともに松江に退却した道を今戻っている。あの時は一刻も早く浜田を離れようと必死に歩いたが、今は早く浜田に戻りたい一心で歩みも早くなる。多恵やわが子・慎吾は無事だろうか。浜田を侵攻してきた長州軍は領民には手を出さぬと言っていた。

しかし、領地を支配した以上、それなりの厳しい藩政をしているのではないか。長州藩にとって浜田領は親藩の一つだ。討幕を目指す彼らにとって決して愉快な土地ではないはずだ。多恵たちの暮しに不自由はないだろうか。久米村の河鰭様の前では強がりを見せた豊太だが、いざ浜田に近づくにつれ多恵たちへの心配が募り、足も自然に早くなる。

ただ、浜田へ帰るにあたってどうしても寄っておきたいところがあった。大森代官領に住む藤間宅である。松江への退却の際、藤間茂平太氏には村を挙げての一夜のもてなしを受けた。着の身着のままで一睡もせずに歩き続けていた浜田藩四千余人の家族にとってどんなに有難かったか。その礼を言わなければならぬ。黙って通り過ぎるわけにはいかない。

宅間村の藤間氏の屋敷は以前のままだった。農家とは言え周囲を二間ほどの高い土塀に囲まれた屈強な門、門から十間以上も先にある家屋敷はまさに豪農にふさわしい重厚な建て構えであった。家屋敷に比べ主の藤間茂平太は物腰もやわらかく人懐っこい風貌はどこか商人を思わせる。もう七十歳を超えているはずだがふくよかな顔にしわひとつも見えない。

「これは豊太殿、お久しぶりにございます」

茂平太は突然の来訪に驚いた風もなく、にこやかな笑顔で迎えた。

「いつぞやは大変お世話になりました。おかげさまで浜田の皆様は無事に松江に着くことが出来ました」

豊太は藩士らの松江以降、美作の話をかいつまんで話した。

「それは皆さまご苦労様なことで。この大森にも噂は届いておりますがそのような山間の村でお過ごしとは、何かと皆様不便な暮らしをお過ごしでしょう。及ばずながら、わたくし共でお役に立てることとあれば何なりとお申し付けください」

相変わらず茂平太は穏やかな表情だ。

「ありがとうございます。でも、これまでの御恩だけでも我ら身に余るのに、これ以上他藩の方にお世話になるわけにはまいりません」

本心である。他藩の財政危機を救ってくれただけでなく浜田退却の際は家臣四千余人の窮状を救ってくれた藤間茂平太に恩義以上のものを感じていた。

「他藩などと水臭いことをおっしゃいますな。豊太殿も私も同じ百姓ではありませぬか。御武家様には「武士は相身互い」という言葉があるそうですが私と豊太殿も相身互いです。

ところで、此度はどのようなご相談でしょうか」

茂平太はさも当然のように用件を聞いてきた。

「いえ、この度はご相談があってまいったのではありませぬ。浜田へ戻る途中でご挨拶に伺いました」

聞いていた茂平太の顔色が変わった。

「浜田へ戻られる？」

疑問の声というより、驚きと不安の混じった上ずった声で言った。

「はい。美作での生活もひと段落し、河鰭様より一度浜田に戻って様子を探って来るようにとご指示がありましたので」

茂平太はじっと豊太の顔を見つめると、声を低くして言った。

「豊太殿も皆さまも浜田のことはまだご存じないのですか？」

「何をです？」

聞きながらも豊太の胸に不吉な予感が走った。

茂平太は言って良いものか迷っているようだったが、意を決して言った。

「浜田の街は焼き払われました。お城もです」

「なに!?　焼き払われた？　いつのことでしょうか」

城も町も焼き払われた!?　信じられない。そんな話は美作でも、松江でも聞かなかった。

「つい数日前です。詳しいことはわかりません。噂では、将軍様が退き天皇様による新しい政府ができて、「世直し」ということで、長州藩が親藩だった浜田の御城と町を焼き払ったそうにございます。

この大森代官領も天領。浜田に続いてこの村も焼き打ちされるのではと村の者はおびえております」

「浜田の紺屋町はどうなっているのでしょう」

紺屋町は多恵と慎吾が住んでいた町だ。

「わかりません。ただ浜田から逃げてきた人によると浜田の街はすべて焼き払われ何も残っていないとのことでした」

多恵が、慎吾が烽火に包まれて苦しむ顔が脳裏に浮かんだ。すぐに振り払うように頭を振った。

「どなたかお知り合いがお住まいで？」

茂平太が心配そうに聞いてきた。

「はい、妻と息子が住んでいました」

「なんと！」

茂平太は絶句した。

「これからすぐにでも浜田に参り妻子を探します」

豊太は席を立った。多恵たちのいる浜田の街が焼き払われたと聞いては一刻も猶予はならない。

「私どもの下僕をつけましょう。一人でお探しになるよりはかどりましょう」

「ありがとうございます。ではお言葉に甘えます」

多恵のことを考えると挨拶もそこそこに藤間家を辞して浜田へ急いだ。道は一本道だから迷うことは無かったが、どこをどう歩いたかは覚えていない。「無事でいてくれ」ただそれだけを祈ってとにかく走りに走った。

浜田の街に近づくにつれ木が燃える臭いや異臭が鼻を突く。街に入った豊太は呆然として立ち尽くした。あたり一面焼け野原だった。建物という建物はすべて焼け落ち、焼けた黒い残骸からまだ黒や白の煙がくすぶっていた。街を区切る道さえ見分けられぬほど荒れ果てていた。街にはひとっこ一人姿はなく静まり返っていた。時折生暖かい風が吹き抜けていく。見上げると、亀山の天守閣も焼け落ちて微かに黒煙が上がっていた。街も城もまるで歴史の中から消し去るようにすべて焼き尽くされていた。豊太は体の震えを抑えきれなかった。

(長州の仕業とすればなんと酷いことを。住民には何の罪もないはずだ。薩長の方々は「世直し」という。だが、何の罪もない人たちまでこのような残酷な目に合わねばならないのか。これが「世直し」というものか)

怒り、悲しみ、無念さ、憤り……豊太の体からあらゆる感情が汗のように噴き出した。

時代は時として人々を熱病にうなされたように狂気に走らせる。その狂気が時代を変える力ともなるが、同時に多くの犠牲も生む。歴史の必然と言ってしまえばそれまでだが、幕末という時代は狂気が時代を変え、同時に多くの犠牲を産んだことは確かだ。

「この焼け野原から奥様達を探すのは無理でございましょう」

一面の焼野原を茫然と見ていた下僕がつぶやいた。

確かに多恵たちが住んでいた「紺屋町」がどこにあるのかさえ見分けがつかない。あたりに人影もない。探しようがないのだ。それでも無駄と分かっていても豊太は探し回った。燃え残りのある残骸を動かすことはできない。周りから人影を探すだけだ。と言っても広い残骸から人影は全く見つからなかった。だが、見つからないことは彼に希望を与えた。

(茂平太様は浜田から逃げてきた人の話をした。ということは、焼打ちで逃げた人がいたということだ)

「生きている。必ず生きている」

多恵はあれでしっかり者だ。家を焼かれる前に息子を連れて脱出したに違いない。豊太の顔に赤みが差した。

「だが、多恵はどこに逃げたのだろう」

思い当たる所がすぐには浮かばない。多恵には親も親戚もいない。知り合いはいても同じ浜田の街の中だ。賢い多恵のことだ、逃げるとしてもわしが迎えに来ることを考えてわしの知らないところではないはずだ。わしと多恵の共通の場所となると……」

暫く思いをめぐらしていたが、

「三隅」

すぐに言葉がついて出た。

「そうだ、三隅の兵衛門様のところに違いない。わしと多恵が出会い、しばらく住んでいたところだ。間違いない」

急に元気が湧いてきた。

「下僕殿。私はこれから妻子のいる三隅に行きます。茂平太様にはそのようにお伝えください。ご心配頂きありがとうございました。御礼は近いうちに伺いますと」

唖然としている下僕を後にして豊太はその足で三隅に向かった。

浜田から三隅の兵衛門の仕事場まで二刻（四時間）ほどかかる。しかし豊太は走った。今日中にはどうしても三隅まで行かなければならない。思えば、今日は朝からかけ通しだ。体は疲れ切っているのに気だけはしっかりしている。

昼過ぎに浜田を出て三隅の町にたどり着いたときはすでに陽は西に大きく傾いていた。街はずれから三隅川沿いに上り、橋を渡って坂道を登る。東の空は群青色を強め足元は暗いが通いなれた道だ。しばらく上ると、遠くに一筋の明かりが見えた。

「多恵！」

聞こえないと分かっていたが、灯りを見て豊太は思わず叫んだ。足がもつれた。建物に近づいた。見馴れた兵衛門の和紙の仕事場だ。裏へ回る。以前多恵が住いにしていた小屋の前に出る。一つだけの小さな窓から灯りが漏れていた。人がいる！　戸を激しくたたいた。

「多恵、私だ！　豊太だ！」

あたりを憚らず大声で叫んだ。

部屋の中でにわかに人が動く気配がすると戸がゆっくりと開かれた。

そこにはまぎれもない多恵の姿があった。

「！」

「多恵、多恵だな。無事でよかった！」

二人は何かを確かめるように見つめ合った。

多恵の目から一筋の涙が流れた。

豊太は多恵を抱き寄せ強く抱きしめた。

「苦労を掛けた。だがもう大丈夫だ。わしは戻ってきた」

多恵は何も言わなかった。ただ、抱き寄せた多恵の目からあふれた涙が豊太の頬を濡らしていった。

暫く二人は強く抱き合ったままでいた。それは離れていたこの二年余りの時間を必死に取り戻しているようだった。

「おう、慎吾じゃな。大きくなったな！」

小屋の中を見ると幼子の姿が目に入った。浜田を離れるときは赤子だったが、二年の間に立って歩けるまでに成長していた。その姿に自分の不在期間の長さを改めて知り、多恵にはすまないことをしたと思った。

「この頃は、少しですが言葉を話すのですよ」

豊太から身を離すと、多恵は慎吾に歩み寄り、こちらを見て微笑んだ。

慎吾はまだ父親の存在を理解はしていない。だが、人懐っこい顔で笑っている。その笑顔は多恵に似ていると思った。

親子三人、囲炉裏を囲んで座った。ささやかな夕餉が始まった。互いに話したいことは山ほどあった。まず、豊太のほうから河鰭様の御伴で浜田脱出してから美作久米村に落ち着くまでの話を語った。

「河鰭様より浜田に戻るよう御言いつけがあった。お前たちにも迷惑をかけたがこれからはしばらく一緒に暮らせることになる」

「それは本当にようございました。ねえ、慎吾。これからはお父様と一緒ですよ」

多恵は慎吾の顔を見てうれしそう頭を撫でた。

「それにしても……」

今度は豊太が多恵に尋ねる番だ。

「長州藩が浜田の町を焼き払ったという噂は本当なのか？　長州藩は浜田に侵入した時、領民には危害は加えぬと約束したはずだが」

「長州の方が領内に入った当初は領民には手を出さず、食べ物や住まいなどにも心がけていただいたのですが、それが、……」

多恵は何かをこらえるように唇をかんでから語り始めた。

「浜田の皆様が美作に行かれて鶴田藩を興されてから、長州藩の態度が一変したのです」

「どういうことか」

「これで浜田藩は無くなり、名実ともに浜田の地は長州藩の支配下に置かれたのです。長州藩にとって浜田はいわば占領地。幕府に気兼ねすることなく過酷な命令を次々に私たち領民に押し付け始めたのです。商人や漁師、港の荷受人に対しても取引税を設け、農民に対しては年貢率を跳ね上げ、この三隅では七公三民まで引き上げられました」

「なんと、それでは百姓に死ねというも同然じゃ」

「ほかの村々でも同じです。圧政に耐えきれず、領内各地で百姓一揆がおこりました。浜田の街でも打ちこわしが起こり、これに対して長州藩は首謀者をとらえ斬首したので、街は不穏な空気に包まれました。命令に従わなければ容赦はしないという領民への見せしめでしょう」

なぜ、長州藩はそれほどまでに浜田の人間を憎むのだろう。いや、浜田のにおいを消し去るのだろう。それは浜田藩が親藩だったからか。豊太は武士という人間の凄まじい執念を見たような気がした。

豊太は戸を開けた時の多恵の顔をみて不思議に思ったことがある。

「そなたはわしが来ることを知っていたのか？」

多恵は驚いた様子もなく豊太を迎えたのだ。

「いいえ、でも、あなた様は必ずここに戻ってくると信じていました」

多恵がほほ笑んだ。

そうだ、二人がともに心に残る場所と言えばこの三隅の和紙製作所しかないのだ。自分もそう思ったからここへ来た。離れていた二人だが心はつながっていた。

「それにしてもよく無事でここまで来れたものだ」

「何としても慎吾を守ろうとひと月ほど前に浜田を脱け出したのです。慎吾は私たち二人の宝物ですから」

慎吾を失ってはあなた様に合わせる顔がありません。

豊太の胸が熱くなった。多恵も大事なものを守るため彼女なりに必死で生きてきたのだ。

「浜田の街から逃れ、この三隅の山奥でどのように暮らしておるのか」

「私はいま兵衛門様から和紙のお仕事をいただいて暮らしをたてております」

かつての生活に戻ったのだ。

「最近は和紙の職人さんも減ってきて人手が足りません。あなた様に手伝っていただくとありがたいのですが」

多恵が上目づかいにそっと聞いてきた。

「時々浜田に出て様子をうかがう以外は、これと言って仕事もないが……。とはいえ、わしは百姓だ。一度は和紙作りを始めようとしたが、浜田に行きそのままになってしまった。今からでもわしに和紙作りができようか」

「わたくしも未熟者、二人で一緒に仕事をすれば何とか一人前になりましょう」

「二人で一人前か」

豊太はつぶやいた。この二年間妻子のそばにいてやれなかった。自分は河鰭様の分身としておそばを離れず遠く美作まで付いて行った。そのことに一片の後悔もないが、多恵や慎吾に寂しい思いをさせてきた。これからは二人に二年分の〝恩返し〟をする時なのだろう。河鰭様の思いやりが今になって心に沁みてきた。

「それでは多恵に教えてもらおうか」

「はい」

顔一面に喜びを表して多恵は明るく答えた。久しぶりに見た多恵の明るい笑顔だった。

そばで慎吾が二人の顔を嬉しそうに見ていた。

翌朝、豊太は兵衛門の仕事場を訪ね、帰郷のあいさつと多恵親子が世話になったお礼を言った。兵衛門ははじめ豊太を見て驚いていたが、豊太が和紙作りを手伝いたいというとにわかに喜んでくれた。兵衛門は何よりも豊太親子が一緒に住むことになったことを自分のことのように喜んでくれた。

こうして親子三人の三隅での生活が始まった。

この年の九月、元号は「慶応」から「明治」へと変わり、二百六十余年続いた武家の社会は名実ともに終わりを告げた。

八章　勁草

新政府軍と幕府軍の戦い「戊辰戦争」は慶応四年（一八六八）五月の江戸・上野から始まり北越、会津など北陸、東北各地で繰り広げられ、最後は「函館戦争」で新政府軍の勝利に終わり、明治二年（一八六九）五月、一年余りで内乱に終止符が打たれた。

国政を握った新政府は相次いで新政策を打ち出した。九月には「版籍奉還」が決まった。全国の藩主は領地（版図）、領民（戸籍）を新政府に返還し、大名は藩知事となり家臣とも分離された。鶴田藩主松平武聡も藩知事となり、家臣たちはそれまでの家老、用人、物頭などの呼称は廃止され大参事、権大参事、小参事、大属と身分が代わり藩の役人となった。

この時鶴田藩は明治政府より新しい領地が与えられ二万五千石が加増された。鶴田藩立ち上げの際に幕府から二万八千石加増され藩禄は三万六千石になっていたので、ついに藩禄は悲願であった浜田藩当時の六万一千石となった。浜田の領地は奪還できなかったが藩禄だけは元に戻ったのである。新知事松平武聡はじめ、松倉、河鰭や家臣たちの念願が叶い、喜びはひとしおであった。藩主と家臣の主従関係は無くなったとはいえ、彼らは依然武聡を主と仰ぎ、家臣としての生活に何ら変わりはなかった。

これを期に藩主家族の住まいとなる御殿の建設が家臣たちの手によって始まった。御殿には日常の知事公務の執行部屋なども設けられる予定だった。藩禄回復の願いが達成された喜びや御殿建設により民家での寄寓から抜け出られる解放感から武聡の病状も日増しに回復してきた。

御殿は武聡が最初に美作にやってきた場所から半里ほど離れた久米村のなだらかな丘の中腹に建てられた。建設着工から一年後の明治四年（一八七一）六月末、最初に武聡ら家族が住む西御殿が完成し武聡家族が移り住んだ。西御殿は五棟三十三部屋を要する立派な建物である。これまで本陣とは名ばかりの民家の仮住まいだっただけに、ようやく武聡家族は自分の館を得た。思えば浜田城脱出から五年の歳月が流れていた。

ところが西御殿は武聡の安住の地とはならなかった。移り住んでわずか二か月後の八月二十三日、明治政府は「廃藩置県」を発布した。その名の通りこれまでの「藩」を廃止し、新たに「県」を置き、新しい行政制度を設けた。「鶴田藩」は「鶴田県」となって政府が新たに任命した「県令」のもとに政府の管理下に置かれた。

松平武聡は藩知事を罷免され、東京に行き皇居で天皇の命令書に署名しなければならなくなった。武聡の御殿住まいはわずか二か月で終わったのである。それだけではない。当初予定されていた「東御殿」の建設も中止され、新築された西御殿さえも取り壊された。

余談だが、鶴田藩が無くなったことで一つの「汚名」が残った。明治天皇の「五か条のご誓文」の「奉答書」のことである。鶴田藩は松平武聡が病気のため上洛して署名が出来ず、家老の尾関隼人の切腹をもって許されたことは前に書いた。鶴田藩が無くなったことで藩主の署名は永遠に不可能となり、

「奉答書」に藩主の署名がないのは全国三百余りの藩主の中で松平武聡ただ一人となった。

夏の終わりの山陰道を西に急ぐ一人の初老の男がいた。着物に袴姿だが腰には刀もなく、武士にしてはどこか頼りなく見える。しかし、年の割に恰幅は逞しく歩く足取りもそつがない。男は浜田の街に入った。

(すっかり変わってしまった)

河鰭監物は五年ぶりに見る浜田の街の様子に驚いた。

聞けば浜田の街は三年前に焼打ちにあい灰塵に帰したが、そのあと急速に復興されたという。幾重にも走る通りには目新しい看板を掛けた商店が立ち並び、以前より賑やかになったような気がする。街にも新しい時代を迎えた華やいだ気分が満ちていた。だが、目を挙げて亀山の姿を見て河鰭は慄然としてその場に立ち尽くした。

(天守がない)

亀山は全体が森におおわれたどこにでもあるありふれた姿をしていた。見上げる亀山の頂にはあの三層の天守閣も、三の丸、二の丸の櫓さえも跡形もなく消えている。わずかに残された石垣だけが緑の木々の間から垣間見える。

(違う)

五年前、浜田を脱出した時、御殿屋敷・侍屋敷に火は付けたが天守には触れなかった。三年前、浜田の街とともに天守も焼き払われたのだろう。浜田の街はどこからでも城が見えた。城と街は一体だった。城のない浜田の街はどんなに華やかで賑わっていても河鰭の目には死んで見えた。新しくできた大橋を渡った。かつては右手一体に武家屋敷が並んでいた地区は、今は田んぼが広がりところどころに新しい民家が建っていた。

「武士の世の中は終わった。我らの時代は終わったのだ」

ため息をついた。深く重い息だった。河鰭らの浜田藩の思い出はすべて消し去られていた。時代の変化はこの山陰の小さな町にも確実に表れていた。

大手門跡を抜け城跡に上がった。河鰭が初めてこの亀山に上ったのは今から三十年前だ。その時の興奮は今でも思い出す。階上に長屋を載せた中門。門の左右の石垣の上まで長屋を載せた堂々とした櫓門も今は跡形もなく、残った石垣の上には夏草が覆っていた。

広い大地になった三の丸跡を過ぎると高い石垣で方形に囲まれた空間に出た。左右の石垣の間から見えた白亜の天守はなく、見上げれば夏の澄んだ青空がのぞけた。本丸跡まで登りきるとそこは一面の野原で日本海からの強い西風が吹いていた。河鰭はいたたまれなくなって急いで山を下りた。浜田で暮らした三十年間を振り返ることは今の自分には切なく苦しいだけだった。

河鰭は逃げるようにして浜田の街を離れた。山陰道をさらに西へ三隅の街まででて、大胐豊太から受け取った地図を頼りに三隅川を上る。やがて右手の小高い山にむかう細い登道を見つけた。地図によればこの道をしばらく上がって行けば豊太の住む紙漉き小屋があるはずだ。

道を上り切ったところに男が待っていた。河鰭を見つけるとにこやかな笑顔を見せた後、深く頭を下げた。

「河鰭様。お待ちしていました。遠いところをご足労いただきありがとうございます」

豊太は傍に近づくと河鰭の手荷物を引き取るように手を差しだした。美作にいた時より少し太ったようだ。多恵殿やご子息との生活がもたらしたものだろう。二人は一通りのあいさつを交わすと、豊太の導きで仕事場の裏の小屋に向かった。入り口では多恵がにこやかに迎えてくれた。

「多恵殿、久しぶりじゃ。息災か」

「はい、河鰭様もご機嫌よろしゅう」

「五十三歳になる。歳をとり、あまり元気でもないが」

多恵に会うのは六年ぶりになる。多恵は四十歳を超えているはずだが、とても若々しい。

豊太の手紙によれば、今、二人で石州和紙の紙漉きの仕事をしているという。

時代が落ち着くとともに家屋を建て直す家も多く、襖や障子に使う和紙、とりわけ石州和紙の注文は多いという。

「なにもございませんが、ごゆるりとお過ごしください」

今まで、紙漉き場で水仕事をしていたのか、お茶を出す手が濡れていた。

「かまうてくれぬな。今日はそなたたちに話があってまいった」

その言葉に二人が不安そうに顔を見合わせた。

「手紙にも書いたが、将監様はこの度江戸、いや東京に行かれることになった」

廃藩置県の令はここ浜田でも行われている。

「藩知事をおやめになったそうですね」

「藩が無くなり新たに県になった。詳しいことはわからぬが、将監様は知事を追われたのじゃ」

「この浜田は長州藩の支配から逃れて大森県となりました」

「大森代官領と一緒になったそうだな。長州に併合されなくてよかったな」

長州藩は長州征伐以前の領地をもとに、山口県となった。

「それで、将監様からわしも東京に一緒に行くように命じられているのだ」

河鰭が〝本題〟に入った。

「それはようございました。東京は今とても賑やかで、食べ物も建物も新しいものが街にあふれているそうですね」

「東京の話しはどうでもよい。そなたわしと東京に行かぬか。もちろん多恵殿もご子息も一緒だ」

一瞬驚いた豊太は唖然として河鰭の顔を見つめた。隣の多恵は夫がどんな返事をするのか不安そうに見つめていた。

「旅の費用は将監様が持つ。金のことは心配するな。江戸に行けばそなたの故郷館林はすぐその先だ。故郷に帰れるのだ。そなたには長い間苦労を掛けたが、やっと約束を果たすことが出来そうだ」

五年という約束で上州館林から浜田に連れてきて三十年近くの日々が流れてしまった。

藩財政の改革に二十年かけて成し遂げたと思ったら長州との戦さに五年、豊太を館林に帰す機会を何度も逃してきた。だが、もう戦の時代は終わった。ようやく故郷に戻すことが出来る。豊太もきっと喜んでくれるだろう。

だが、考え込むようにしばらく目を伏せていた豊太の口から意外な言葉が出た。

「私たちはここに残ります。いえ、残るのではありません。ここが私たちの故郷なのです」

穏やかな静かな言葉だった。

河鰭は意外な答えに少しだけ動揺した。隣にいる多恵殿に気を使っているのではないかとも思った。

「豊太、わしはそなたに本当にすまないと思っている。館林で平穏な生活を過ごしていたそなたをわしのたっての願いで遠く浜田まで連れてきた。領民との融和、藤間家からの借り入れ、石州和紙の育成などによる藩の財政立て直しはそなたなしではできなかった。今やっとそなたの恩に報いることが出来るのだ。一緒に東京へ参ろう」

河鰭は豊太の手をしっかり握って言った。

「もったいないお言葉、私はただ河鰭様の少しでもお役に立てればと働いていただけです」

「故郷の館林ではご家族の方々も待っていることだろう。わしは皆様に何とお詫びしたらいいかわからぬ」

「両親はとうに死んで、兄が家を継ぎ百姓をしているそうです。私が帰らなくても館林の家は安泰です」

「それを聞いて安心だが、故郷は懐かしかろう」

「今の私にはこの三隅が故郷なのです」

そう言うと豊太は隣にいる多恵の肩をそっと引き寄せた。

「わたしはこの浜田に来て、多恵にめぐり合い妻に迎え、息子の慎吾という宝物をえたのです。こんな幸せはありませぬ。三隅は私たちの故郷なのです」

河鰭はじっと二人の顔を見つめていた。

多恵が頷いた。

「この人が言ってくれたのです。この三隅で和紙を漉いて暮らしていきたいと」

多恵の目がうっすらとにじんでいた。手はしっかりと豊太の手を握っていた。

「だから、どんなことがあっても、この地で生きていくと、そう決めたのです」

確信と誇りと喜びに満ちた豊太の声だった。

二人の寄り添う姿を見て河鰭は納得した。

「分かった。そなたがそこまで言うならそなたたちを東京に連れていくのは諦めよう。だが、このまではわしの気持ちが収まらぬ。私にできることがあったら何でも言ってほしい。そなたたちは三隅に住むとしても、慎吾殿には将来がある。これからはこれまで以上に東京が日本の中心となろう。私が落ち着いたら慎吾殿を東京のわしの家に預けてはくれぬか」

「もったいないお言葉です。何かの時は河鰭様のお世話になります。よろしくお願いします」

「ありがたい。これでわしが背負っていた重荷を少しは降ろせた気持ちがする」

そう言うと河鰭は心から微笑んだ。

「河鰭様、私たちの仕事場をご覧になりませんか」

多恵が間を引き取るように口を開いた。

「おう、ぜひ見せてもらいたい。わが藩の財政を立ち直らせた石州和紙のできるところを是非見たい」

多恵は立ち上がると河鰭を仕事場に導いた。あとに豊太が従った。

多恵が振り返って河鰭に言った。

「石州和紙はとても優しくて強い紙なのですよ」

「まるで、多恵殿のようだな」

河鰭がにこやかに多恵の顔を見て応えた。

「まあ！」と恥ずかしそうに叫んで多恵は逃げるように作業場に入って行った。それを見て河鰭と豊太が顔を見合わせて微笑みあった。

山間の作業小屋の前は吹く風が心地よい。空には鳥の鳴き声がする。河鰭はこんな清々しい気持ちになったのは何年振りだろうと思った。

二人から和紙作りの工程の説明を受けた河鰭は作業場を出ると豊太に誘われて小屋とは別の方向に歩き出した。

「ここから見える景色は私が一番好きな景色です。河鰭様にも見ていただきたくて」

案内された場所は小屋から一丁ほど離れた、雑木林を抜けた小さな広場だった。かなり高台で目の前には雄大な景色が広がっていた。眼下には三隅川がゆったりと蛇行しながら流れている。その向こうには豊かに実った稲の田んぼが広がっていた。田んぼに張られた雀除けの網が夏の強い日差しを浴びてキラキラと揺れている。目を挙げるとなだらかな山が連なっている。

二人はその場に並んで腰を下ろした
「こうしてそなたと並んでいると、館林の城沼のほとりのことを思い出す」

もう三十年前になる。あの時は冬、上州下しの木枯らしが珍しく止んでいた。沼の畔の桜の木の下で河鰭が必死になって豊太の浜田行を説得したのだ。すべてはあそこから二人は始まった。そして今、二人は別れようとしている。三十年という月日も過ぎてみれば束の間のように思える。

「なにもありませんが、私はこの景色を見ているだけで心が和むのです」

豊太はそう言うと、大きく背伸びをした。

なだらかな山に囲まれた田んぼの中央を川が流れている。ただそれだけの、何もない景色が目の前に広がっていた。

じっと景色を眺めていた河鰭がぽつりと呟いた。

「なにもない豊かさ」

「は？」

豊太が振り返って河鰭の顔を怪訝そうに見た。

「なにもないが、この景色を見ていると何故か心が豊かになった気がする」

「はい、ほんとうに」

豊太が嬉しそうに頷いた。

二人はしばらく眼前の景色を黙って見つめていた。

河鰭が話しかけた。

「のう豊太、我らが浜田を脱出するとき、そなたがわしに言った言葉を覚えておるか」

「はて、なんぞ失礼なことを申しましたか？」

「そうではない。腹を切る覚悟の私にそなたは「疾風に勁草を知る」といったのだ。『激しい風が吹いて初めて丈夫な草が見分けられる。苦難にあって初めてその人間の強さがわかる』と。今こそその強い意志を示す時だと励ましてくれた」

「思い出しました。館林にいたとき道学館で教わった『後漢書』の中の言葉でしたが、あの時は何としても河鰭様に生きてほしくて。今更ながら失礼なことを申しました」

「いやそうではない。苦難に耐えてこそ人の価値がわかるのだと。浜田藩が迎える苦難を何としても乗り切るには強い意志が必要と言ったのだな」

「河鰭様にはその強い意志をお持ちと思い、ぜひこの難関を乗り切ってほしいと思い申し上げました。百姓の分際で恐れ多いことを申し上げました」

「いやなんの、わしには励ましの言葉と受け取ったぞ。だがな、わしは勁草ではなかった。時代の疾風に揺れ惑う弱い葦にすぎなかった。戦いに敗れ、城も領地も失い、彷徨い、家臣四千人を路頭に迷わせたのじゃ」

「いえ、やはり勁草です。河鰭様は浜田藩家臣四千余人の命を守ったではありませぬか。激しい戦闘から家臣の皆様を救い、美作まで無事に送り届けたではありませぬか。

それだけではありません。浜田という藩領は失っても何よりも藩禄を戻したではありませぬか。藩の再興は成就したのです。それも河鰭様はじめご家老たちの必死の訴えが幕府を、新政府を動かしたのです」

「その尾関殿は切腹した」

「時の流れがあまりに急で激しすぎたのです」

人の力ではどうしようもない時代の流れというものがある。

「わしは美作に置いていく家臣の生活が心残りでならぬ。彼らにこの先どのような困難が待ち受けているのかと思うと、やり切れぬ」

美作に移った人々はもう家臣ではないのだが、河鰭にとっては今でも大切な家臣たちなのだろう。

「時代が人を翻弄しても、人は強いものです。美作の皆様も逞しく生きていくと信じましょう」

どんなに時代が変わっても人は生きていかなければならない。時代が人を変えるなら、時代を変えるのも人間なのだ。美作の人々もきっと自分たちでこれから道を切り開いていくだろう。

豊太は忘れない。松江から美作への道中に言った女の言葉「私たちは逃げるのではない。後ずさりしているだけだ」。どんな困難な苦しいときにあっても決して逃げない。後ろは向かない。疾風に立ち向かう勇気と誇りがあれば、人は乗り越えられる。

「そうかもしれない。侍の時代は終わった。これからは皆の時代が来る」

河鰭の声は決して寂しげではなかった。何か未来に託すような弾んだ声だった。

河鰭は豊太夫婦の誘いを断って、その日のうちに三隅を後にした。山陰道を今度は東へ、松江からは出雲街道を経て美作久米村に戻った河鰭は、数日後、今は何の身分も持たない松平武聡家族とともに東京に向かった。


（第三部　了）

エピローグ　――優しくて強い――

「これで私の話は終わりです。いつかはあなたにお話しなければと思っていました」

全てを話し終わった河鰭は疲れたようにふっと息を吐いて肩を落とした。大脇慎吾が別れの挨拶に来てから三時間以上が過ぎていた。七十歳を過ぎた河鰭にとって長話は思った以上に疲れたようだ。慎吾が日本を離れ亜米利加へ行くという。これが最後と思うとどうしても話しておきたかったのだ。

庭に面した障子から差し込む冬の日差しが二人の淡い影を長くのばしていた。

障子が風で微かに震えている。

外は相当寒いようだ。東京の三月はまだ底冷えがする。家の人が部屋に入ってくると、火鉢を河鰭の脇に置いた。

「歳をとると寒さが一層堪えます」

苦笑いをしながら河鰭は火鉢に手をかざした。

大給慎吾は今聞いた河鰭の話を思い返していた。

(四千人もの人が美作の山間に残された)

「久米村の浜田藩の方々は今もそこに住んでおられるのですか？」

「詳しくは分かりません。先ほどもお話ししたように、私は藩主様の御伴で東京に出てきましたので、その後の久米村のことは…」

河鰭は言いよどんだが、続けた。

「ただ、風の頼りによると、浜田の人はほとんど今は久米村には住んでいないということです。御父上のように浜田に戻った人もいるようですが、東京に出たもの、大坂に出たもの全国に散らばっているようです」

(離散した！)

慎吾は四千人もの人たちが次々と村を去っていく姿を思い浮かべた。

(浜田の人々にとって故郷とは何だったのだろう)

もともとは上州館林から石見浜田への転封。そして戦で美作久米村へ、故郷を離れ安住の地を求めて彷徨し、最後は離散していった。幕末という激流に翻弄され続けた小藩の悲劇だ。明治という時代はこういう犠牲の上に成り立っている。慎吾は今自分が生きている背後に両親の姿を思った。

その様子をしばらく見つめていた河鰭が頃合いを見計らったように手元に置いていた包みをそっと差し出した。

「これは？」

包みを手に取った慎吾が訝しげに聞いた。河鰭は黙って、その包みを開けるよう目で促した。包みを開くと小さな箱が姿を現した。手がもどかしげに箱を開いた。中から紙の筒のようなものが現れた。

和紙の巻紙だった。

見詰めていた慎吾の顔色が変わった。

「もしや、この和紙は!?」

目が異様に光って、河鰭を見詰めた。

「そうです。あなたの御両親が漉いた石州和紙です。私が鶴田から東京に出るとき、御父上から餞別に頂いたものです」

河鰭はその時を思い出すように言った。

「ご両親様から『家の障子なり、襖にお使い下さい』と。でも、私には使えません。私の我がままのために故郷まで捨てた御父上の御恩を考えるととても」

河鰭の顔が苦しそうに歪んだ。

「あれから二十余年。私は浜田のことを一時も忘れたことがありません。この和紙が御両親のことを思い出させてくれるのです」

慎吾は和紙を見詰めた。輝くような白さだった。

(両親が漉いた和紙)

胸が詰まった。

危うく涙がこぼれそうになった。

和紙の表面をそっと手で撫でた。

しっとりとしていて絹のような優しい肌触りが手のひらを通して彼の心の底まで伝わってきた。

「ごらんなさい。その白さを。五年経っても、十年経っても、二十年経っても、石州和紙の白さは変わりません。私にはその変わらぬ白さがご両親の心のように思えるのです。だから、大切にこれまで使わずに持っていたのです。

でもこれからは、私ではなく、あなたに持って頂きたい」

「わたしが頂いてもよろしいのですか?」

「もちろんです。これからはあなたが持つべきです。石州和紙は他のどの和紙と比べても柔らかくて強いのが特徴です。あなたの御両親と同じです。『優しくて強い』、あなたにもそのように生きてもらいたい」

(優しくて強い)

慎吾は心の中でつぶやいた。

両親のことは詳しくは覚えていない。彼が六歳の時、明治五年〔一八七二〕、浜田を大地震が襲い町は壊滅、町に来ていた大紬家族は離散した。生き残った慎吾はその後父に救われたが、その父も二年後には流行り病いで急死。天涯孤児になった慎吾は父の遺言で河鰭氏を頼って東京に出てきたから、浜田の記憶は余りない。

「浜田に行ってもらえますね」

河鰭が念を押すように言った。

「はい」

今度はしっかりとした返事だった。

河鰭がうれしそうに深くうなずいた後、表情を曇らせた。

「もう一つ、あなたに謝らなくてはなりません。御父上の記録が残っていないことです。豊太殿は私の分身として財政改革に働いていただいたのに、藩の記録には名前も載っていない。それが残念でならない。申し訳ありません」

河鰭は両のこぶしを握って声を震わせた。

慎吾は、郷士とはいえ下士の身分だった父が藩の記録に名前が記載されないのは当然であろうと思った。父も決してそのことを恨んではいないだろう。

慎吾はすぐにでも浜田に行きたくなった。新しい人生をスタートする前にどうしても両親のことをもっと知っておきたかった。それは自分自身を知ることでもあった。

「優しさと強さ」

慎吾は巻紙を胸に抱きしめて、夕暮れの河鰭家を後にした。

完

あとがき

数年ほど前、私は知り合いのある経営者から「小冊子」を見せられた。表紙には「〇〇家墓誌」と記してあった。島根県浜田にあったその経営者の先祖の墓を東京に移すにあたって、浜田の寺の住職が〇〇家の先祖のことを書き記したものだった。小冊子はすでに三〇年以上前に書かれたものだったが、経営者が自宅を整理しているうちに、書類箱の中から最近見つかったものだという。

私はその二〇ページ余りの小冊子をその場で一気に読んでしまった。その中に書かれている経営者の曾祖父の話がとても興味深かったからだ。

曾祖父はいまから一八〇年ほど前、日本がちょうど幕末を迎えるころ、当時の浜田藩（島根県）の藩の財政危機を家老の手足となって働き、藩財政を再建したと記されていた。

「興味を持たれたのでしたら、ここに書かれている曾祖父のことを詳しく調べてくれませんか」。私が歴史小説を書いていたことを知っていたその経営者は私に小説の題材を提供してくれたのだろう。私は二つ返事で引き受けた。

これが私がこの小説を書いたきっかけである。

ただ、簡単に引き受けたものの、その後の取材は難航した。そもそも曾祖父がいた浜田藩について記した資料があまりに少なかったからだ。「浜田藩」と言っても、地元の人は別にして、長州藩や薩摩藩と違って知名度は［全国区］ではない。それでも地元の図書館や、市の教育委員会を何度も訪ねるうちに少しずつ当時の浜田藩の様子が明らかになってきた。

余談だが、今回取材を始めて大きな収穫を得た。各市の教育委員会の存在である。教育委員会については学校問題などで話題になるが、どこの委員会も郷土史について詳しい資料を持っている。今回取材した群馬県の館林市、島根県の浜田市、岡山県の津山市の各教育委員会には大変お世話になった。

それでも、曾祖父の存在を資料の中から見出せずにいた。手がかりとなる「墓誌」を書いた住職はすでに亡くなっているし、浜田藩の藩士禄にも名前は見当たらない。「藩士禄」は、今の会社で言えば『社員名簿』ともいうべきものだが、記載されているのは役職者、いわば「課長以上」であり、記載が無いからと言って『浜田藩士でない』と言うわけではない。

なおも資料を探っていると、取材を始めて半年もたったころ、岡山県津山市の図書館で「久米町史」を読んでいるうち、偶然曾祖父の名前を見つけた。小説にも書いたが、浜田藩が浜田の街を退却して、美作国久米北条郡（現・岡山県津山市）に移り新たに鶴田（たずた）藩を興した。その後家臣に土地を分け与えたことが記されていたが、その中に曾祖父の名前があった。

地名を頼りに調べた曾祖父が与えられた土地は現在でも人里離れた山の中にあった。とても人が住めるような場所ではなかった。曾祖父に限らない。家臣の家族四〇〇〇余人は一部の重臣を除いて、皆、人が住むことが出来ない山の中の土地を与えられたのだ。

いったい彼らに何の罪があったのだろう。思えば、上州館林で平穏な暮らしをしていた館林松平藩が、幕府の老中・水野忠邦の策略『三方領地替え』によって突如一〇〇〇キロ以上離れた本州の西の果ての石見の浜田へ家臣一同四〇〇〇人余りが移されたことから『悲劇』は始まった。

そして財政危機をようやく乗り切った時、幕府と長州との戦争に巻き込まれる。幕府側が次々に退却する中で、長州藩と隣接する浜田藩は親藩でもあり戦わずにはいられなかった。

そして城を捨てて退却、三〇〇キロ以上離れた山間の津山へ。「逃げるのではない。後ずさりしているのだ」—道中での女たちの悲痛な叫びである。そして明治を迎え四〇〇〇人は離散した。ここに「第二の悲劇」がある。彼らにとって故郷と何だったのだろう。

日本の歴史の中で『幕末』と言う時代ほど激しい変革が起こった時代はない。ペリー来航の一八五三年から明治政府樹立の一八六八年まで、わずか一五年で二六〇余年続いた体制が一気に覆ったのである。あまりにも激しい時代の流れに日本中が混乱した。

だが、歴史は『勝者』や『敗者』は語るが、『犠牲者』の話は忘れ去る。明治維新と言う「輝かしい」歴史の陰で、浜田藩にとどまらず、多くの『犠牲者』がいたことを我々は忘れてはならないだろう。

なお、この小説は経営者の曾祖父というモデルはあるが、事実をもとにしたフィクションであることを改めてお断りしておく。題材を提供して頂いた経営者の方に深く感謝したい。

最後に不思議な結びつきを話したい。経営者の実際のご尊父は大手製紙会社にお勤めになり、戦前満州に渡られたという。私がその話を伺ったのはすでに小説を書き終わった後だが、小説では慎吾が「石州和紙」を胸に抱いて決意を新たにするところで終えている。「紙」が取り持つ不思議な縁である。

著　者

参考資料

開国と幕末変革　井上勝生
幕末史　佐々木　克
幕末の浜田藩　小寺雅夫
ふるさとを築いた人々　浜田市教育委員会
激動の幕末と浜田藩　浜田市教育委員会
久米町史　久米町史編纂委員会
浜田市誌　浜田町史編纂委員会
先考河鰭景岡　河鰭　敦
涕涙余滴　生田　精
転封実現過程に関する基礎的考察　日比佳代子
館林市史　館林市史編纂委員会

著者　髙橋　銀次郎（たかはし ぎんじろう）

1947 年　東京に生まれる。

明治大学政治経済学部卒業。日本経済新聞社入社。その後、日経 BP 社の「日経ベンチャー」「日経ヘルス」の編集長を歴任。その後、(株) 日経 BP 企画代表取締役社長を経て、(株) 日経 BP コンサルティング代表取締役社長となる。2011 年 3 月、退任。

主な著書に『満天姫伝』(2012 叢文社)『 託孤の契り』(2014 叢文社)『東福門院の小袖』(2018 叢文社)

藩消滅！

発行　二〇一八年八月一日　初版第一刷

著　者　髙橋銀次郎
発行人　伊藤太文
発行元　株式会社　叢文社
〒一一二―〇〇一四
東京都文京区関口一―四七―一二江戸川橋ビル
電　話　〇三（三五一三）五二八五
ＦＡＸ　〇三（三五一三）五二八六

印刷、製本　モリモト印刷

定価はカバーに表示してあります。

乱丁、落丁についてはお取り替えいたします。

Ginjirou TAKAHASHI ©
2018 Printed in Japan.
ISBN978-4-7947-0787-1

好評発売中

満天姫伝

大切なものを守るため、私は闘う。家康、天海、そして満天姫の祈りが向う先は… 家康の養女となり、福島正則の養嗣子正之に嫁いだ満天姫。幸せな日々は続かず、策にはまり正之は餓死に追い込まれる。戻った満天姫を家康が送り込んだ先は、みちのく津軽藩。しかし津軽にはすでに正室がいた。正之の遺児を家臣大道寺の養子とし、母子の愛を深めることもかなわずに、満天姫が守り抜かなければならなかったものとは……成長した我が子大道寺直秀が福島藩の存続のため、決断したとき満天姫がやるべきことはひとつだった。

四六判ハードカバー　本体一六〇〇円（税別）

託孤の契り

第一部 運命に弄ばれた、織田信長の嫡男信重と武田信玄の娘 松の悲しい恋の行方は。
第二部 信玄の娘たち、見性院と信松院に育てられた二代将軍 秀忠の庶子・幸松は成長して保科正之となり、徳川幕府初期 最大の危機を乗り越える。秀忠は息子・幸松を見性院に託し、家光は息子家綱を保科正之に託した。託すことで時代は繋がっていく。あなたは誰に託しますか

四六判ハードカバー　本体一六〇〇円（税別）

東福門院の小袖

作品に秘められたシグナル。東福門院和子は、現代の着物のルーツとなった寛文小袖の発案者。徳川二代将軍の娘であり、後水尾天皇の后である東福門院は、当時『異端』と呼ばれた新しいデザインの寛文小袖を創り続けた理由は？ 国宝「紅白梅図屏風」作者、尾形光琳との間に秘められた愛はあったのか。美大生の薫と史学専攻の徹はこの謎を追ううちに、微妙な関係に。さらに共通の知人に二人が知らなかった関係が。過去に導かれるかのように辿り着いた真実とは。

四六判ソフトカバー　本体一五〇〇円（税別）